Als Lottes Großmutter sie bittet, sie in ihrem Hotel in Binz auf der Ostseeinsel Rügen zu vertreten, kommt Lotte das Angebot ziemlich ungelegen. Dennoch willigt die Hamburger Grafikerin schließlich ein, sowohl die mondäne Bädervilla an der Promenade zu führen, als auch sich um ihre etwas eigenwillige Großtante zu kümmern, die ohne ihren roten Samtbademantel das Haus nicht verlässt. Zum Glück steht ihr der gutaussehende Hausmeister Felix zur Seite. Und das obwohl sie bei ihrer ersten Begegnung mit ihm mächtig ins Fettnäpfchen tritt. Anfangs verhält er sich ihr gegenüber distanziert, doch das macht ihn nur noch interessanter. Lotte versucht, hinter sein Geheimnis zu gelangen, während ihre Großmutter ihrer Jugendliebe auf der Spur ist.

Mila Summers lebt mit ihrem Mann, den beiden Kindern, der quirligen Jack-Russell-Hündin und den beiden Schildkröten in Nordbayern und hat immer Sehnsucht nach dem Meer. Deshalb verbringt sie ihren Urlaub am liebsten an Nord- und Ostsee, lässt sich eine frische Meeresbrise um die Nase wehen, während sie den Sand unter den Füßen spürt und mit ihrer Familie Burgen am Strand baut. Seit 2015 schreibt sie erfolgreich romantische Wohlfühlromane, die regelmäßig die Bestsellerlisten stürmen.

Weitere Informationen finden Sie auf www.fischerverlage.de

Mila Summers

Sommerglück in der Villa Sehnsucht

Ein Rügen-Roman

FISCHER Taschenbuch

MIX
Papier | Fördert gute Waldnutzung
FSC® C083411

Originalausgabe
Erschienen bei FISCHER Taschenbuch
Frankfurt am Main, Mai 2024

Dieses Werk wurde vermittelt durch die Literarische Agentur Gaeb.

Redaktion: Anne Paulsen

Satz: Fotosatz Amann, Memmingen
Druck und Bindung: CPI books GmbH, Leck
ISBN 978-3-596-71002-7

1

Der Tannenhäher legt im Sommer Vorräte an und vergräbt Haselnüsse und Zierbelkiefersamen im Erdboden. Im Winter weiß er oft nicht mehr, wo diese zu finden sind. Durch seine Vergesslichkeit wachsen überall neue Zierbelkiefern. Der Vogel trägt dadurch zur natürlichen Verbreitung des Baumes bei, seine Vergesslichkeit hat also etwas Gutes.

Wofür meine Vergesslichkeit gut sein sollte, habe ich in den dreißig Jahren meines Lebens nicht ergründen können.

»Wo ist schon wieder mein Schlüssel? Das kann doch nicht wahr sein! Wenn ich rechtzeitig im Verlag sein will, dann muss ich jetzt los.«

Nervös durchsuchte ich die Schubladen der Kommode, die in meinem schmalen Flur stand, kramte in der Jackentasche, nur um dann den kompletten Inhalt meiner Handtasche auf dem Boden auszukippen. Was ich bereits dreimal getan hatte. Aus Ermangelung an Alternativen versuchte ich es ein weiteres Mal. Was blieb mir anderes übrig, ohne Schlüssel konnte ich ja schlecht das Haus verlassen. Also durchwühlte ich die Tasche mit demselben Ergebnis: zwei Haargummis, eine Schachtel Bonbons, ein Geldbeutel, ein Regenschirm, zwei Taschentücher (lose), sieben zerknitterte Kassenzettel, ein altes Bahnticket und ein Lipgloss. Sonst nichts. Kein Schlüssel.

»Vielleicht ist er ja in der Küche auf der Anrichte neben den Trockenblumensträußen, die ich gestern Abend noch gebunden habe«, murmelte ich vor mich hin, ehe ich entnervt die Arme in die Höhe sausen ließ. »Und wem erzähle ich das eigentlich? Schließlich bin ich allein hier. Wenn das so weitergeht, sollte ich mir dringend einen Kater anschaffen. So einen flauschigen Stubentiger wie meine Großtante Agnes, die auf Rügen lebte, hat, der …« Als ich bemerkte, dass ich schon wieder Selbstgespräche führte, brach ich mitten im Satz ab, ging zurück in den Flur, blieb genervt stehen, weil das Handy in meiner Hosentasche vibrierte.

Auch das noch. Hatte ich etwa eine falsche Uhrzeit im Kopf? Und ich hatte es nicht mal aus dem Haus geschafft. So ein Mist! Dieser Auftrag des renommierten Hamburger Verlags war verdammt wichtig für mich. So sollte ich nicht nur das Cover für den neuen Titel einer Bestsellerautorin entwerfen, nein, zusätzlich brauchten sie verschiedene Vorlagen für Merchandise-Produkte rund um das Buchcover. Sie hatten mich sogar gebeten, eigene Ideen zu entwickeln und ihnen ein plausibles Gesamtpaket zu präsentieren. Das war meine Chance. Ein wirklich lukrativer Auftrag, einer von der Sorte, der meine Monatsmiete abdeckte und mir mindestens zwei Drei-Gänge-Menüs bei Luigi, dem Edelitaliener meiner Wahl, finanzierte.

Allerdings nur, wenn ich endlich in die Gänge kam und diesen verdammten Schlüssel fand. Wie oft hatte ich mir in der Vergangenheit vorgenommen, einen Ersatzschlüssel anfertigen zu lassen und ihn bei meiner besten Freundin Yara zu hinterlegen? Oder noch besser: bei Frau Severin im Erdgeschoss, der guten Seele des Hauses, die alles im Blick behielt und meine Pakete annahm, wenn ich nicht da war.

So oft schon, dass ich es nicht mehr zählen konnte. Genauer gesagt: mindestens fünfmal pro Woche, wenn ich wie üblich auf der Suche nach dem kleinen kantigen Gegenstand mit dem hakenförmigen Schaft war. Aber Jammern brachte mich im Moment nicht weiter. Wenn ich die Sache nicht noch schlimmer machen wollte, musste ich wohl oder übel den Anruf annehmen.

Doch als ich mein Handy aus der Hosentasche zog, war auf dem Display nicht das Logo des Verlags zu sehen, das ich nach der Auftragserteilung eingespeichert hatte, sondern Oma Elses Gesicht. Was die wohl wollte? Siedend heiß fiel mir wieder ein, dass sie schon gestern angerufen hatte. Aber da war ich gerade mit zwei voll bepackten Tüten die Treppen in den vierten Stock hochgekeucht. Memo an mich: Falls ich in diesem Leben noch einmal innerhalb Hamburgs umziehen sollte, dann unbedingt in ein Haus mit Aufzug.

Oma Elses leicht hektischer, aber dennoch herzlicher Blick musterte mich, während ich mit mir haderte, ob ich das Gespräch entgegennehmen oder besser meinen Schlüssel suchen sollte. Die Zeit drängte. Aber Oma Else eben auch. Sie konnte schrecklich nachtragend sein, wenn man ihre Anrufe ignorierte. Beim letzten Mal hatte sie mich darauf hingewiesen, dass ihre Großmutter sie mit Nichtbeachtung gestraft hätte, sofern sie ihren Anruf nicht angenommen hätte. Ich verkniff mir die Anmerkung, dass es zu jener Zeit definitiv noch keine Handys gab und kaum jemand im Besitz eines Telefons gewesen war.

Also nahm ich das Gespräch trotz der widrigen Umstände und um des lieben Friedens willen an.

»Hallo, Oma«, begrüßte ich sie mit einem leichten Singsang in der Stimme, der sich ein wenig wie das Fiepen einer Maus anhörte.

»Lotte, mein Kind. Alles in Ordnung mit dir? Du hörst dich so gestresst an.«

Meine Großmutter hatte schon immer ein feines Gespür für die Gemütsverfassung ihrer Mitmenschen.

»Ich bin auf dem Weg zu einem Kunden.« Es war auch nicht nötig, Oma Else mit Details zu behelligen. Schließlich galt es, einen Schlüssel zu finden, mich hinterher schnellstmöglich auf den Weg zum Verlag zu machen, um dort dafür Sorge tragen zu können, dass ich meine Miete weiterhin zahlen konnte. Mir schwirrte der Kopf.

»Ach, dann laufen die Geschäfte wieder besser?«

Oma Else legte gerne den Finger in die offene Wunde. Vor einigen Monaten hatte ich mich von Johannes getrennt, seitdem fiel es mir schwer, mich auf meine kreative Arbeit zu konzentrieren. Begonnene Projekte konnte ich nicht fertigstellen oder lieferte sie erst weit über den vereinbarten Fertigungstermin hinaus ab. Mehr als fünf Jahre waren wir ein Paar gewesen. Das steckte man nicht so einfach weg.

Als Angestellte hätte ich mich krankschreiben lassen können. Dr. Paulsen, mein Hausarzt, war sehr kulant, was das anbelangte. Um eine Bescheinigung von ihm zu bekommen, reichte es schon aus, wenn man in seiner Sprechstunde nieste oder über Magenschmerzen klagte. Was ich bisher aber noch nie getestet hatte. Eine ehemalige Arbeitskollegin hatte mir jedoch davon erzählt.

Vor genau einem Jahr hatte ich gekündigt, da die Stimmung in der Werbeagentur immer unschöner geworden war. Eine meiner Kolleginnen aus der Buchhaltung hatte es sich zur Aufgabe gemacht, mir die Hölle auf Erden zu bereiten. Sie sabotierte nicht nur meine Arbeit, indem sie Kaffee über meine Tastatur kippte, sondern zerstach auch die Reifen meines Fahrrads. Und das alles, weil sie der Überzeugung war, ich hätte ein Verhältnis mit meinem Chef. Ein Verhältnis, das sie wohlgemerkt sehr gerne selbst gehabt hätte.

Aber das war totaler Blödsinn, ich war Johannes immer

treu gewesen. Eines Tages meinte er auf einmal, wir würden doch nicht so gut zueinander passen. Ohne mit der Wimper zu zucken, hatte er daraufhin seine Sachen gepackt und war in die Wohnung einer Kollegin gezogen, von der er stets behauptet hatte, sie nicht ausstehen zu können. Dabei war mir ihr rubinroter Lippenstift noch nie geheuer gewesen.

»Ja, die Geschäfte laufen richtig gut«, sagte ich Oma Else und bediente mich dabei einer weiteren Halbwahrheit.

Okay, okay. Ich gab es ja zu, aber Oma Else durfte davon auf keinen Fall Wind bekommen: Es war eine Lüge. Wirklich rund lief es im Job momentan nicht. Der Markt war hart umkämpft. Niemand wartete auf eine weitere Graphikdesignerin, die sich mit Buchcovern und kleineren Auftragsarbeiten wie Logos und Briefpapiervorlagen über Wasser halten wollte.

Wenn es nach meiner Auftragslage ginge, dann sollte ich den nächsten Umzug wohl ein wenig vorziehen und nicht unbedingt an das Vorhandensein eines Aufzugs im Haus knüpfen.

Ohne Johannes' Anteil an der Miete konnte ich die Drei-Zimmer-Wohnung in Hamburg-Eppendorf nicht mehr lange halten. Außer ich bekäme weitere Aufträge von Verlagen wie diesem, den ich gerade im Begriff war zu versetzen. Meine Chancen schrumpften mit jeder Sekunde, die ich mich hier um meine eigene Achse drehte, auf die Größe eines Staubkorns zusammen.

»Gut. Gut«, hörte ich Oma Else daraufhin sagen. Ich atmete schon erleichtert aus, als ich glaubte, damit wäre alles gesagt und ich könnte sie irgendwann in Ruhe anrufen, wenn mein Leben etwas weniger hektisch war und ich mehr Zeit hatte, um mit ihr über Rügen, Großtante Agnes und das Hotel zu plaudern. Doch weit gefehlt.

»Dann wird es für dich sicher kein Problem sein, dir Urlaub zu nehmen und mich ab nächster Woche im Hotel zu vertreten.«

Bei ihren Worten fiel mir die Kinnlade herunter. Mein Handy versuchte, ebenfalls der Schwerkraft folgend, sich in die Tiefe zu stürzen, doch ich konnte es im letzten Moment davon abhalten. Geld für die Reparatur meines Handys konnte ich jetzt nicht auch noch aufbringen. An ein neues war gar nicht erst zu denken.

»Was?«, fragte ich wie vom Donner gerührt.

Das konnte nur ein schlechter Scherz gewesen sein. Vielleicht hatte ich mich auch verhört. Ja, so musste es sein. Ich hatte mich ganz sicher verhört. Oma Else übergab nämlich nicht einfach so die Führung ihrer hochheiligen Villa Sehnsucht. Dafür hatte sie viel zu wenig Vertrauen in die Leute. In ihren Augen konnte niemand so gut ihr Hotel managen wie sie selbst. Und in diesem Punkt waren wir sogar einer Meinung.

Seit Oma Else unser ehemaliges Familienhotel an der Binzer Promenade auf Rügen, das im Stil der Bäderarchitektur errichtet und uns zu DDR-Zeiten enteignet worden war, in den neunziger Jahren des vergangenen Jahrhunderts zurückerwerben konnte, war das Haus zu ihrem Lebensmittelpunkt geworden. Mein Opa war zu diesem Zeitpunkt bereits verstorben. Voller Tatendrang hatte sie sich an die Arbeit gemacht, das Haus renovieren lassen, selbst mitangepackt und ihre Schwester Agnes zu sich geholt, die seit Jahren pflegebedürftig war.

Binz hatte meiner Großmutter wieder Lebensfreude geschenkt, ihr gezeigt, dass es mit Mitte fünfzig noch viel zu früh war, sich zur Ruhe zu setzen. Wir alle hatten diese glückliche Fügung gutgeheißen. Auch ich. Bis heute.

»W-was meinst du denn damit: Ich müsse dich ab nächster Woche im Hotel vertreten? W-was ist ... mit deinen Angestellten? Ich habe doch gar keine Ahnung von der Materie. Und außerdem habe ich zwei linke Hände.« Verzweifelt versuchte ich, Oma Else von ihrem Vorhaben abzubringen.

»Papperlapapp! Was redest du denn da? Das hat dir bestimmt dieser aalglatte Schnösel eingeredet. Sei froh, dass du den los bist, mit dem wärst du nie glücklich geworden. Deine Hände sind genau richtig. Also, Lotte, mein Kind, es wäre schön, wenn du am Montag gegen Mittag hier eintreffen könntest. Ich muss spätestens um vierzehn Uhr los. Dann sollte uns noch genügend Zeit für die Übergabe bleiben.«

»Aber was ist denn passiert? Warum brauchst du so plötzlich Unterstützung? ... Ich meine, wie bitte? Und was ist mit meinen Cousinen, Anne oder Sabine? Können die nicht einspringen? Die wohnen doch viel näher an Rügen.«

Oma Else schnaubte.

»Anne hat ein kleines Baby, und Sabine arbeitet als Richterin beim Verwaltungsgericht. Die kann sich nicht mal eben vier Wochen freinehmen.«

»Vier Wochen?«, platzte es aus mir heraus.

Den Hinweis, dass ich als Freiberuflerin ebenso meine Arbeit erledigen musste und niemanden hatte, der mich vertrat, verkniff ich mir, um nicht vom Thema abzulenken. Denn Zeit war ein knappes Gut.

»Ich soll vier Wochen auf die Insel kommen und mich um das Hotel kümmern? Oma, es ist gerade Hochsaison. Da ist doch mit Sicherheit alles ausgebucht.«

Oma Else lachte.

»Genau deshalb sollst du ja auch kommen. Schau mal, ich habe sonst niemanden. Deine Eltern sind in Thailand. Gott weiß, wie die sich mit ihrer Strandbar über Wasser halten. Ich bezweifle, dass sie mal eben das Geld für ein Flugticket auftreiben können. Außerdem mag ich es nicht, wenn Ricarda mit ihren Räucherstäbchen das ganze Haus verpestet. Die Villa Sehnsucht ist schon immer im Familienbesitz. Noch nie war jemand von außen maßgeblich für die Geschicke des Hauses verantwortlich. Ich würde das gute Stück nur ungern in fremde Hände geben, Lotte. Das will ich mir einfach nicht vorstellen. Auch wenn es nur auf Zeit wäre. Und dir geht es sicherlich genauso, horch mal tief in dich hinein.«

Oma hatte Mama noch nie besonders gemocht. In ihren Augen war sie eine esoterische Spinnerin. Was definitiv nicht der Fall war. Die Räucherstäbchen konnte ich aber auch nicht leiden, davon wurde mir immer schlecht.

Der Punkt, dass die Villa Sehnsucht eine Familienangelegenheit ist, war nicht von der Hand zu weisen. Mein Urgroßvater hatte das Haus gebaut und geleitet. Oma Else hatte es sich nach der Wende wiederbeschafft und seither alles getan, damit unser Familienbesitz Bestand hatte. Sie sorgte dafür, dass jedes Jahr aufs Neue Urlauber das Hotel buchten, um dort ihre Ferien zu genießen. Mittlerweile kamen viele schon in zweiter und dritter Generation, brachten ihre Enkelkinder mit und teilten mit ihnen all die Erinnerungen, die sie mit dem Haus verbanden. Die Villa Sehnsucht war nicht irgendein Hotel. Es war eine Institution, ein Sehnsuchtsort. Ein bisschen wie ein Nachhausekommen.

»Oma, was hast du überhaupt vor? Kannst du deine Pläne nicht ein wenig verschieben? Bei mir ist es gerade wirklich schlecht.«

Ein Blick auf meine Armbanduhr, und mein Magen schrumpfte zusammen auf die Größe einer Erbse.

Meine Großmutter seufzte.

»Eigentlich hatte ich dir ja nichts davon erzählen wollen, aber ... mein Hausarzt hat mir dringend geraten, eine Kur zu machen. Mein Herz, weißt du.« Um die Tragweite ihrer Worte zu untermalen, seufzte sie abermals.

»Das ist ja schrecklich. Was ist denn passiert? Bist du ernsthaft erkrankt? Ist es etwas Akutes? Muss ich mir Sorgen machen?« Augenblicklich überkam mich ein schlechtes Gewissen. Ich hätte mich besser um sie kümmern müssen. Sie war schließlich nicht mehr die Jüngste, führte ein Hotel und sorgte zusätzlich noch für ihre Schwester. Aber Johannes hatte sich nicht gut mit ihr verstanden. Er hatte sich das Stirnrunzeln nie verkneifen können, wenn im Hotel nicht alles genau so ablief, wie er es gewohnt war. Da reichte es schon, wenn auch nur ein Bilderrahmen in Schieflage geraten war. Oma Else hatte das sehr wohl bemerkt. In solchen Fällen war sie nicht um die eine oder andere spitze Bemerkung verlegen. Irgendwann waren die Besuche für mich mehr zur Belastung als zur Erholung geworden, bis wir schließlich Abstand davon nahmen und statt an die Ostsee lieber ans Mittelmeer fuhren. Ein Entschluss, den ich nun zutiefst bereute.

»Das Alter, weißt du. Mein Herz macht das alles nicht mehr so gut mit wie früher.« Sie ging nicht weiter ins Detail. »Aber wenn du nicht kannst ...«

Während ich mir die freie Hand auf die Stirn legte, wie um von außen meine wirren Gedanken dahinter in eine wie auch immer geartete Ordnung zu bringen, erklärte Oma Else mit Grabesstimme: »... dann bleibt mir keine andere Wahl: Ich werde das Hotel schließen müssen.«

»Nein!«, entfuhr es mir, abermals viel zu laut.

Aber bei Omas Worten schoben sich Bilder mit kleinen

Kindern und ihren mit Tränen überströmten Gesichtern vor mein geistiges Auge. Die Vorstellung, wie sie mit dem Sandeimerchen in der Hand vor Oma Elses Villa Sehnsucht standen und nicht reinkonnten, brach mir fast das Herz.

»Okay«, hörte ich mich plötzlich sagen. Ich atmete tief durch. »Ich komme.«

»Ach, das ist ja toll. Ich wusste, dass ich mich auf dich verlassen kann, mein Lottchen. Sein Lebenswerk kann man nicht Angestellten überlassen. Dafür ist Familie doch da. Wir sehen uns dann am Montag. Nicht später als Mittag, denk dran. Mein Schiff geht am frühen Nachmittag.«

»Ähm, ja … ich …«

Tut, tut, tut.

Aufgelegt.

Oma Else hatte einfach aufgelegt.

War das denn zu fassen? Hatte ich gerade allen Ernstes eingewilligt, die Leitung des Hotels für sie zu übernehmen?

Wie schlimm konnte dieses Jahr eigentlich noch werden? Schuster, bleib bei deinen Leisten, hieß es. Wie konnte ich ihr nur zusagen, die Villa Sehnsucht für vier Wochen zu führen? Das war absurd. Ich hatte keine Ahnung von der Hotellerie. Woher auch? Das zählte nun mal nicht wirklich zum Berufsbild einer Graphikdesignerin. Worauf hatte ich mich da bloß eingelassen?

Aber jetzt war nicht die Zeit, mir darüber Gedanken zu machen. Der Schlüssel musste her. Ganz dringend. Sonst konnte ich meine Wohnung noch vor Montag ausräumen und mit gepackten Kisten bei Oma Else auf Rügen aufschlagen. Die würde Augen machen.

Moment mal. Gepackte Kisten. Da kam mir ein Gedanke. Wie von der Tarantel gestochen, ging ich hinüber ins Schlafzimmer und stellte eine der Kisten vom Boden aufs Bett, in der ich erst gestern Abend alles gesammelt hatte, was Johannes bei seinem Auszug vergessen hatte.

»Ha!«, rief ich schließlich triumphierend, als sich mein Verdacht bestätigte. Vorhin in der Küche war mir der dämliche Korkenzieher in die Finger gekommen, den Johannes bei irgendeiner Weihnachtsfeier beim Wichteln bekommen hatte. Vermutlich von Mrs. Rubinrot. Um meine Stimmung nicht noch mehr zu trüben, verbat ich mir, weiter über diese Frau nachzudenken, freute mich darüber, endlich meinen Schlüssel gefunden zu haben, und sprintete zur Tür. Noch konnte ich es schaffen.

Auch wenn Oma Else dafür gesorgt hatte, dass sich in der Zwischenzeit ein weiteres, nicht unerhebliches Problem in meinem Leben aufgetürmt hatte. Ohne ihren Anruf wäre ich meinem Schlüssel sicher nicht so schnell auf die Spur gekommen. Auf eine ziemlich merkwürdige und kaum verständliche Weise musste ich ihr am Ende sogar noch dankbar sein.

2

Fünfzehn Minuten dauerte der Fußweg vom Binzer Bahnhof zur Villa Sehnsucht. Fünfzehn Minuten, in denen ich mir die Meeresbrise um die Nase wehen ließ und den Möwen dabei zusah, wie sie über mir ihre Kreise zogen und verschlagen auf das Fischbrötchen in meiner Hand linsten, das ich mir direkt am nächstgelegenen Kiosk gekauft hatte.

Es war ein wunderbares Gefühl, endlich hier zu sein. Erst jetzt, da ich wieder auf Rügen war, erkannte ich, wie sehr mir meine dreiwöchige Urlaubsroutine in den letzten Sommern gefehlt hatte. Mit Johannes war ich auf Mallorca, Korsika und Zypern gewesen, aber keine Insel war vergleichbar mit Rügen. Rügen war wie ein Teil von mir, ein Stück Heimat.

Als meine Eltern vor vielen Jahren nach Thailand auswanderten, war Rügen, und ganz besonders die Villa Sehnsucht, zu einem warmen Nest für mich geworden, in dem ich mich behütet und geborgen fühlte. Oma Else war zwar nicht die Großmutter, die einen mit eingeweckter Erdbeermarmelade und einem selbstgebackenen Kuchen erwartete. Dafür machten wir lange Strandspaziergänge am Meer oder spielten eine Runde Rommé im Wintergarten der Villa Sehnsucht. Sie liebte mich. Das wusste ich. Eben auf ihre eigene etwas energische und resolute, aber durchweg herzliche Art und Weise.

Während ich in die Strandpromenade einbog, klingelte das Handy, das ich in meiner Handtasche verstaut hatte. Ich hielt einen Moment inne, stellte den Rollkoffer ab und stopfte das

Fischbrötchen zurück in die Tüte. Dann wühlte ich mich an Taschentüchern, Bonbons, Wasser und Keksen vorbei. Als ich mein Handy schließlich in Händen hielt, steckte ich die Tüte mit dem Fischbrötchen in die Tasche und warf einen Blick auf das Display. Dabei blieb mir fast das Herz stehen. Es war der Verlag, bei dem ich am vergangenen Freitag mit sage und schreibe fünfzehn Minuten Verspätung aufgeschlagen war. Mein Glück war gewesen, dass zuvor ein Meeting genau um diese fünfzehn Minuten überzogen worden war.

»Hallo, Frau Bundschuh. Schön, von Ihnen zu hören.«

Die Lektorin hatte zwar angekündigt, sich zu Beginn dieser Woche bei mir melden zu wollen, aber so schnell hatte ich nicht mit ihrem Anruf gerechnet. Dementsprechend überrumpelt und unvorbereitet fühlte ich mich.

Aufgeregt biss ich mir auf die Unterlippe, während eine Familie mit zwei kleinen Kindern und einem randvoll bepackten Bollerwagen an mir vorbei Richtung Strand zog.

Es war ein wundervoller Tag. Die Sonne strahlte mir von einem blauen Himmel entgegen. Keine Wolke war zu sehen. Und schon jetzt war es herrlich warm. Wenn es meine Verpflichtungen im Hotel zuließen, dann wollte ich später unbedingt noch ins Meer springen, meine Füße im Sand vergraben und in einem Strandkorb die Seele baumeln lassen. Aber irgendwas sagte mir, dass es nicht einfach werden würde, sich diese Wünsche zu erfüllen.

»Hallo, Frau Steltner. Haben Sie einen Moment für mich?«

»Ja, aber sicher doch«, sagte ich, während mir mein Herz in die Hose rutschte. War es nun ein gutes oder eher ein schlechtes Zeichen, dass sie sich so schnell bei mir meldete? Bei meiner Präsentation am Freitag schien sie recht angetan von meinen Vorschlägen gewesen zu sein, auch wenn die

Reihenfolge meiner Folien irgendwie durcheinandergeraten war. Zum Glück fing ich mich schnell wieder und konnte einen eleganten Schlenker in meine Ausführungen einbauen. Aber so richtig konnte ich die Frau nicht einschätzen. Schließlich war ich mit einem unzufriedenen Gefühl aus dem Verlag nach Hause gegangen und hatte das halbe Wochenende darüber gegrübelt, weshalb ich ein so schrecklich unorganisierter Mensch war. Eine zermürbende Ungewissheit, die mich zusätzlich zu den Bedenken um Oma Elses Auftrag kaum hatte schlafen lassen.

»Ich habe Ihre Ansätze jetzt mit meiner Kollegin besprochen und wir beide sind uns einig, dass …«

Noch ehe ich hören konnte, zu welchem Ergebnis die beiden Damen gekommen waren, rempelte mich jemand so heftig an der Schulter an, dass mir mein Handy aus der Hand auf das Kopfsteinpflaster flog. Mein Herz setzte für einen Schlag aus, während ich schnell mein Handy aufhob und erleichtert feststellte, dass es wie durch ein Wunder unversehrt geblieben war.

»Können Sie nicht aufpassen?«, blaffte ich die Person an, die soeben mit mir kollidiert war.

»Sorry, das tut mir echt leid. Ist das Telefon kaputt? Ich kann ziemlich gut reparieren, müssen Sie wissen«, behauptete der Mann mit einem schelmischen Grinsen.

Seine grün-blauen Augen leuchteten mit der Sonne um die Wette. Der Typ erinnerte mich an irgendeinen Schauspieler. Wie hieß der noch gleich? Der aus *Hangover*.

»Nein, es scheint zum Glück nicht beschädigt zu sein. Aber in Zukunft sollten Sie besser auf Ihren Weg achten. Dann müssen Sie auch nichts reparieren.«

»Okay, aber passen Sie gut auf sich auf, mit dem Kopfsteinpflaster hier ist nicht zu spaßen!« Dabei zwinkerte er mir vielsagend zu. Zum Abschied erntete ich ein weiteres schiefes Grinsen.

»Frau Steltner, können Sie mich hören? Frau Steltner?«

Erst, als der gutaussehende Unbekannte außer Sichtweite war, realisierte ich, dass Frau Bundschuh noch immer in der Leitung hing. Und dass er mich an Bradley Cooper erinnerte.

»Ja, ich bin da. Entschuldigen Sie bitte. Mir hat gerade jemand das Handy aus der Hand geschlagen.«

»Oje, wurden Sie verletzt?«, fragte sie besorgt.

Ich schüttelte den Kopf, auch wenn ich mir der Tatsache bewusst war, dass sie es nicht sehen konnte.

»Nein, nein, danke. Es war nur ein Versehen«, bemühte ich mich, sie zu beruhigen und dabei nicht weiter an die grünblauen Augen zu denken, die mich ein wenig aus der Fassung gebracht hatten. Und das meinte ich nicht nur wegen des Schubses.

»Bei so einem Versehen, wie Sie es nennen, hat mir mal ein Kerl das Portemonnaie geklaut. Schauen Sie besser nach, ob es noch da ist. Vielleicht haben Sie eine Chance, ihm nachzugehen, falls es Ihnen so ergangen sein sollte wie mir damals. Weit kann er ja nicht sein.«

Noch während sie ihren Verdacht äußerte, kramte ich halbherzig in meiner Tasche. Ich konnte mir nicht vorstellen, dass mein Geldbeutel wirklich weg sein sollte. Das hätte ich doch bemerkt. Oder? Außerdem wirkte der Typ nicht wie ein Krimineller auf mich. Dafür sah er viel zu … gut aus. Klar, Taschendiebe und Kleinkriminelle sehen natürlich immer furchtbar verschlagen aus, haben Narben im Gesicht und ein Glasauge, veralberte mich meine innere Stimme.

Doch ich reagierte gar nicht auf ihren Einwand, sondern

kramte derweil mit wachsendem Unbehagen in meiner Tasche. Mein Geldbeutel war nirgends zu finden. Frau Bundschuh hatte recht. Der Kerl hatte mich mit Absicht angerempelt. Das schelmische Grinsen, das Leuchten seiner Augen – alles nur Taktik, um mich abzulenken. Und ich war so doof und fiel darauf rein. Wie ein dämliches Honigkuchenpferd hatte ich ihn angehimmelt. Wahrscheinlich lachte er sich noch immer ins Fäustchen.

»Frau Bundschuh, ich … Mein Portemonnaie scheint wirklich weg zu sein. Ich würde mich später bei Ihnen melden, wenn das in Ordnung ist.«

Ein glücklich aussehendes Pärchen spazierte Arm in Arm an mir vorüber, während ich mich verzweifelt nach dem Dieb umsah. Doch der war wie vom Erdboden verschluckt.

Das war mal ein astreiner Start hier auf Rügen. Geld weg, Ausweis weg, Führerschein weg. Das letzte Foto von Johannes und mir war damit auch weg. Alle anderen Bilder von uns hatte ich bereits in die hinterste Ecke des Kellers verstaut. Nur bei diesem einen in meinem Geldbeutel hatte ich es nicht übers Herz gebracht, es ebenfalls auszumustern. Es war an meinem letzten Geburtstag aufgenommen worden. Wie glücklich wir da doch noch waren …

»Es tut mir sehr leid für Sie, Frau Steltner. Wir sprechen uns später. Nur so viel: Sie haben den Job. Ihre Präsentation fand überall großen Anklang. Sogar der Vertrieb hat bereits grünes Licht gegeben.«

Erleichtert atmete ich auf. Wenigstens eine gute Nachricht an diesem Tag. Das ließ mich zwar auch nicht über meinen Verlust hinwegsehen, aber zumindest hatte ich nicht das Gefühl, auf ganzer Strecke versagt zu haben.

»Ich freue mich riesig und melde mich schnellstmöglich bei

Ihnen zurück, Frau Bundschuh. Entschuldigen Sie bitte die Unannehmlichkeiten.«

»Ach, was. Da können Sie ja nichts für. Sie haben sich bestimmt nicht mit offener Handtasche vor den Mann hingestellt und ihn darum gebeten, Sie auszurauben.«

Ich lächelte verlegen. Denn irgendwie entsprach Frau Bundschuhs Zusammenfassung ziemlich genau dem Tathergang. Wenn ich mich von diesen grün-blauen Augen nicht so hätte einlullen lassen, dann wäre es diesem schmierigen Taschendieb nie im Leben gelungen, mich zu beklauen. Warum hatte ich sein Lächeln nur so bereitwillig erwidert? Ich war doch sonst nicht so unbedarft und naiv. Schließlich lebte ich in Hamburg, einer Millionenstadt.

»Danke, Frau Bundschuh. Wir hören uns.«

Aber genau das war der Unterschied. Rügen war nicht Hamburg. Hier gingen die Uhren ein wenig langsamer und von Kleinkriminellen und Mördern hatte ich auf der Insel auch noch nie etwas gehört. Offenbar hatte sich in den Jahren, in denen ich nicht hier gewesen war, einiges verändert. Bei diesem Gedanken durchfuhr ein Stich mein Herz. Das hier war doch meine Heimat. Meine heile Welt wollte ich nur ungern mit Menschen teilen, die ihre Mitmenschen, ohne mit der Wimper zu zucken, ausnahmen.

Seufzend stopfte ich das Handy zurück in die Tasche und kramte die Tüte mit dem Brötchen hervor. Dem Täter jetzt noch nachzujagen war aussichtslos. Außerdem hatte ich nicht darauf geachtet, wohin er verschwunden war. Wahrscheinlich würde ich ihn nie wiedersehen. Das Bedauern, das ich zu meinem Erstaunen bei diesem Gedanken verspürte, hatte nicht nur etwas mit meinem gestohlenen Geldbeutel zu tun. Ohne es zu wollen, musste ich abermals an das umwerfende

Lächeln denken, das mit einer solchen Leichtigkeit dahergekommen war. Fast schon fühlte ich mich so, als wäre ich auf Wolken unterwegs. Und dann diese grün-blauen Augen ... Konnten das denn wirklich die Augen eines Kriminellen sein?

Nee, du hast natürlich recht. Verbrecher sind immer stiernackig und haben einen verschlagenen Blick, machte sich meine innere Stimme abermals über mich lustig.

Die meisten Menschen hätten in solch einem Moment vermutlich keinen Bissen heruntergebracht. Aber mein Magen reagierte da vollkommen anders. Am liebsten wäre er jetzt mit einer Tafel Schokolade verwöhnt worden. Aber die befand sich leider nicht in meiner Tasche. Da war ich mir ganz sicher. Schließlich hatte ich schon während der Zugfahrt vergebens danach gesucht, als ich mal wieder an Johannes denken musste.

Nach einem herzhaften Biss in mein Matjesbrötchen ließ ich meinen Blick über die Strandpromenade gleiten. Es war noch nicht einmal elf Uhr, und hier herrschte schon reges Treiben. Buggys, Rollatoren, Laufräder und Bollerwagen passierten mich gefühlt im Sekundentakt. Jeder hielt Ausschau nach dem schönsten Fleckchen am Strand.

Ich liebte es, auf Höhe der Villa Sehnsucht runter ans Meer zu laufen. Von dort aus hatte man einen wunderschönen Blick auf die Seebrücke. Besonders gern sah ich den Schiffen dabei zu, wie sie festmachten oder losfuhren. Schon als Kind hatte ich ein Faible für große alte Segelschiffe, die mir Geschichten aus einer anderen Zeit erzählten, wenn der Wind aus einer ganz bestimmten Richtung in ihr Segel blies.

Und während ich so vor mich hinträumte, bemerkte ich zu spät eine diebische Möwe, die mich offensichtlich nicht aus dem Blick gelassen hatte, sich nun auf mich herabstürzte und mir das Brötchen aus der Hand stibitzte.

Erschrocken starrte ich zunächst auf meine leere Hand und dann auf die freche Möwe, die sich einen sicheren Platz suchte, an dem sie ungestört ihr Diebesgut verzehren konnte.

»Na prima«, rief ich so laut, dass mich einige der Passanten verwundert ansahen.

Das war wirklich ein ganz wundervoller Start hier auf Rügen. Schlimmer konnte es jetzt wahrlich nicht mehr werden.

3

»Wie wundervoll! Du bist ja schon da.«

Kaum hatte ich die Villa Sehnsucht betreten, sprintete mir auch schon Oma Else überraschend leichtfüßig entgegen. Jedes Mal aufs Neue faszinierte es mich, wie gut sie mit ihren fast neunzig Jahren noch in Form war. Fitter als so manche Dreißigjährige. Und das körperlich und mental.

»Hallo, Oma Else«, sagte ich artig und ließ dabei meinen Rollkoffer stehen, um meine Großmutter in die Arme zu nehmen.

Unsere Begrüßung fiel nicht ganz so herzlich aus, wie ich es mir erhofft hatte, aber Oma Else wirkte etwas getrieben, rastlos, als müsste sie vor ihrer Abreise noch unzählige Dinge erledigen, die keinen Aufschub duldeten und trotz ihrer sicher makellosen Organisation offenbar zu kurz gekommen waren.

»Hallo, mein Lottchen. Lass dich mal ansehen! Gut siehst du aus, nur ein bisschen blass. Aber das werden wir mit der guten Seeluft schnell hinkriegen. Da bin ich mir sicher.«

Sie lächelte zuversichtlich, während ich zweifelte, hatte ich doch weder das Fischbrötchen noch die Sache mit meinem Geldbeutel verdaut.

An der Rezeption klingelte das Telefon.

»Oh, da muss ich rangehen. Svea ist heute nicht zur Arbeit gekommen. Ihre Tochter ist krank geworden. Vierzig Fieber. Das arme Ding. Ich habe leider so schnell keinen Ersatz für Svea finden können. Aber jetzt bist du ja da.«

Wenn ich auch nur ansatzweise gehofft hatte, dass das hier

eine ruhige Nummer werden würde, wurde ich nicht mal fünf Minuten nach meiner Ankunft eines Besseren belehrt.

Die Villa Sehnsucht für vier Wochen in der Hochsaison zu übernehmen, kam einem Himmelfahrtskommando gleich. Wie sollte ich das nur alles schaffen? Allein beim Gedanken an die verschiedenen Horrorszenarien, die mich mit Sicherheit in absehbarer Zeit ereilen würden, brach mir bereits der kalte Angstschweiß aus.

»Ja, Frau Lambrecht. Genau … Ja, es bleibt alles beim Alten und den Sanddorn-Holunderblütentee, den Sie so lieben, sowie den Aronia- und Holunder-Fruchtaufstrich habe ich Ihnen bereits in die Ferienwohnung bringen lassen. Wir freuen uns auf Ihre Ankunft. Meine Enkelin wird sich um Sie kümmern. Es wird alles reibungslos ablaufen. Einem wunderschönen Aufenthalt hier bei uns steht also nichts im Wege.«

Bei Omas Worten musste ich trocken schlucken. Ich hatte mir weder gemerkt, welche Sorte Früchtetee Frau Lambrecht gerne trank, noch hatte ich eine Ahnung, um was genau ich mich alles kümmern sollte. Die Zeit war also mehr als überreif, um Oma Else nach Instruktionen zu fragen. Anders würde ich die kommenden Wochen nicht überleben und das Hotel schnurstracks in die Insolvenz treiben.

Außerdem musste ich dringend etwas wegen des gestohlenen Geldbeutels unternehmen. Eigentlich hatte ich vorgehabt, gleich nach Betreten des Hauses bei der Polizei anzurufen und Anzeige zu erstatten. Denn zu meinem grenzenlosen Pech hatte der Akku meines Handys heute Nacht offenbar nicht richtig geladen. Oder anders formuliert: Das Ding gab keinen Pieps mehr von sich.

»Oma, ich …«, hob ich zu sprechen an, kaum dass meine Großmutter das Telefonat beendet hatte.

Doch sie ließ mich gar nicht erst ausreden.

»Lass uns alles Weitere im Wintergarten besprechen. Die Zeit drängt.«

Bewaffnet mit dem mobilen Telefon in der Hand, lief sie an mir vorbei, ohne auf mich zu warten. Ich folgte ihr eilig, nachdem ich meinen Rollkoffer ein wenig zur Seite gestellt hatte. So würde hoffentlich niemand darüber stürzen. Und vor allem für mögliche Diebe unsichtbar sein. Hier schien es neuerdings vor Kriminellen ja nur so zu wimmeln.

Die verglaste Veranda links neben dem Haupteingang des Hauses war der schönste Ort im Hotel. Bequeme Stühle und runde Holztische luden dazu ein, sich zu setzen, zu plaudern oder sich an der reichlich bestückten Spielesammlung aus dem offenen Regal zu bedienen. So konnte man seine Zeit mit Skat, Memory oder Monopoly verbringen, während man hinaus aufs Meer blickte. Und das zu jeder Jahreszeit, unabhängig von Wind und Wetter.

Oma wies mir einen Platz zu, und ich setzte mich ihr artig gegenüber.

»Es ist ein wenig unglücklich, dass Svea heute nicht da ist«, seufzte sie. »Sie weiß neben mir am besten über die Vorgänge im Haus Bescheid.« Dann winkte sie ab und setzte ihr Alles-wird-gut-Lächeln auf. »Aber das schaffen wir auch so. Da bin ich mir sicher.«

Wir? Von einem Wir konnte nicht die Rede sein. Ein Wir würde vielleicht noch eine Stunde und sechsunddreißig Minuten existieren. Aber für die nächsten vier Wochen musste ich allein klarkommen.

Atme, Lotte, atme!, forderte mich meine innere Stimme auf.

»Wann kommt Svea denn wieder?«, fragte ich mit mulmigem Gefühl im Magen.

Oma Elses Lächeln kippte. »Nun, so genau kann man das nicht sagen. Das Kind hat wohl Windpocken, das kann dauern. Und Svea ist weder geimpft noch hatte sie sie selbst als Kind …«

Das verhieß nichts Gutes.

»Heißt das also, dass ich für die nächste Zeit auf mich allein gestellt sein werde?«, fragte ich, einer Panikattacke nahe. »Was ist mit dem … Reinigungspersonal oder … der Küchencrew? Was ist mit dem Hausmeister?«

Oma Else tätschelte meine Hand, während sie ein mildes Lächeln aufsetzte.

»Lottchen, du wirst sehen, wie gut dir das alles gelingen wird. Mach dir nicht schon im Vorfeld solche Gedanken. Außerdem ist ja noch Agnes im Haus. Sie weiß bestimmt auch das ein oder andere.«

Meine Großmutter zog ein schwarzes kleines Notizbuch aus der eingenähten Tasche ihres Etuikleids. Schon als Kind fand ich es äußerst faszinierend, was sie alles mit sich herumtrug. Bevor sie vor einigen Jahren Herrn Theves, den Hausmeister, eingestellt hatte, hatte sie auch immer einen Schraubenschlüssel und einen kleinen Zollstock dabei. Oma Else überließ wirklich nichts dem Zufall.

Umso weniger verstand ich, dass sie mir praktisch über Nacht die Verantwortung für ihr geliebtes Hotel übergeben wollte, ohne mit mir die Planung bis ins kleinste Detail besprochen zu haben. Aber vielleicht würde das ja jetzt noch kommen. So zumindest mein frommer Wunsch.

»Geht es Großtante Agnes denn besser?«

Agnes war Oma Elses ältere Schwester. Die Gute hörte seit

Jahren kaum etwas und brachte schon länger alles durcheinander.

»Hm?«, meinte sie und gab vor, in Gedanken zu sein. Doch ich sah ihr an der Nasenspitze an, dass sie meine Frage sehr wohl gehört hatte.

»Ich müsste mal dringend telefonieren.« Schließlich musste ich unbedingt endlich die Polizei darüber informieren, dass an der Strandpromenade ein Dieb sein Unwesen trieb und arme Touristen skrupellos ausnahm. Wenn das spärliche Bargeld, das in meinem Geldbeutel war, aufgebraucht war, würde der Typ vermutlich versuchen, mit meiner EC-Karte zu bezahlen. Verdammt! Daran hatte ich gar nicht gedacht. Noch viel dringender als die Polizei musste ich meine Bank anrufen. Um genau zu sein: jetzt.

»Das kannst du gleich«, erklärte sie, schob sich die Brille von der Nasenspitze nach oben und blätterte mit der anderen Hand in dem kleinen schwarzen Büchlein.

»Im Prinzip findest du hier alles. Die Anleitung für das EC-Gerät, die Menüplanung für die nächsten vier Wochen und die Namen der Gäste inklusive ihrer Sonderwünsche.«

Ohne von den Seiten aufzublicken, blätterte Oma Else weiter. Nach einiger Zeit schloss sie das Buch, nahm ihre Brille von der Nase, klappte sie zusammen und verstaute sie in diesen mächtig praktischen Taschen ihres Kleides.

Dann überreichte sie mir das Buch mit einem feierlichen Gesichtsausdruck.

»Wenn du dich an das Buch hältst, sollte nichts schiefgehen. Unabhängig davon, ob Svea nach ihrer Erkrankung in den Urlaub fährt oder nicht.«

»Urlaub?«, fragte ich, einem Herzinfarkt nahe.

Davon war bisher noch nicht die Rede gewesen. Bis vor

zwei Sekunden war ich felsenfest davon ausgegangen, dass mir Svea spätestens in zwei Wochen zur Seite stehen würde. Dieser Gedanke hatte mich aufrecht gehalten.

»Ja, Svea ist alleinerziehend und fährt in diesen zwei Wochen zu ihrer Familie nach Bayern. Das macht sie jedes Jahr so«, erklärte sie mir, als wäre daran nicht mehr zu rütteln.

»Obwohl sie wusste, dass du eine Kur machst?«, hakte ich nach. Ein kleiner Hoffnungsschimmer blieb. Auch wenn der mehr und mehr in die Ferne rückte und kaum noch zu erkennen war.

»Ihre Urlaubsplanung steht schon seit Anfang des Jahres. Meine Kur wurde ja erst vor zwei Wochen bewilligt. Es wäre doch reichlich unfair, Svea nun zu bitten, ihren Urlaub abzusagen, nur weil mir die Krankenkasse die Kur so kurzfristig genehmigt hat. Findest du nicht auch?«

Was ich wirklich unfair fand, war die Tatsache, dass Oma Else bereits seit zwei Wochen von dieser Kur wusste und mich erst am vergangenen Freitag darüber informiert hatte. Vermutlich hätte es zwar nichts geändert, da ich wegen meiner Verpflichtungen in Hamburg nicht früher hätte kommen können. Aber dennoch … Sie hätte es mir sagen können. Doch sie hatte gezögert und den spätestmöglichsten Termin abgewartet. Warum auch immer.

»Ich …«, hob ich an, aber Oma Else ließ mich nicht aussprechen.

»Wie dem auch sei. Die Dinge sind so, wie sie sind. Wir werden an der jetzigen Situation nichts ändern können. Aber wenn du die Informationen in diesem Büchlein hier«, sie deutete auf den Gegenstand in meiner Hand, den ich bisher nicht mal gewagt hatte anzusehen, »beherzigst und dich ganz genau an alles hältst, sollte wirklich nichts passieren.«

Bei ihren Worten verspürte ich den plötzlichen, unnachgiebigen Drang, das Buch an mich zu ketten und keinen Schritt mehr ohne es zu machen. Nicht auszudenken, wenn es mir abhandenkäme.

»Ein paar Dinge würde ich dennoch gerne mit dir besprechen. In der nächsten Woche kommt ein neuer Koch. Er soll unseren Küchenchef unterstützen. Allerdings ...«

»Allerdings?«, fragte ich alarmiert, während ich spürte, dass mir mein Herz noch eine Etage tiefer rutschte.

»Herr Oltmann ist zwar ein sehr netter Mensch und ein vorzüglicher Koch obendrein. Aber das mit dem Zwischenmenschlichen liegt ihm nicht besonders. Falls der neue Koch nicht seinen Erwartungen entspricht oder ihm gar ins Handwerk pfuscht, dann könnte das für ein wenig Zündstoff in der Küche sorgen. Deine Aufgabe wird es sein, die Gemüter zu beschwichtigen und ein offenes Ohr für alle Parteien zu haben. Eines darfst du dabei nicht vergessen: Du bist die Chefin des Hauses. Also lass dir von niemandem auf der Nase herumtanzen, aber bemühe dich um einen stets respektvollen Umgang mit deinen Angestellten und um eine gute Arbeitsatmosphäre.«

Klar! Warum setzte sie nicht gleich noch den Weltfrieden auf die Agenda? Ich kannte Herrn Oltmann von meinen Urlauben. Er war wirklich kein besonders umgänglicher Typ. Wenn man die Karotten nicht akkurat so schnitt, wie er es gerne hätte, konnte es seinerseits schon mal zu einem cholerischen Wutausbruch führen. Ohne Frage, er war ein guter Koch. Aber menschlich gesehen eine so große Baustelle, dass ich meine Großmutter am liebsten gefragt hätte, wie ich das neben all den anderen Herausforderungen auch noch schaffen sollte.

»Und bevor ich es vergesse …« Ihr Blick wurde eindringlicher. »Du musst unter allen Umständen dafür sorgen, dass Frau Deter keinen Alkohol bekommt.«

Wer zur Hölle war denn das nun wieder?

»Frau Deter ist …?«

»… ein Stammgast. Sie kommt jedes Jahr im Sommer für exakt zehn Tage. Mittlerweile allein. Früher hat ihr Mann sie begleitet, aber der hat sich eine Jüngere genommen. Und anstatt diesen Idioten endlich zu vergessen, ertränkt sie in diesen zehn Tagen hier auf der Insel ihren Kummer in Alkohol. Die hiesige Gastronomie weiß Bescheid und schenkt nichts mehr an sie aus. Ab und an ergattert sie was im Supermarkt, oder sie hat bereits einen Vorrat im Koffer. Dennoch musst du darauf achten, dass sie es nicht übertreibt. Die Folgen wären verheerend.«

Okay, ich ergänzte auf meiner gedanklichen Liste neben dem Weltfrieden gleich noch die Heilung aller Süchtigen. Ein Kinderspiel. Ich rettete die Welt schließlich jeden Tag ein Stück weit, indem ich den Müll trennte und beim Metzger darauf achtete, dass das Fleisch nur aus zertifizierten Betrieben stammte. Das hier war also ein Klacks für mich. Ahhhh! Worauf hatte ich mich da bloß eingelassen?

»So, das sollte es erst mal gewesen sein. Ich muss mich jetzt noch fertig machen. Du kommst so weit klar?«, fragte sie abschließend allen Ernstes, während sie sich erhob und das Telefon in ihre Tasche steckte.

»Um ehrlich zu sein, habe ich keine Ahnung, wie das hier ohne dich funktionieren soll, Oma. Ich meine, was hab ich denn schon für Erfahrung in diesem Bereich? Nichts, was ich an der Uni oder in meinem Berufsleben gelernt habe, hat mich auf das hier vorbereitet.«

Oma Else tätschelte meine Wange.

»Mach dir doch nicht unnötige Sorgen über ungelegte Eier. An der Uni hätte man dir auch nichts beibringen können, was du mit ein wenig gesundem Menschenverstand spielend leicht hinbekommst. Ich lasse dir Sveas Nummer zur Sicherheit vorne an der Rezeption, und in dem schwarzen Notizbuch ist sie unter den Kontakten aufgeführt. Auch wenn sie nicht persönlich hier sein kann, kannst du sie anrufen. Zur Not stehen dir die Personalakten der Mitarbeiter zur Verfügung. Das wird aber, denke ich, nicht nötig sein. Du schaffst das, mein Lottchen. Du musst nur ein bisschen mehr an dich glauben. Dann wird das schon.« Trotzdem hob sie mahnend den Zeigefinger in die Höhe. »Noch mal zu Svea: Ruf sie wirklich nur im äußersten Notfall an. Svea muss jetzt für ihre kleine Familie da sein, und sie hat einen Anspruch auf einen schönen Sommerurlaub.«

Das fand ich ja auch. Ich war grundsätzlich der Meinung, dass jeder seinen Urlaub dazu nutzen sollte, sich auszuruhen und neue Kraft zu tanken. Dummerweise hielt ich mich selbst nicht dran. In meinen Ferien führte ich zur Abwechslung ein Hotel und musste meinen ersten großen Verlagsauftrag als Graphikdesignerin abarbeiten. Das hörte sich zumindest in meinen Ohren nicht unbedingt nach Urlaub an.

»Kann ich dich zur Not erreichen?«

»Wie?«, meinte Großmutter.

»Na, du wirst sicher ein Telefon auf dem Zimmer haben. Und dein Handy steckst du doch auch ein.«

Anstatt mir zu antworten, fuhr sie sich mit den Fingern durchs Haar und blickte abwesend nach draußen aufs Meer.

»Schön ist es heute. Wann immer es dir möglich sein wird, gönn dir eine kleine Auszeit und geh raus an den Strand.

Hörst du? Die Seele braucht das. Ach, und nimm dabei am besten auch gleich Agnes mit. Sie verbringt viel zu viel Zeit im Haus. Was mitunter meine Schuld ist.«

»Wie geht es ihr?«

Oma seufzte.

»Um ehrlich zu sein, habe ich das Gefühl, dass sie auch mich so langsam vergisst. An manchen Tagen ist sie ganz klar, dann wieder weiß sie nicht mal, dass der Zweite Weltkrieg schon lange hinter uns liegt. Erst vor ein paar Tagen hielt sie den Staubsauger für einen feindlichen Bomber und versteckte sich den halben Nachmittag in ihrem Kleiderschrank. Es hat mich einiges an Überredungskunst gekostet, sie da wieder rauszuholen.« Dann sah sie mir fest in die Augen. »Ich will nichts beschönigen, mein Lottchen. Die Bürde, die ich dir auferlege, ist groß. Ich weiß das. Aber ich bin mir ganz sicher, dass du es schaffen wirst.«

Die Voraussetzungen für meinen Start hier auf Rügen waren wirklich nicht die besten. Jetzt auch noch ein Auge auf Großtante Agnes haben zu müssen, setzte mich weiter unter Druck. Schließlich hatte ich noch nicht mal auf die Babys meiner Freundinnen aufgepasst. Und ein Haustier hatte ich ebenfalls nie besessen. Mir nun die Verantwortung für ein ganzes Unternehmen und meine an Demenz erkrankte Großtante zu übertragen, überforderte mich. Auch wenn ich wusste, dass Oma Else es nie übers Herz brächte, Agnes außer Haus in einer Tagespflege versorgen zu lassen. Ihre ältere Schwester kam nicht sonderlich gut damit klar, wenn sich ihre Umgebung änderte oder sie mit fremden Leuten zu tun hatte. Oma Else hatte das alles bereits getestet und nach ihren schlechten Erfahrungen beschlossen, sich selbst um Agnes zu kümmern. Vollumfänglich.

»Das mit Großtante Agnes hört sich schlimm an. Die Ärmste! Irgendwie hatte ich doch immer die Hoffnung, es würde nicht so schlimm werden.«

Oma Else nickte seufzend.

»Könnte ich jetzt vielleicht doch kurz dein Telefon haben?«, blieb ich beharrlich.

»Was hast du denn die ganze Zeit mit dem Telefon? Hast du denn kein Handy bei dir? Ihr jungen Leute könnt doch gar nicht mehr ohne das Ding aus dem Haus gehen. Wenn ich da so manche Familie bei uns im Hotel zu Abend essen sehe, überkommt mich das nackte Grauen. Da hängt jeder mit dem Handy in der Hand über dem Teller, schaufelt das gute Essen lustlos in sich hinein und schaut sich dabei die neuesten Beiträge von was auch immer an.«

Oma Else warf wutschnaubend ihre Hände in die Höhe.

»Mein Akku ist leer, und auf dem Weg ins Hotel hat mir jemand auf der Strandpromenade den Geldbeutel geklaut«, erklärte ich.

Meine Großmutter legte sich erschrocken die Hand auf die Brust.

»Aber warum sagst du das denn nicht gleich, mein Lottchen? Da müssen wir doch sofort den Oberkommissar Sanders anrufen und dem Kerl auf die Spur kommen. In so einer Situation zählt doch jede Sekunde.«

Ja, der Tatsache war ich mir hinreichend bewusst gewesen. Aber Oma Else hatte die Fähigkeit, Menschen ganz und gar für sich einzunehmen. So sehr, dass ich den Diebstahl zwischenzeitlich fast schon vergessen hatte.

»Es hat sich bisher noch nicht die Gelegenheit ergeben«, übte ich unterschwellig Kritik, die jedoch komplett an ihr abprallte.

Anstatt meinen Worten Gehör zu schenken, nahm Oma Else die Sache selbst in die Hand und wählte die Nummer der Polizei.

»Hm, komisch. Da geht keiner ran«, meinte sie nach einigen Sekunden. »Aber davon lassen wir uns nicht entmutigen. Vorne an der Rezeption habe ich die Privatnummer von Herrn Sanders hinterlegt. Im letzten Herbst gab es an der Promenade eine Einbruchserie. Der gute Mann hat jedem Eigentümer seine Handynummer dagelassen, damit er im Ernstfall schnell hier sein konnte, um dem Täter auf die Spur zu kommen.«

Aufgewühlt von Omas Worten hatte ich ein wenig Mühe, ihr nachzukommen, als sie sich im Stechschritt auf den Weg zur Rezeption machte.

»Davon weiß ich ja gar nichts. Was ist denn damals passiert? Was hat der Täter denn erbeutet?«

»Nichts von Bedeutung. Er hat sich ausschließlich in der Küche bedient.«

Oma Else durchquerte den Flur und lief auf die Lobby zu.

»Kupfertöpfe?«, hakte ich nach.

»Nein, Lebensmittel. Der Einbrecher war ein Waschbär.«

»Ein Waschbär?«, fragte ich atemlos, während ich durch den Eingangsbereich des Hotels eilte.

Oma Else stand bereits hinter der Theke und kramte in einem Karton, in dem lose Blätter lagen.

»Hier muss doch irgendwo die Telefonnummer sein«, murmelte sie mehr zu sich selbst. »Ich kam noch nicht dazu, sie in mein Büchlein zu übertragen«, offenbarte sie mir dann, und eine zaghafte Röte überzog ihre Wangen.

Es schien ihr unangenehm zu sein, in diesem Moment nicht besser organisiert zu sein.

Doch noch ehe ich etwas erwidern konnte, hörte ich zu

meiner rechten Seite ein Klappern. Direkt neben der Eingangstür wollte sich doch tatsächlich gerade jemand meinen Koffer schnappen.

»Hey, Sie da! Lassen Sie sofort die Finger von meinem Koffer«, rief ich und lief schnell auf ihn zu.

Man hatte mir an diesem Morgen bereits meinen Geldbeutel gestohlen und eine diebische Möwe hatte sich über mein Fischbrötchen hergemacht. Mein Hab und Gut würde ich diesen Verbrechern nicht auch noch überlassen. Nur über meine Leiche.

Wie vom Donner gerührt, ließ der Mann von meinem Koffer ab, hob die Hände in die Höhe und drehte sich zu mir um.

»Sie?«, fragte ich ungläubig, als ich in der Person den Dieb erkannte, der mir vor knapp einer Stunde meinen Geldbeutel entwendet hatte.

Zur Antwort erhielt ich wieder dieses schiefe Lächeln.

»Ha!«, ertönte Omas siegreicher Aufschrei aus dem Hintergrund. »Ich habe die Nummer gefunden. Ich rufe gleich mal bei Herrn Sanders an.«

»Das wird nicht mehr nötig sein«, sagte ich schnell, ohne dabei den Mann aus den Augen zu lassen.

»Das verstehe ich nicht. Ist dein Geldbeutel denn wieder aufgetaucht?«

Oma Else sah verwirrt drein, während ihre Lesebrille jeden Moment von ihrer Nase zu rutschen drohte.

»Der Dieb ist schon hier. Und damit sicher auch mein Geldbeutel. Stimmt's?«, fragte ich barsch in Richtung des Mannes, der mich noch immer mit erhobenen Händen grinsend ansah.

Oma Else löste sich in diesem Augenblick von der Rezeption und steuerte auf uns zu.

»Entschuldige bitte, mein Lottchen, aber jetzt verstehe ich nur noch Bahnhof. Der Dieb ist schon hier, sagst du? Wo ist er denn?« Sie blickte sich suchend im Raum um. Doch wir waren allein. Die Gäste waren sicher schon alle ausgeflogen, um diesen wunderschönen Sommertag in vollen Zügen zu genießen.

»Und was ist mit dir, Felix, warum stehst du denn die ganze Zeit mit erhobenen Händen vor meiner Enkelin? Ich wusste nicht mal, dass ihr euch kennt.«

»Felix?«, fragte ich verblüfft, als mir bewusst wurde, dass meine Großmutter den Verbrecher sogar kannte.

»Das ist also Lotte.« Mein Gegenüber schien ähnlich überrascht zu sein wie ich. Dennoch grinste er mich weiter munter an, während ich ihm am liebsten die Augen ausgekratzt hätte.

»Das ist er, Oma. Der Kerl hat meinen Geldbeutel gestohlen.«

Nun geriet das Lächeln auf seinen Lippen doch ins Wanken.

»Wie bitte?«, fragte Felix irritiert.

»Er hat mich angerempelt und mir dabei das Portemonnaie aus der Tasche geklaut«, erzählte ich unbeirrt weiter.

Meine Großmutter sah zu Felix, der kopfschüttelnd dastand.

»Das ist eine Lüge. Ich habe in meinem ganzen Leben noch nie etwas geklaut«, behauptete er.

»Ha!« Ich lachte laut auf. »Das sagen sie alle. Ich möchte jetzt sofort mein Eigentum zurück. Ansonsten rufen wir Herrn ...?«, fragend blickte ich zu Oma Else.

»Sanders«, soufflierte sie.

»Genau den«, sagte ich und verschränkte dabei die Arme vor der Brust.

»Lotte, hier muss es sich um ein Missverständnis handeln.

Felix ist seit einigen Monaten der Hausmeister hier im Hotel. Herr Theves ist in Rente gegangen, musst du wissen.«

Und wieder mal wurde mir schonungslos vor Augen geführt, wie wenig ich über das Haus und seine Angestellten wusste.

Unschlüssig blickte ich zwischen meiner Großmutter und dem vermeintlichen Dieb hin und her.

»Aber mein Geld ist wirklich weg.«

Wie zum Beweis öffnete ich meine Handtasche so weit, dass meine Oma einen guten Blick auf das Innere werfen konnte.

Doch sie sah gar nicht hin.

»Für Felix verbürge ich mich. Vielleicht hat dich vorher jemand angerempelt? Bist du dir sicher, dass du deinen Geldbeutel überhaupt mitgenommen hast? Oder er liegt noch in Hamburg in deiner Wohnung.«

Für einen Moment war ich wirklich versucht, daran zu glauben, ich hätte meine Geldbörse zu Hause vergessen. Was nicht weiter schwierig war, wenn man daran dachte, wie lange ich am Freitag nach meinem Schlüssel gesucht hatte. Aber dagegen sprach eine Tatsache: Ich hatte mein Fischbrötchen an diesem Kiosk in Bahnhofsnähe mit Geld aus meinem Portemonnaie bezahlt. Da war ich mir ganz sicher. Also konnte ich es wohl kaum daheim auf der Küchenanrichte vergessen haben. Nein, nein. Der Geldbeutel war mit mir auf die Insel gereist. Egal, wie zuversichtlich Felix grinste.

Da klingelte das Telefon in Oma Elses Händen und ich schaute sie hoffnungvoll an. »Die Polizei?«

»Nein, das ist Peter«, sagte sie und wandte sich ihrem Gespräch zu.

»Guten Morgen, Peter. Was verschafft mir die Ehre?«

Ich kannte keinen Peter. Ob der hier im Hotel beschäftigt

war? Das Erste, was ich tun musste, wenn diese ganze leidige Sache mit meinem Portemonnaie durchgestanden war, war, eine Liste über all die Personen zu erstellen, die hier arbeiteten, um mir einen Überblick zu verschaffen.

»Ach«, sagte Oma gerade, während Felix interessiert den Gesprächsfetzen lauschte.

Als sich unsere Blicke trafen, grinste er abermals. Ein warmes Gefühl machte sich schlagartig in meinem Magen bemerkbar. Was absolut lächerlich war! Schließlich war Felix mein Feind und nicht mein Freund. Er hatte nicht das Recht, dieses Gefühl in mir zu wecken. Und meinem Magen stand es nicht zu, in seiner Nähe solch merkwürdige Dinge zu tun.

»Das ist sehr lieb von dir, Peter. Bis gleich.«

Mit diesen Worten beendete Oma ihr Gespräch und ließ das Telefon zurück in die Tasche ihres Kleides gleiten.

»So, meine Lieben. Die Sache mit deinem Geldbeutel hat sich schon geklärt.«

»Ach, tatsächlich?«

Verwundert sah ich zu ihr, während ich in Richtung meines Koffers schielte. Nicht, dass Felix die Gunst der Stunde doch noch nutzte und sich mit meinem Hab und Gut aus dem Staub machte. Keine Ahnung, was in den Köpfen von Kleinkriminellen so vor sich ging. Vielleicht hörte er ja Stimmen, die ihm befahlen, etwas zu stehlen.

»Das war Peter«, informierte mich meine Großmutter, und ihrem zufriedenen Lächeln nach zu urteilen schien damit alles hinreichend erklärt zu sein. Aber ich verstand leider nach wie vor nur Bahnhof.

Weder hatte ich eine Ahnung, wer dieser Peter überhaupt war, noch erschloss sich mir aus Omas nebulösen Worten, wie der Anruf eines Mannes dazu führen konnte, dass sich alles geklärt hatte. Schließlich stand derjenige, der für den ganzen Schlamassel verantwortlich war, keine zwei Schritte von mir entfernt.

»Der Besitzer vom Fischkiosk Mehrfisch?«, meldete sich Felix ruhig und gelassen zu Wort. Er hatte den Ernst der Lage offenbar noch immer nicht begriffen. Seinem ständigen Grinsen nach zu urteilen, war er vermutlich einer von den Kerlen, die sich nie Sorgen machten und glaubten, ihr gutes Aussehen und ihr Charme reichten, um ungestraft davonzukommen.

Aber da hatte er sich gewaltig geschnitten! Ich, Lotte Steltner, würde eigenhändig dafür sorgen, dass dieser miese Verbrecher seine gerechte Strafe bekam.

»Genau der«, sagte meine Großmutter und nickte dabei lächelnd in Felix' Richtung.

Die beiden schienen sich ja außergewöhnlich gut zu verstehen. Wenn ich sie mir so ansah, wirkte es fast auf mich, als hätte Oma Else ihren Hausmeister in ihr Herz geschlossen.

»Ach«, erwiderte Felix und fragte dann versonnen: »Und wie kommt der jetzt an die Geldbörse deiner Enkelin?«

Das würde mich ebenfalls brennend interessieren. Moment mal! Fischkiosk Mehrfisch? War das nicht der Kiosk, an dem ich mir vorhin das Fischbrötchen gekauft hatte?

In meinem Kopf legte sich ein Schalter um und ich sah vor meinem geistigen Auge die Szene noch einmal deutlich vor mir. Wie ich meinen Geldbeutel aus der Tasche kramte und auf dem Tresen ablegte, dem Mann hinter der Theke einen Zehn-Euro-Schein zuschob und mein Brötchen erhielt. Danach hatte ich meine Handtasche geschultert, den Rollkoffer mit der einen Hand gezogen und in der anderen das Brötchen gehalten. Verdammt!

»Ich hab mir da vorhin was gekauft«, warf ich zähneknirschend ein.

Oma Else nickte.

»Genau, so ist es. Und dabei hast du deine Börse auf Peters Tresen vergessen. Er bringt sie dir in seiner Mittagspause vorbei, Peter wohnt nicht weit von hier. Unser Glück, dass er dich noch von früheren Sommeraufenthalten mit deinen Eltern auf der Insel her kannte.«

Während ich noch versuchte, die Informationen in eine geordnete Reihenfolge zu bringen, spürte ich, wie Felix mich mit einem breiten Grinsen bedachte. Dazu brauchte ich erst gar nicht zu ihm schauen.

»Darf ich dir den Koffer jetzt nach oben in dein Zimmer tragen oder bist du immer noch der Ansicht, ich wäre ein Krimineller, der sich bei nächster Gelegenheit mit deinen Bikinis aus dem Staub macht?«

Oma Else war bei den Worten ihres Hausmeisters äußerst bemüht darum, nicht lauthals aufzulachen. Die Muskeln um ihre Mundpartie zuckten verräterisch, während sie einen Hustenanfall vortäuschte.

»Es tut mir leid«, erwiderte ich peinlich berührt.

Mir war die Sache furchtbar unangenehm. Aber als Frau Bundschuh mir von ihren Erfahrungen berichtet hatte, passte gerade alles so schön ins Bild. Schließlich hatte Felix mich ja wirklich angerempelt, mich in ein Gespräch verwickelt und danach war mein Portemonnaie verschwunden. Nie im Leben hätte ich in der Situation erahnen können, dass ich es beim Kiosk vergessen hatte.

»So, nachdem jetzt alles geklärt ist, muss ich wirklich los. Mein Schiff wartet«, jauchzte Oma Else, während Felix ohne ein weiteres Wort mit dem Koffer an mir vorbeirollte.

»Was meinst du mit … Schiff?«, fragte ich verwundert und ließ meine Großmutter nicht aus den Augen.

Bevor sie antwortete, fuhr sie sich durchs Haar und brachte ihre Locken in Form.

»Sagte ich Schiff? Ich meinte natürlich die Fähre nach Greifswald, aufs Festland.«

Oma Else lächelte verlegen, und ich spürte, dass das, was sie mir da gerade sagte, nicht ganz der Wahrheit entsprach. Aber noch ehe ich weitere Fragen stellen konnte, lief sie Felix hinterher ins Obergeschoss und gab vor, ihm dringend noch etwas sagen zu müssen.

Was für ein erster Aufritt in diesem Hotel! Das war wirklich eine Meisterleistung, mich schon nach wenigen Minuten beim Personal unbeliebt zu machen. Was das für die nächsten Wochen hieß, wollte ich mir gar nicht erst ausmalen. Nur gut, dass zum jetzigen Zeitpunkt kein Gast im Haus war, der das Schauspiel gesehen hätte. Vielleicht bekam ich ja noch eine Chance, zumindest in diesem Bereich zu glänzen.

4

Am nächsten Morgen erwachte ich mit schrecklichen Kopfschmerzen. Die Nacht über hatte ich kaum ein Auge zugemacht, immer wieder wurde ich von Albträumen aus dem Schlaf gerissen. Und immer und überall erschien mir Felix' Lächeln.

Nur widerwillig öffnete ich die Augen. In einer Viertelstunde würde ohnehin mein Wecker klingeln. Ich musste aufstehen und nach dem Rechten sehen. Auch wenn ich noch so gar nicht wusste, was das denn genau war.

Der gestrige Nachmittag ohne Oma und Svea im Haus war zum Glück gut verlaufen. Am Abend galt es, ein paar Differenzen zu überwinden, weil ein Gast partout nicht einsehen wollte, dass er nicht am Fenster einen Tisch für fünf Personen allein belegen konnte, während eine vierköpfige Familie keinen Platz zum Essen fand. Nach einigem Hin und Her zeigte er sich endlich einsichtig und ließ der Familie den Vortritt. Erleichtert hatte ich mich abgewandt, nur um in Felix' strahlendes Gesicht zu blicken, als er am Speisesaal vorbeilief. Machte er sich etwa lustig über mich? Oder fand er die Tatsache, dass ich Oma Elses Vertretung übernommen hatte, einfach nur amüsant?

Ich wurde aus dem Typen nicht schlau. Aber dafür kannte ich ihn nicht gut genug. Woran ich in nächster Zeit nichts zu ändern gedachte.

Nur in nächster Zeit?, warf meine innere Stimme interessiert ein.

Ich wich einer Konfrontation aus, indem ich mich aus den Federn quälte und hinüber zu der kleinen gepolsterten Bank unter dem Fenster ging, von der aus man einen wundervollen Blick auf die Seebrücke und den Strand hatte. Dies hier war mit Abstand mein absolutes Lieblingszimmer im Haus.

Es lag in Oma Elses kleiner Wohnung in der Villa Sehnsucht. Neben einem Gästebett standen noch ein Schreibtisch und ein großer Schrank im Raum. Es war sehr nett, mir ihr Reich zu überlassen. Aber vermutlich war das auch dem Umstand geschuldet, dass das Haus restlos ausgebucht war. Und das bis weit in den Oktober hinein. Ich hatte nachgesehen und mir damit die letzte Hoffnung genommen. Denn eines stand schon mal fest: Ruhig würde mein Aufenthalt auf der Insel unter keinen Umständen werden.

Ein altes Segelschiff steuerte auf die Brücke zu. Der Strand war bis auf ein paar tapfere Frühschwimmer, zu denen auch Oma Else für gewöhnlich zählte, noch menschenleer. Eine Schar Möwen stakste auf der Suche nach Essbarem im Sand umher. Die Strandkörbe wirkten verlassen. Die Sonne kämpfte sich langsam am Himmel empor. Sie würde auch heute strahlen und den Urlaub für viele große und kleine Kinder zu einem wundervollen Tag werden lassen. Burgen würden gebaut, Muscheln gesucht und viele schöne Erinnerungen gesammelt werden.

Ein wenig wehmütig dachte ich an die Zeit zurück, als ich hier mit meinen Eltern Urlaub gemacht hatte. Oma Else hatte damals immer gescherzt, dass ich am liebsten wie ein Fisch für immer im Wasser bleiben würde. Und damit hatte sie recht gehabt. Ich liebte das Meer, die frische Seeluft, die kreischenden Möwen und das Gefühl, von Wasser umgeben zu sein.

Ein schepperndes Geräusch riss mich aus meinen Gedanken. Da mein Handy nach wie vor nicht richtig lud, hatte ich Omas vorsintflutlichen Wecker gestellt. Nur gut, dass ich schon vor ihm aufgewacht war. Das Teil war in der Lage, Tote zum Leben zu erwecken, so laut schrillte es durch den Raum. Dummerweise fand ich nicht gleich den Schalter, um das Geräusch abzuschalten. Als ich das Gerassel endlich abgestellt bekam, hatte ich bestimmt das halbe Haus aufgeweckt.

Keine Sekunde später klopfte es an der Tür. Ich hielt den Atem an und überlegte für den Hauch eines Augenblicks, mich schlafend zu stellen. Was in Anbetracht der Tatsache, dass gerade ein ohrenbetäubender Wecker in meinem Zimmer losgegangen war, eventuell nicht wirklich glaubhaft war.

Also entschied ich mich zu einem offensiven »Herein!« und harrte der Dinge, die da bereits um kurz vor halb sieben auf mich zukamen.

»Lydia?«, fragte die gebrechliche Stimme meiner Großtante Agnes, als sie ins Zimmer trat. »Lydia? Bist du da?«

Lydia? Es dauerte einen Moment, bis ich mich an Oma Elses Worte erinnerte. Agnes verwechselte Oma Else des Öfteren mit ihrer bereits verstorbenen besten Freundin.

»Großtante Agnes, ich bin es, Lotte.«

Schnell eilte ich zu ihr, gab ihr meine Hand und half ihr, ins Zimmer zu kommen. Sie sprach nicht sonderlich leise. Und falls ich nicht längst jeden im Haus geweckt hatte, war es nun meine Pflicht, für Ruhe zu sorgen.

Großtante Agnes blickte mich aus glasigen, leicht verblassten blauen Augen an. Auch ohne ein Wort zu sagen, spürte ich ganz deutlich, dass sie keine Ahnung hatte, wer ich war.

Die Tatsache, dass sie mich offenbar vergessen hatte, schmerzte. Diese Krankheit war so unfair.

»Wer sind Sie?«, fragte sie schließlich, kaum dass ich die Tür hinter ihr ins Schloss gezogen hatte.

In ihrem Morgenmantel aus purpurnem Samt schwebte sie, gefolgt vom Klang eines Glöckchens, in den Raum. Miss Moneypenny, Agnes' schwarze Katze mit dem weißen Fleck am Hals, war seit jeher stets an ihrer Seite. Wohin sie auch ging, die Katze war nie weit.

»Ich bin Lotte, Elses Enkeltochter. Erinnerst du dich an Bernd, meinen Vater?«

»Bernd«, sagte sie mit einem Lächeln auf den Lippen, während sie auf meinen Platz am Fenster zusteuerte. Miss Moneypenny folgte ihr unauffällig und sprang wie selbstverständlich neben sie auf das Polster. Agnes wandte den Blick von mir ab und schaute hinaus aufs Meer.

»Ja, Bernd. Erinnerst du dich?« Mit viel Einfühlungsvermögen versuchte ich, weiter zu ihr durchzudringen.

»Bernd ist ein lieber Junge. Wie alt ist er noch gleich?«

Ich wollte schon anheben, um ihre Frage zu beantworten, als sie mir zuvorkam.

»Ah, ich weiß. Er ist im letzten Sommer nach Stockholm an die Uni gegangen. Wie lange dauert das denn noch mit seinem Architekturstudium?«

Wenn man bedachte, dass mein Vater sein Studium nie beendet hatte, eine berechtigte Frage. Allerdings lag sein Auslandssemester in Schweden nun schon rund fünfundvierzig Jahre zurück.

»Nicht mehr lange«, antwortete ich schließlich, als mir klarwurde, dass ich Großtante Agnes nicht mit der Wahrheit konfrontieren konnte.

»Das hört sich gut an, Else.«

Okay. Offenbar verwechselte sie mich nicht länger mit ihrer besten Freundin Lydia, sondern mit ihrer Schwester Else.

»Ich muss jetzt leider gleich runter, um …«

Um was zu tun? Nachzusehen, ob die Küche ihre Arbeit tat? Die Tische eingedeckt waren? Die Morgenzeitung auslag?

Großtante Agnes tätschelte meine Hand.

»Du machst das schon, Else. Hast du noch mal etwas von Ivar gehört?«

Ivar? Den Namen hatte ich noch nie zuvor gehört. Wer war der Mann? Einer ihrer früheren Gäste? Ein Schulfreund? Der Nachbarsjunge? Ich hatte keinen blassen Schimmer. Dafür hatte ich schon jetzt eine ziemlich genaue Vorstellung davon, wie die nächsten Wochen zwischen Großtante Agnes und mir verlaufen würden: ein ewiges Ratespiel.

»Nein?«

Meine Antwort war mehr eine Frage.

»Wie schade! Ich mochte ihn wirklich sehr. Wenn du doch nur auf dein Herz gehört hättest.« Dann hob sie abwehrend die rechte Hand in die Höhe. Der Morgenmantel war an der Stelle schon ganz abgewetzt. Das lag daran, dass sie ihn immer trug. Wirklich immer. Am Strand, auf der Veranda, im Garten, beim Frühstück, in der Kirche und im Bett – der rote Samtmantel war stets mit von der Partie. Ich kannte Großtante Agnes nicht anders.

Ob sie ihn wohl zum Baden auszog? Ich schüttelte den Kopf bei diesem Gedanken.

»Aber ich weiß, wie ungern du darüber sprechen möchtest. Also werde ich dich auch nicht weiter damit belästigen.«

Gedankenverloren strich sie Miss Moneypenny übers Fell.

Die Katze schnurrte selig, während sie mir noch immer die kalte Schulter zeigte.

Bis zum heutigen Tag war es mir nicht gelungen, zu dem Tier durchzudringen. Dabei schien es nicht so, als könnte sie mich nicht leiden und ginge deshalb auf Abstand zu mir. Sie behandelte mich lediglich wie Luft. Aber das war nicht nur bei mir so. Die Einzige, die sie streicheln durfte, war Agnes. Die beiden hatten eine sehr innige Beziehung zueinander.

Da Agnes nie selbst eine Familie gegründet hatte, holte sie sich schon in jungen Jahren Tiere aus dem Tierheim. Sie nahm sich ihrer an, verwöhnte sie wie Kinder und liebte sie weit über den Tod hinaus. Im Gegensatz zu meiner Großmutter war Agnes viel weicher und warmherziger. Als ich noch klein war, hatte sie mir immer Bonbons zugesteckt, mit mir stundenlang gepuzzelt und mir unten in der Teufelsschlucht Geschichten erzählt, die sie sich selbst ausgedacht hatte.

Wie sehr ich diese Nachmittage doch vermisste. Wie sehr ich doch Großtante Agnes vermisste. Und wie sehr ich es bereute, mich in den vergangenen Jahren viel zu selten um sie gekümmert zu haben.

»Lotte?«, hörte ich sie plötzlich fragen.

Die Hoffnung erwachte neu in mir.

»Ja, Großtante Agnes. Ich bin es.«

Meine Augen hatten sich bei meinen Kindheitserinnerungen mit Tränen gefüllt. Geschwind wischte ich sie mir mit dem Handrücken ab.

»Wie schön, dass du uns mal wieder besuchst.« Mit einem strahlenden Lächeln auf den Lippen erhob sie sich von ihrem Platz, steuerte auf mich zu und nahm mich schließlich ganz fest in ihre Arme. Mein Herz machte einen riesigen Hüpfer. Das war meine Großtante. So war es früher immer gewesen.

Ihr haftete sogar noch dieser süßliche Duft nach Vanille an. Früher hatte Großtante Agnes für mich schon im Sommer Plätzchen gebacken. Alle schüttelten ungläubig den Kopf, nur für mich war sie die weltbeste Großtante, die man sich nur vorstellen konnte. Und das nicht nur, weil ich Vanillekipferl so liebte.

Als sie sich von mir löste, erstarb das Lächeln plötzlich.

»Kennen wir uns?«, fragte sie mich, während sich ihre Augen zu schmalen Schlitzen verengt hatten.

Die Hoffnung, die eben noch in mir aufgekeimt war, verblasste wie eine Erinnerung, von der man schon bald nicht mehr sagen konnte, ob sie wirklich stattgefunden hatte oder der Phantasie entsprungen war. Ich bemühte mich um ein Lächeln, doch der Kloß in meinem Hals drohte mich zu ersticken. Was war das nur für eine herzlose Krankheit!

»Wir kennen uns sehr gut, Großtante Agnes«, schaffte ich es dennoch zu sagen.

Sie schien noch nicht ganz überzeugt, doch der misstrauische Ausdruck in ihrem Blick schwächte sich ab. Verwunderung machte sich in ihrem Gesicht breit.

»Ach, dann ... Das ist ja schön. Ich bin Agnes und lese total gerne die Bücher vom Nesthäkchen. Kennst du die?«

Die Reihe um das fröhliche Mädchen Annemarie hatte sie mir vorgelesen, als ich gerade in die Schule gekommen war. Die Ausgaben der Bücher waren damals schon sehr alt gewesen. Wenn ich mich darauf konzentrierte, konnte ich mich sogar daran erinnern, wie das Papier gerochen hatte. Wehmut machte sich in mir breit. Doch ich musste dagegen ankämpfen. Für mich. Für Großtante Agnes. Für uns beide. Und unsere Erinnerungen. Ich würde sie von nun an für uns beide in meinem Herzen tragen.

»Meine Großtante hat sie mir vorgelesen, als ich noch klein war.«

Agnes lächelte.

»Das ist toll! Meine Mami hat mir auch immer viel vorgelesen. Manchmal hat sie darüber sogar vergessen, das Abendessen zu kochen. Vati hat dann mit ihr geschimpft. Aber nicht lange. Er mochte das Nesthäkchen nämlich auch sehr gerne«, offenbarte sie mir hinter vorgehaltener Hand, als stünde zu befürchten, dass ihr Vater jeden Moment die Tür aufreißen und hereinschneien könnte. Dabei war mein Urgroßvater schon weit vor meiner Geburt bei einem Arbeitsunfall gestorben.

Miss Moneypenny sprang von der Bank und lief in Richtung Tür.

»Ich glaube, ich muss wieder zurück in mein Zimmer. Miss Moneypenny hat Hunger. Aber wir sehen uns bestimmt noch öfter, und dann können wir ja zusammen spielen, wenn unsere Muttis das erlauben. Was meinst du?«

Ich nahm Großtante Agnes ganz fest in meine Arme.

»Sehr gerne, Agnes. Ich kann es kaum erwarten.«

Sie kicherte übermütig. Dann lief sie der Katze hinterher, öffnete ihr die Tür und verschwand in den Flur.

5

»Frau Steltner, wir brauchen Sie dringend in der Küche.«

Mit diesen Worten empfing mich der Souschef, den ich aus meinen Sommeraufenthalten in der Villa Sehnsucht bereits kannte, schon am unteren Ende der Treppe. Mein Herz setzte für einen Schlag aus, als ich erkannte, wie panisch der Mann dreinsah. Fieberhaft versuchte ich, mich daran zu erinnern, was Oma Else mir zur Situation in der Küche erzählt hatte, gleichzeitig fiel mir auf, dass ich das kleine schwarze Notizbuch in meinem Zimmer vergessen hatte.

Das war kein gutes Omen.

»Was ist denn passiert?«, fragte ich besorgt, kaum dass ich bei Herrn Wiedemann angekommen war.

Einige Gäste saßen bereits beim Frühstück. Der Service schien reibungslos zu funktionieren. Das konnte also nicht der Grund für Herrn Wiedemanns tropfnasse Stirn sein.

»Der neue Koch ist eine Frau«, hörte ich ihn flüstern und er schaute mich mit weit aufgerissenen Augen an, als wir in Richtung des Blauen Salons gingen. Hier wurde am Nachmittag der Tee gereicht, ähnlich wie beim Afternoon Tea in England. Jetzt war der Blaue Salon noch nicht für Gäste geöffnet. Der perfekte Ort also, um sich ungestört zu unterhalten.

»Was genau ist denn jetzt das Problem?«, ermittelte ich weiter, in der Hoffnung, endlich die Ursache für Herrn Wiedemanns schweißgetränkte Stirn zu erfahren.

Dieser schluckte.

»Herr Oltmann ist ein Koch der alten Schule. Er …«

»Ja?«, ermutigte ich ihn weiterzusprechen.

»Er … will keine Frauen in der Küche.«

Bei dieser Offenbarung riss nun ich die Augen weit auf. Gleichzeitig war ich versucht, ihn zu bitten, seine Worte noch einmal zu wiederholen. Denn was ich soeben gehört hatte, konnte ich nicht glauben.

»Wie bitte?«

Herr Wiedemann sah betreten drein.

»Das ist ja nicht meine Meinung, Frau Steltner. Aber ich bin eben nur der Souschef. Die Küchenleitung hat Herr Oltmann inne. Und der hat soeben aus einem Brief von Ihrer Großmutter erfahren, dass sie nicht den von ihm bevorzugten Kandidaten eingestellt, sondern sich für eine Frau Anfang dreißig entschieden hat.«

»Oh«, sagte ich unschlüssig. Wie sollte ich auch sonst auf diese Offenbarung reagieren?

»Kommt es denn öfter vor, dass meine Großmutter eine andere Entscheidung trifft als Herr Oltmann?«

Herr Wiedemann schüttelte den Kopf.

»Das war bisher noch nie der Fall. Im Grunde hat der Chef bisher immer selbst beschlossen, wer für die Küchencrew angestellt wird. Dass Frau Steltner senior nun diesen Weg einschlägt und nicht mal da ist, damit er mit ihr darüber reden kann … Um es anders auszudrücken: Der Start für die Kollegin hier in der Villa Sehnsucht steht nicht unbedingt unter dem besten Stern.«

Ich hatte eine ziemlich genaue Vorstellung davon, was Herr Wiedemann mir damit sagen wollte.

»Wann genau soll die neue Kollegin denn anfangen?«

»Am kommenden Montag«, sagte Herr Wiedemann, wie aus der Pistole geschossen.

Vermutlich zählte der Ärmste schon die Sekunden bis zum Armageddon.

»Besteht der Hauch einer Chance, dass Herr Oltmann seine Meinung zu dieser Neuanstellung im Verlauf der Woche ändern wird?«, fragte ich wider besseres Wissen.

Herr Wiedemann schüttelte vehement den Kopf.

»Davon ist nicht auszugehen. Herr Oltmann bleibt seiner Meinung für gewöhnlich treu.«

Ich atmete tief ein, schloss die Augen für wenige Sekunden und entließ die Luft anschließend schubweise aus meinen Lungen.

»Ich werde mir etwas überlegen«, erklärte ich dann, wobei ich keine Ahnung hatte, wie dieses Etwas aussehen könnte.

Doch Herr Wiedemann schien zufrieden.

»Dann werde ich mal lieber wieder an die Arbeit gehen. Gegen acht Uhr dreißig kommen die meisten Gäste zum Frühstück«, erklärte er routiniert.

»Ja, machen Sie das, Herr Wiedemann.«

Er nickte kurz in meine Richtung, ehe er auf dem Absatz kehrtmachte. Im Türrahmen blieb er mit seiner hohen Kochmütze hängen, so dass sie ihm fast vom Kopf gefallen wäre. Der Souschef der Villa Sehnsucht war gut und gerne einen Meter neunzig groß.

Seufzend blickte ich auf die kleine Theke, auf der die noch leeren Kuchenvitrinen standen. Diese würden erst am Nachmittag mit leckeren Torten, Macarons und Sandwiches bestückt werden. Es war mir also nicht möglich, meine trübe Laune mal eben mit viel Zucker aus dem Keller zu holen. Das wäre auch zu einfach gewesen.

Die kleinen runden Tische mit den je vier aufbereiteten Stühlen stammten noch aus einer Zeit, in der das Hotel den

Eltern meiner Großmutter gehört hatte. In der DDR hatte man ihnen das Haus im Zuge der *Aktion Rose* abgenommen und in Wohnraum umgewandelt. Damals waren Hoteliers und andere Eigentümer von Taxiunternehmen und Erholungsheimen enteignet worden. Mein Vater hatte mir erzählt, dass es einem Wunder glich, als Oma Else nach der Wende zum ersten Mal wieder im Haus ihrer Kindheit stand. Sie hatte kein Wort gesagt, während ihr die Tränen nur so über die Wangen gelaufen waren und ein Lächeln ihre Lippen umspielt hatte.

»Der Blaue Salon steht unseren Gästen erst am Nachmittag zur Verfügung«, hörte ich eine Stimme in meinem Rücken.

Ich wandte mich um und musste erkennen, dass es sich bei dem Mann um niemand Geringeren als den Hausmeister handelte. Felix. Noch am Abend hatte ich mir gestern Omas Notizbuch zur Hand genommen und daraus erfahren, dass Felix mit Nachnamen Wagner hieß, Mitte dreißig und ledig war. Außerdem stand dort, dass er Medizin studiert hatte. Für jeden ihrer Angestellten hatte meine Großmutter in diesem kleinen Büchlein eine eigene Seite angelegt. Sogar der Geburtstag war notiert. Er hatte zwei Tage nach mir Geburtstag, am elften Juni. Warum ich mir ausgerechnet seine Angaben so genau angesehen und sie mir nachhaltig eingeprägt hatte, war mir jedoch ein Rätsel.

»Ich weiß«, antwortete ich und fühlte mich mächtig ertappt.

Dabei war es mein gutes Recht, hier zu sein. Das Haus gehörte schließlich meiner Großmutter und damit irgendwie auch mir. Zumindest ein bisschen.

»Ach, du bist es.« Felix hatte wieder dieses schelmische

Grinsen auf den Lippen, das mich noch ganz wahnsinnig machte.

Gib's doch zu! Du magst es, wenn er dich so anschaut, behauptete meine innere Stimme.

Anstatt ihr etwas zu erwidern, ignorierte ich sie geflissentlich.

Felix hielt in der einen Hand einen Werkzeugkoffer, mit dem er nun auf mich zukam. Das alles passierte so schnell, dass ich mich nicht vom Fleck bewegen konnte, bis er ganz dicht an mir vorbeiging. Völlig unvorbereitet wehte ein maritim-männlicher Duft nach einer salzigen Meeresbrise und erfrischender Zitrone an meiner Nase vorbei. Ich ertappte mich dabei, wie ich versucht war, die Augen zu schließen, um den Geruch weiter auf mich wirken zu lassen. Im letzten Moment gelang es mir gerade noch, mich dem Drang zu widersetzen.

»Bist du wieder auf der Suche nach Gangstern und Ganoven?«, fragte er mich, kaum dass er mich passiert hatte. »Ich glaube, hinter der Theke ist ihr Geheimversteck. Da lagern nicht nur Kaffee und Tee, sondern auch Plätzchen und salzige Snacks«, ergänzte er mit verschwörerisch leiser Stimme.

»Hahaha! Selten so gelacht.«

Gut möglich, dass ich gestern das ein oder andere fehlinterpretiert hatte, aber das gab Felix noch lange nicht das Recht, mich in den kommenden vier Wochen damit aufzuziehen. Ich war schließlich seine Chefin. Irgendwie. Also, eine Respektsperson. Oder so ähnlich.

»Meine falsche Anschuldigung tut mir leid. Ich gebe auch gerne zu, dass ich mit dem ein oder anderen Wort übers Ziel hinausgeschossen bin.«

Felix lachte zur Antwort.

Kopfschüttelnd schnaubte ich, guckte ihn kurz genervt an,

drehte mich schließlich um und lief in Richtung der Tür. Eine Auseinandersetzung mit diesem Schönling war das Letzte, was ich jetzt gebrauchen konnte.

Der Tag war noch jung und schon jetzt hatte ich das Gefühl, die Herausforderungen nicht meistern zu können. Da brauchte ich meine Energie nicht auch noch auf Felix zu verschwenden, der, anstatt meine Entschuldigung anzunehmen, lieber über mich lachte.

Noch während ich darüber nachdachte, blickte ich mich kurz um und sah, wie Felix sich an der riesigen vollautomatischen, meist enorm dampfenden Kaffeemaschine zu schaffen machte.

»Und ich gebe zu, dass ich mich köstlich amüsiert habe«, hörte ich ihn noch sagen, während ich den Raum verließ, in der Hoffnung, dieses verräterische Kribbeln in meinem Magen in den Griff zu bekommen.

6

»Ja, Frau Lambrecht. Der Tee und der Fruchtaufstrich wurden bereits in Ihrer Ferienwohnung bereitgestellt.«

Auch zu Frau Lambrecht hatte Oma Else einen Eintrag in ihrem schlauen schwarzen Notizbüchlein. Denn neben den Angestellten gab es Vermerke zu all ihren Stammgästen mitsamt ihren Vorlieben. Bis zu Frau Lambrecht hatte ich es gestern Abend noch geschafft. Dann waren mir die Augen vor Müdigkeit zugefallen. Außerdem konnte ich mich noch daran erinnern, dass Oma Else bei meiner Ankunft mit der Dame telefoniert hatte. Auch wenn meine Gedanken um meinen vermeintlich gestohlenen Geldbeutel gekreist waren.

»Sie brauchen sich keine Sorgen zu machen. Alles ist wie immer.«

Oma Else hatte notiert, dass die Friseurmeisterin im Ruhestand aus dem Ruhrgebiet nur sehr schwer mit Veränderungen umgehen konnte. Die Reise auf die Insel Rügen war jedes Jahr aufs Neue eine immense Herausforderung für sie. Es gelang ihr nur, sich dieser zu stellen, indem sie sichergehen konnte, dass sie in ihrer alljährlich angemieteten Ferienwohnung alles so vorfand wie bei ihrem letzten Aufenthalt in der Villa Sehnsucht. Besonders der Früchtetee schien ihr sehr wichtig zu sein. So sehr, dass sie am heutigen Morgen bereits zum dritten Mal anrief.

Gerade in dem Moment, als ich das Telefonat beendete und ein Stoßgebet gen Himmel schickte, kam Großtante Agnes in ihrem roten Morgenmantel die Treppe hinuntergelaufen, gefolgt von Miss Moneypenny. Ihre kurzen grauen Haare waren klatschnass. Sie tropften sogar noch. Offenbar hatte sie sich die Haare gewaschen und war dann zielstrebig aus dem Bad hinunter in die Lobby gelaufen. Ohne sich vorher die Haare zu trocknen oder gar etwas überzuziehen. Denn unter dem Morgenmantel blitzte ihr Schlafanzug durch.

»Großtante Agnes?« Behutsam versuchte ich, zu ihr durchzudringen, als sie die Rezeption passierte. Doch sie lief unbeirrt weiter.

Eilig schnappte ich mir das mobile Telefon und ging ihr nach, da sie geradewegs auf den Ausgang zuhielt. Allerdings erreichte ich sie erst, als sie bereits die Stufen hinunter in den Garten genommen hatte und in der mit Blumen bepflanzten alten Badewanne Platz nehmen wollte.

»Agnes?«, bemühte ich mich erneut, zu ihr durchzudringen.

»Ja?«, fragte sie schließlich, während sie ihren Kopf in meine Richtung umwandte, das Bein angehoben, um jeden Moment in die Wanne zu steigen. Doch sie ließ zunächst von ihrem Vorhaben ab.

Ganz im Gegensatz zu Miss Moneypenny. Die Gute hatte sich bereits neben den Rosen niedergelassen und putzte sich emsig die Pfoten. Mal wieder erwischte ich mich dabei, wie ich mich fragte, warum Großtante Agnes der schwarzen Katze mit dem weißen Fleck am Hals ausgerechnet den Namen einer Figur aus den James Bond-Filmen gegeben hatte. Eine Ähnlichkeit zwischen Ms Sekretärin und dem Tier war definitiv nicht vorhanden. Und von einem Faible meiner Großtante für die Filme hatte ich bisher nie etwas mitbekommen.

»Else?«, fragte sie und blickte mich mit glasigen Augen an.

Keine Ahnung, wie Schauspieler das machten, wenn sie sich in eine neue Rolle einfühlen mussten. Eins stand dabei jedoch außer Frage: Sie hatten mehr Zeit als ich bei Großtante Agnes' ständigem Gedankenwechsel.

»Wir müssen wieder ins Haus«, erklärte ich ihr und nannte dabei explizit keinen Grund in der Hoffnung, sie würde das für mich übernehmen. Schließlich wollte ich sie nicht unnötig verstören. Wenn sie gerade der Überzeugung war, ich wäre ihre Schwester im Alter von zehn Jahren, dann war es sicher nicht ratsam, etwas aus dem Erwachsenenalter der beiden anzuführen.

Gleichzeitig blickte ich mich zu allen Seiten hin um. Die meisten Gäste hatten das Haus bereits verlassen. Frau Lambrecht würde heute Nachmittag anreisen. Sonst war mit keinen Neuankömmlingen zu rechnen. Im Speisesaal saß noch ein ehemaliger Oberschuldirektor aus Bayern, der, den Angaben meiner Großmutter zufolge, etwas eigen war und stets allein zu speisen wünschte. Das aber unbedingt im Speisesaal und nicht in seinem Zimmer.

»Sind sie auf dem Weg zu uns?«

Großtante Agnes blickte mit weit aufgerissenen Augen gen Himmel. Ich ahnte, worauf sie hinauswollte, und zog sie schlagartig mit mir mit. Sogar Miss Moneypenny verließ das von Oma Else angelegte Badewannenbeet und trollte sich auf die Wiese. Gerade als wir die drei Stufen hinauf zum Haus genommen hatten, schlüpfte die Katze jedoch wieder vor uns durch die Tür.

»Guten Morgen, Agnes«, begrüßte Felix meine Großtante, kaum dass wir in der Lobby ankamen.

Diese fuhr sich bei seinen Worten wie ein junges Mädchen durch die Haare, während sich ihre Wangen leicht röteten.

»Hallo, Norbert«, hörte ich sie zu meiner grenzenlosen Verwunderung sagen.

Felix lächelte sie freundlich an, während er ihr eine Kusshand zuwarf. Offenbar kannte er dieses Spiel schon. Dennoch imponierte es mir, wie bemüht er sich gab und wie liebevoll er dabei wirkte.

Jetzt wärst du auch gerne Großtante Agnes, oder?, sagte meine innere Stimme und kicherte albern. Doch ich schenkte ihr kein Gehör.

»Wir sollten nach oben gehen«, unterband ich eine weitere Unterhaltung. »Ihre Haare sind ganz nass«, erklärte ich Felix, der mir daraufhin abermals sein schelmisches Grinsen schenkte und mir dabei so tief in die Augen sah, dass ich für einen Moment das Atmen vergaß.

Warum hatte dieser Typ nur diese Wirkung auf mich? Ich kannte ihn doch nicht einmal wirklich und von mögen konnte nach der Episode von vor wenigen Minuten im Blauen Salon auch nicht die Rede sein.

Wobei ich dank Oma Elses Notizbuch durchaus interessante Eckpfeiler seiner Vita kannte. Besonders das abgeschlossene Medizinstudium hatte mich verwundert. Warum studierte man erst jahrelang Medizin, nur um dann als Hausmeister in einem Hotel auf Rügen zu arbeiten? Das ergab doch überhaupt keinen Sinn.

»Das wird wohl das Beste sein«, sagte er mit kehliger Stimme und sah mich weiterhin durchdringend an.

Mein Herz schlug mir bis zum Hals, während ich mir mantraartig vorbetete, wie das mit dem Atmen noch mal ging. Einatmen und ausatmen. Einatmen und ausatmen.

Ich war schon im Begriff, mit Großtante Agnes in Richtung der Treppe zu gehen, als Felix mich mit einem »Ach, was ich noch sagen wollte« stoppte.

»Ja?«, fragte ich hoffnungsvoll mit plötzlich klatschnassen

Händen und dem vermutlich dämlichsten Grinsen auf den Lippen seit Menschengedenken. Zumindest fühlte es sich so an. Natürlich hatte ich nicht mal eben einen Spiegel zur Hand, um mich davon zu überzeugen. Was in Anbetracht der Lage vermutlich auch besser war.

»Die Kaffeemaschine funktioniert wieder.«

Felix sah mich ein wenig verunsichert an. Augenscheinlich war ihm mein erwartungsvoller Gesichtsausdruck nicht entgangen.

»Ähm, ja. Das ist ... wirklich toll. Ich ... also ... Ja. Das ist ... Danke«, stotterte ich peinlich berührt, während mir die Schamesröte in Sekundenschnelle bis unter den Scheitel schoss.

Aus dem Augenwinkel bemerkte ich derweil, wie mir Großtante Agnes ausbüxte und gefolgt von Miss Moneypenny in Richtung Speisesaal davontrottete.

»Du solltest ihr besser nachgehen«, sagte Felix und überging damit dankenswerterweise den peinlichen Moment zwischen uns. »Als Agnes das letzte Mal zur Frühstückszeit im Speisesaal war, hat sie mit Erdbeermarmelade Herzen auf die Tapete gemalt. Wohl eine Kindheitserinnerung, die sehr prägend gewesen ist. Dumm nur, dass sie sich nicht mehr an den Ärger erinnert, der ihr danach sicher geblüht hat.«

Nervös blickte ich zwischen Felix und meiner Großtante hin und her, ehe ich mich hastig auf den Weg machte, ihr zu folgen.

Wie eine Wahnsinnige rannte ich auf die Glastür zu, nur um kurz davor mein Haar zu richten und innezuhalten. Der ehemalige Oberschuldirektor, Herr Lingen, wollte ja nicht gestört werden. Also würde ich versuchen, nicht schon am ersten Tag bei ihm in Ungnade zu fallen.

Vor der Tür blieb ich kurz stehen, atmete einige Male ruhig ein und wieder aus, ehe ich schließlich den Mut fand, den Raum zu betreten und Ausschau nach Großtante Agnes zu halten. Dummerweise war sie durch die Glastür nicht zu sehen, was nichts Gutes verhieß. Das Frühstücksbuffet befand sich nämlich direkt rechts vom Eingang. In Gedanken sah ich schon die ersten Erdbeerherzen in leuchtendem Rot an der Tapete prangen. Oma Else würde mich umbringen, wenn sie wieder da war. Die Räumlichkeiten des Hotels, besonders der Speisesaal, waren ihr heilig.

Hingegen aller Erwartungen stand Agnes jedoch einfach nur am Fenster mit Blick in den Garten, der hinter dem Haus angelegt war. Meine Urgroßmutter hatte sehr viel Liebe hineingesteckt. Als Oma Else das Haus in den Neunzigern zurückerwerben konnte, lag der Garten brach. Gerümpel hatte sich darin angesammelt, und der einst so strahlend grüne Rasen war bröckeliger Erde gewichen. Dank einiger Fotografien, die noch aus der Zeit vorhanden waren, in der das Haus sich im Familienbesitz befunden hatte, gelang es Oma Else jedoch, das ursprüngliche Refugium des Hotels wiederherzustellen.

Meine Großmutter war sehr stolz auf ihr grünes Paradies, mit all seinen bunten Pfingstrosen, dem Lavendel, den Traubenhyazinthen, den Narzissen und üppigen Rhododendronbüschen. Besonders im Frühling war der Garten eine wahre Augenweide. Unter einem Essigbaum im hinteren Bereich der Anlage war an einem Ast eine Hollywoodschaukel aus Holz befestigt. Eine Maßanfertigung. Oma Else hatte mir erzählt, dass es genau so eine schon einmal in diesem Garten gegeben hatte. Sobald ich mir etwas Zeit freischaufeln konnte, würde ich mich dort mit einem Buch niederlassen und mir die Abendsonne ins Gesicht scheinen lassen. Was für eine schöne Vorstellung. Wenn ich daran dachte, was in der nächsten Zeit alles auf mich wartete, blieb allerdings kaum Hoffnung, dass ich diese Vorstellung auch umsetzen konnte. Aber ich wollte den Dingen nicht mehr so pessimistisch entgegenblicken. Oma Else würde schon irgendwann zurückkommen. Vielleicht konnte ich dann ja noch ein oder zwei weitere Tage hierbleiben und mich wie ein Gast fühlen. Was für ein schöner Gedanke.

»Else? Ich hab dich gar nicht kommen hören. Warst du um diese Zeit nicht mit Ivar im Garten verabredet?«, sagte Agnes in die Stille hinein.

Aus dem Augenwinkel erkannte ich, dass Herr Lingen bei ihren Worten auf uns aufmerksam wurde. Mit der Serviette tupfte er sich bedächtig langsam über die Mundpartie, während er nach wie vor in unsere Richtung blickte.

»Er kommt etwas später«, versuchte ich, meine Rolle zu spielen. »Wollen wir nicht hochgehen? Mama mag es nicht, wenn wir hier unten sind, während sich Gäste im Raum befinden.«

In diesem Punkt ließ ich meiner Phantasie ein wenig freien Lauf. Ehrlich gesagt, hatte ich keine Ahnung, ob meine Urgroßmutter etwas dagegen gehabt hatte, wenn die Kinder sich im Speisesaal aufhielten, während Gäste anwesend waren. Ich konnte es mir jedoch gut vorstellen.

Agnes blickte sich im Raum um und schien dabei erst jetzt zu bemerken, dass wir nicht allein waren.

»Oh, das ist mir gar nicht aufgefallen.« Dann wandte sie sich wieder an mich. »Bist du sicher, dass Ivar erst später kommt? Ich meine, ihn gerade dort hinten im Garten gesehen zu haben. Du musst keine Angst haben. Ich verrate euch auch nicht. Egal, wie sehr mich Mami unter Druck setzt.«

Wer war dieser Ivar? Offenbar jemand, den Oma Else kennengelernt haben musste, als sie ein Teenager war. Vielleicht war der Junge ja ihre erste große Liebe gewesen. Vor Großvater. Was wohl passiert wäre, wenn sie ihn und nicht Opa geheiratet hätte?

»Das ist lieb von dir. Aber ich bin mir wirklich ganz sicher.«

Bei diesen Worten griff ich beherzt, aber gefühlvoll nach ihrem Arm und zog Agnes mit mir in Richtung Tür. Kaum dass wir uns in Bewegung gesetzt hatten, stand Herr Lingen von seinem Platz auf und kreuzte unseren Weg. Wenn ich also gehofft hatte, er würde auf unsere Störung nicht weiter eingehen, dann hatte ich meine Rechnung augenscheinlich ohne ihn gemacht.

Mit einem »Frau Steltner, auf ein Wort!« bedeutete er mir, ihm zu folgen.

»Wartest du hier auf dem Stuhl kurz auf mich?«, fragte ich Agnes, die nickte und mich mit großen Augen ansah. Offenbar war ihr der rügende Ton in Herrn Lingens Stimme nicht entgangen.

»Was kann ich für Sie tun, Herr Lingen?«, fragte ich freundlich und mit einem Lächeln auf den Lippen.

Stammgäste zu verprellen stand definitiv nicht auf meiner Agenda. Aber ich hatte bei der ganzen Angelegenheit hier auch keine Wahl gehabt. Wenn es nach mir gegangen wäre, dann hätte der ehemalige Oberschuldirektor noch bis zum Ende der Frühstückszeit hier allein verweilen können.

»Frau Steltner, ich weiß nicht, wie ich es Ihnen sagen soll.«

Sätze, die so begannen, ließen auf nichts Gutes hoffen. Das wusste ich genau. Nicht zuletzt dadurch, dass Johannes erst vor kurzem mit ebendiesen Worten unserer Beziehung ein jähes Ende gesetzt hatte.

Mein Magen zog sich beim Gedanken daran und bei der Erwartung darauf, was mir gleich blühen würde, schmerzvoll zusammen, während ich weiterhin darum bemüht war, nett und freundlich zu bleiben.

»Es tut mir leid, dass meine Großtante und ich Sie beim Frühstück gestört haben.« Ich ging direkt in die Offensive.

Das würde ihn im besten Fall so aus der Fassung bringen, dass er nicht wusste, was er erwidern sollte.

»Oh, ja. Das … Nun, das könnte ich noch irgendwie verkraften. Aber das hier …« Herr Lingen nahm seinen Teller in die Hand und hielt ihn mir anschließend direkt unter die Nase. »Das kann ich nicht dulden.«

Während ich fieberhaft überlegte, wie die Scheibe Gurke oder der Toast Herrn Lingens Unmut auf sich gezogen haben könnte, hörte ich ein gelangweiltes Miau aus Großtante Agnes' Richtung.

»Sind die Gurken denn nicht zu Ihrer Zufriedenheit?«

Hatte ich diesen Satz gerade allen Ernstes laut ausgesprochen?

»Die Gurken? Nein, die Gurken sind vollkommen in Ordnung. Akkurat geschnitten. Nicht zu dick. Nicht zu dünn. Genau so, wie ich sie mag. Was mich sauer aufstoßen lässt, ist vielmehr die Tatsache, dass Sie von einer ordentlichen Butter auf eine halbfette Margarine umgestellt haben. Jeder vernünftige Mensch weiß doch, dass das Zeug nichts taugt. Von Ihrem Haus hätte ich mir wirklich mehr Stil gewünscht.«

Während ich noch überlegte, was denn die Wahl zwischen Butter oder Margarine mit dem Stil eines Hauses zu tun hatte, stellte sich Großtante Agnes neben mich und hielt Herrn Lingen ein kleines rechteckiges Etwas entgegen, das in silbernes Papier eingewickelt war.

»Die Butter steht seit einigen Wochen nicht mehr direkt neben der Margarine, da es öfter zu Verwechslungen bei unseren Gästen gekommen ist«, referierte sie mit fester Stimme und scheinbar völlig klarem Verstand.

»Ach so?«, fragte Herr Lingen perplex. »Nun, dann entschuldige ich mich in aller Form. Wobei ich das natürlich nicht wissen konnte.«

Ich lächelte nach wie vor und distanzierte mich ein wenig von dem Teller und dem Mann.

Ich verabschiedete mich höflich und wandte ich mich mit Großtante Agnes und Miss Moneypenny im Schlepptau dem Ausgang zu.

Kaum dass ich die beiden in ihr Zimmer verfrachtet und Agnes die Haare getrocknet hatte, fragte ich sie, woher sie das mit der Butter denn wusste.

Daraufhin sah sie mich mit weit aufgerissenen Augen an und meinte: »Ich habe keine Ahnung, was du meinst, Else.«

7

Am späten Nachmittag gelang es mir endlich, ein paar Minuten allein am Strand zu verbringen. Frau Nietnagel, die Servicechefin, hatte sich bereiterklärt, die Rezeption für diese Zeit zu übernehmen. Wohlgemerkt, allein mit Hunderten von Touristen. Aber immerhin.

Frau Lambrecht war inzwischen angereist und hatte ihre Wohnung anstandslos bezogen. Sie hatte mich nicht einmal nach dem Früchtetee gefragt, als sie an der Rezeption eincheckte. Ich hielt es für ein gutes Omen und wollte es auch genau dabei belassen.

Oma Else hatte ein paar hauseigene Strandkörbe an dem Strandabschnitt, der sich in fußläufiger Entfernung vom Hotel befand. Für gewöhnlich waren diese in der Hochsaison allesamt belegt. Heute war jedoch die Familie aus Sachsen zu einem Törn mit dem Segelschiff aufgebrochen. Ich hatte den jüngsten der drei Jungen aufgeregt von den Kreidefelsen reden hören. Also nutzte ich die Gunst der Stunde, schnappte mir den Schlüssel und begab mich in Windeseile an den Strand.

Barfuß, mit offenem Haar und nur in Shorts und einfachem Shirt bekleidet, lief ich erst einige Meter am Wasser entlang, ehe ich es mir mit einem Buch im Strandkorb gemütlich machte. Zum Lesen kam ich allerdings nicht wirklich. Meine Gedanken kreisten viel zu sehr um die Erlebnisse der letzten beiden Tage.

Kaum zu glauben, was alles passiert war. Nach Johannes'

Auszug schien die Zeit stillzustehen. Der Sekundenzeiger meiner Küchenuhr hatte sich nur nach gutem Zureden vorwärts bewegt, während die Sonne nie untergehen wollte. So hatte ich einige Tage in meinem Bett gelegen und auf ein Wunder oder einfach nur auf ein wenig Abwechslung gehofft. Oma Elses Anruf kam zwar erst Monate später, aber die Abwechslung hier war dann fast eine Schippe zu viel des Guten.

Auch wenn ich mittlerweile nachvollziehen konnte, warum meine Großmutter bisher nicht im Traum – wie sie es mir gegenüber schon mehrfach geäußert hatte – daran gedacht hatte, in den Ruhestand zu gehen. Dabei hatten meine Eltern ihr so oft angeboten, sie auf ihrer kleinen Insel aufzunehmen. Ein Lebensabend im Paradies klang für mich jetzt nicht unbedingt unangenehm. Aber vorstellen konnte ich mir Oma Else nicht, wie sie einfach nur alle viere von sich streckte und dabei ihre Seele baumeln ließ. Dafür war sie viel zu quirlig und unternehmungslustig.

Die Villa Sehnsucht war ein Teil von ihr. Sie würde nicht irgendwo in der Südsee sitzen und das alles hier vergessen. Dafür war sie viel zu sehr in ihrer Heimat verwurzelt. Die Ostsee war ihre Heimat. Außerdem würde sie Großtante Agnes niemals allein lassen. Zwischen den beiden gab es ein sehr festes Band, das nichts und niemand so leicht trennen konnte. Außer der Tod, vielleicht.

Meine Gedanken sprangen zu Agnes' Andeutungen über Ivar. Ich ertappte mich dabei, dass ich mehr über die Liebesgeschichte zwischen meiner Großmutter und dem Unbekannten erfahren wollte. Waren die beiden sehr verliebt ineinander gewesen? Warum mussten sie sich trennen? Hatten meine Urgroßeltern Wind von ihrer Beziehung bekommen? Und hatten sie sich seit damals jemals wiedergesehen? Was war mit meinem Großvater? Hatte meine Großmutter ihn aufrichtig geliebt oder hatte sie sich in eine Ehe gefügt, die sie selbst nie gewollt hatte?

Die Zeiten waren damals andere. Viele junge Frauen konnten nicht selbstbestimmt über ihr Leben entscheiden. Sie mussten sich den Anweisungen ihrer Familien fügen.

Während ich so über all das nachdachte, vibrierte mein Handy.

Das Gesicht meiner besten Freundin Yara erschien im Display. Sie grinste mich freudestrahlend an. Das Bild war kurz nach dem Antrag ihres Verlobten Kai entstanden.

»Hey, Yara. Wie schön von dir zu hören. Sorry, dass ich es bisher noch nicht geschafft habe, mich bei dir zu melden.«

Gleich nachdem Yara dieses Foto aufgenommen hatte, rief sie mich an und fragte, ob ich ihre Trauzeugin sein wollte. Schon im kommenden Mai würde es so weit sein: Yara Buchmeister und Dr. Kai Langenhorn gaben sich das Ja-Wort. Die Hamburger High Society wartete bereits ungeduldig auf das Event des Jahres. Kai entstammte einer alten Hamburger Kaufmannsfamilie, die ein kleines Vermögen mit dem Import von Kaffee gemacht hatte. Er gehörte damit zur Crème de la Crème der Hamburger Gesellschaft.

»Huhu, Lotte, das ist doch kein Problem. Ich wollte nur mal hören, wie es dir auf Rügen so geht.«

Yara und ich kannten uns seit der Schulzeit. Seit dem ersten Tag der fünften Klasse, um genau zu sein. Lange Jahre hatten wir wie siamesische Zwillinge aneinandergehangen. Bis Kai in Yaras Leben getreten war und unseren eingespielten Rhythmus gewaltig durcheinandergebracht hatte. Doch er war nicht allein gekommen. Er hatte Johannes mitgebracht.

»So weit ist alles gut«, sagte ich mit Blick hinaus aufs offene Meer.

Mein Strandkorb stand in erster Reihe. Vor mir lag nur ein Pärchen auf ausgebreiteten Handtüchern. Sie hatten ihre Hände fest ineinander verschlungen, während sie die Sonne anbeteten.

Eine freche Möwe lurte auf die Kekse, die ich offen in meiner Tasche als Nachmittagssnack bereithielt. Ein kleiner Trost, da ich heute leider nicht zum Afternoon Tea in die Gunst des leckeren Gebäcks im Blauen Salon gekommen war. Es war einfach zu viel los gewesen. Ständig hatte das Telefon geklingelt oder einer der Gäste noch eine Bitte oder eine Frage gehabt.

Dabei war es nicht so, dass mir die Arbeit nicht auch Spaß gemacht hätte. Erst jetzt, da ich zu Oma Elses Stellvertreterin ernannt worden war, fiel mir auf, wie gerne ich doch mit Menschen zusammenarbeitete und wie gut es mir tat, ihnen zu helfen. Ich hatte sogar damit begonnen, in Lösungen anstatt in Problemen zu denken. Ein Meilenstein in meiner Entwicklung, wenn man so wollte. Noch gestern nach meiner Ankunft hätte ich das nicht für möglich gehalten. Und auch jetzt war ich mir nicht ganz sicher, ob das hier alles wirklich passierte oder ob ich nur träumte.

»Ich sitze gerade am Strand und verteidige meine Kekse gegen hungrige Möwen.«

Yara lachte.

»Na, das hört sich nicht ganz so anstrengend an.«

»Ich hatte gestern aber auch schon einen Schockmoment«, offenbarte ich schließlich.

»Oh, was ist passiert?«, fragte Yara neugierig.

Die staksige Möwe vor mir im Sand legte ihren Kopf leicht

schief und sah mich dabei so flehend an, dass ich mich erweichen ließ und ihr einen Keks hinwarf. Sofort hörte ich ein wildes Zanken der übrigen Möwen, die offenbar auch in Lauerstellung bereitgestanden hatten.

»Mein Geldbeutel war weg und ich dachte, er wäre mir gleich nach der Ankunft gestohlen worden.«

Eine der größten Möwen kämpfte sich mit dem Keks im Schnabel an den übrigen vorbei.

»Nein! Das ist ja meine absolute Horrorvorstellung. Da sind mal eben nicht nur ein paar Scheine weg, sondern dein halbes Leben. Führerschein, EC-Karte, die vielen Payback-Punkte, die ich eh nie einlöse ...«

Bei Yaras Anspielung auf die Sammelkarten, die vermutlich jeder von uns in seinem Geldbeutel spazieren trug, musste ich lachen.

»Aber jetzt mal im Ernst: Hast du ihn wieder?«

Eine der kleineren Möwen kämpfte sich unter die ältere mit dem Keks im Schnabel hindurch und schnappte sich just in diesem Moment das Gebäck aus deren Schnabel. Eine wahre Glanzleistung, wenn man bedachte, dass nach wie vor alle Möwen – mittlerweile sieben an der Zahl – in Bewegung waren.

»Ja, der Dieb hat sich als Omas Hausmeister entpuppt«, erklärte ich, während die junge Möwe mit dem Keks im Schnabel abhob und sich irgendwo in der Ferne ein ruhiges Plätzchen suchte. Die übrigen Möwen waren über diesen Coup so verwundert, dass sie viel zu lange zögerten, ehe sie ihr folgten.

»Der alte Herr Thiemann?«, fragte Yara entrüstet.

»Er hieß Theves«, berichtigte ich sie. »Aber der ist bereits im Ruhestand. Der neue Hausmeister heißt Felix und ist in unserem Alter«, bemühte ich mich, ganz gelassen den Mann zu beschreiben, der mir mehr im Kopf herumschwirrte, als gut für mich war.

»Felix, soso.«

Es war nicht nötig, Yara dabei zu beobachten, wie sie das sagte. Allein der Klang ihrer Stimme verriet mir, dass sie mir angehört haben musste, dass mich der Kerl nicht kaltließ.

»Ja, Felix. Ich dachte, er hätte mir das Portemonnaie unmittelbar vor dem Haus meiner Großmutter geklaut. Dann hat sich jedoch herausgestellt, dass ich es beim Kiosk am Bahnhof vergessen habe. Ach, und zu guter Letzt habe ich Felix auch noch bezichtigt, meinen Koffer stehlen zu wollen.«

Seufzend sah ich einem kleinen Mädchen dabei zu, wie es eifrig die Burg, die sie gemeinsam mit ihrem Papa gebaut hatte, mit Muscheln bestückte. Wie gerne ich doch zu ihr gegangen wäre, um ihr zu sagen, wie gut sie es hatte und dass es im Leben eines Erwachsenen nichts gab, was vergleichbar mit dem war, was sie da gerade hatte. Außer vielleicht der Sale bei Zalando oder der neueste Liebesroman von Kate Hamilton, der im Moment ein eher unrühmliches Dasein neben mir im Strandkorb fristete.

»Autsch! Das hört sich nicht nach dem bestmöglichen Start für euch beide an.« Nach ein paar Sekunden fügte sie etwas kleinlaut hinzu. »Wo wir gerade über ihn sprechen: Wie sieht er denn aus?«, fragte sie neugierig.

Ich lachte.

»Er sieht ganz gut aus. Er grinst viel und ständig. Das wiederum treibt mich allerdings in den Wahnsinn«, offenbarte ich ihr.

»Wow! Und das bereits am zweiten Tag. Wie willst du die übrigen drei Wochen und fünf Tage durchstehen?«

Yara schien ehrlich besorgt um mich.

Ich seufzte abermals, als die Burg des Mädchens von den Füßen ihres kleinen Bruders plattgetreten wurde.

»Um ehrlich zu sein, habe ich keinen blassen Schimmer, wie das zwischen uns funktionieren soll. Also, ich meine dabei nicht zwischen uns, sondern vielmehr zwischen uns in beruflicher Hinsicht.«

Yara lachte laut auf.

»Und du bist dir ganz sicher, dass du ihn nicht näher kennenlernen willst?«, fragte sie interessiert.

»Felix?« Redeten wir nach wie vor von dem gleichen grinsenden Gockel, der Großtante Agnes gegenüber so viel Einfühlungsvermögen zeigte und offenbar auch für alles Elektrische und Handwerkliche ein Händchen hatte? Ein Mann, der einem die Kaffeemaschine reparieren konnte, war doch Gold wert. Nicht? Johannes war schon damit überfordert, den Müll hinunterzubringen. Und dazu bedurfte es keines einzigen elektrischen Gerätes. Nicht einmal eines Aufzugs. Den gab es schlichtweg nicht.

»Nee, Herrn Thienemann.«

»Theves«, berichtigte ich sie erneut.

»Na ja, ist ja auch egal. Du weißt ganz genau, wen ich meine.«

Yara wirkte ein wenig genervt. Zumindest ließ das ihre Tonlage vermuten.

Sie mochte es nicht, wenn man sie berichtigte. Dabei hatte sie schon in der Schule immer die Namen der Lehrer durcheinandergeworfen. Zum Schuljahresende hatten sie dann meist gesessen. Allerdings war Yaras Erfolg damit zeitlich begrenzt gewesen. Denn schon sechs Wochen später bekamen wir für jedes Fach einen neuen Lehrer. Das Schicksal beglückte uns nur selten mit demselben Lehrer für dasselbe Fach. Und wenn besagter Lehrer aus dem Vorjahr nun Wirtschaft & Recht bei uns unterrichtete, im neuen Schuljahr allerdings für Englisch zuständig war, half Yara das kein bisschen weiter.

»Felix ist überhaupt nicht mein Typ. Der Kerl ist viel zu sehr von sich überzeugt. Aber irgendwas ist mit ihm. Ich weiß nur noch nicht, was.« Ich gab mich nebulös.

»Jetzt komm schon! Sag, wie du das meinst! Du weißt, dass ich sonst nicht eher Ruhe gebe, bis ich es aus dir herausgekitzelt habe.«

O ja. Das wusste ich nur zu gut. Damals in der siebten Klasse stand ich total auf Lukas aus der Parallelklasse. Yara nahm wie ein Trüffelschwein Witterung auf und bekam doch nicht heraus, für wen ich schwärmte. Bis zu dem einen Tag kurz vor den Pfingstferien, als sie bei mir zu Hause war und mich so lange bearbeitete, bis ich ihr seinen Namen offenbarte.

»Er hat Medizin studiert und arbeitet bei meiner Großmutter als Hausmeister«, sagte ich schließlich und ließ unvermittelt die Bombe platzen.

Doch im Gegensatz zu mir schien Yara diese Information nicht sonderlich zu verwundern.

»Hm, na ja, das ist jetzt nicht ganz das, womit ich gerechnet habe«, gestand sie etwas enttäuscht ein. »In meiner Vorstellung war das Geheimnis, das diesen Unbekannten umgibt, ein wenig verruchter.«

Jetzt lachte zur Abwechslung mal ich.

»Yara, ich habe Felix gestern erst kennengelernt. Welches verruchte Geheimnis hätte ich bitte schön in der Kürze der Zeit aufdecken sollen?«

Manchmal hatte ich das Gefühl, dass Yara in meinem Leben

der Glamour-Faktor der Hamburger High Society fehlte. Aber ich gehörte nun mal keinem erlauchten Kreis an. Und bei den wenigen Dates, die ich seit der Trennung von Johannes hatte, musste ich mehr Frösche küssen, als mir lieb war. Mit einer filmreifen Liebeskomödie hatte mein Leben wahrlich nichts zu tun.

»Gestern lief erst wieder *Fifty Shades of Grey* im Fernsehen«, erwiderte Yara zweideutig.

»Du weißt, dass ich den Film nie gesehen habe und auch keine große Lust verspüre, diese Lücke in meinem Leben zu schließen.«

Yara lachte auf.

»Wie sieht er denn aus, dein Felix?«

Während das kleine Mädchen vor mir noch immer von ihrer Mama getröstet wurde, grinste mich ihr Bruder schelmisch an. Ein wenig erinnerte er mich dabei an den Hausmeister der Villa Sehnsucht.

»Also erstens: Er ist nicht mein Felix. Und zweitens: Er sieht total durchschnittlich aus. Zwei Augen, Haare, Zähne, eine Nase und zwei Ohren.«

»Ach, du!«

Ich spürte, wie mir Yara die Zunge herausstreckte. Dazu musste ich nicht neben ihr stehen.

»Okay, okay. Er sieht ganz gut aus. Dunkles Haar, grünblaue Augen, kleine Grübchen in den Wangen. Die hat er immer dann, wenn er lacht und mich so durchdringend ansieht …«, erzählte ich und merkte dabei zu spät, wie ich über den Mann ins Schwärmen geriet, von dem ich bis eben noch behauptet hatte, ihn nicht leiden zu können. Mist!

»Grübchen, sagst du. Das hört sich richtig sexy an. Ich mag Männer mit Grübchen.«

»Aber genug von mir. Wie geht's mit den Hochzeitsvorbereitungen voran?«

Wenn man in den letzten Monaten das Thema wechseln wollte, war es das Einfachste, man kam auf die Feierlichkeiten im kommenden Jahr zu sprechen. Dabei vergaß Yara meist vollkommen, worüber wir zuvor noch gesprochen hatten und verlor sich voll und ganz in ihrem Herzensthema Nummer eins: ihrer Traumhochzeit.

»Lenk nicht ab!«, sagte Yara bestimmt.

Das war neu. Für gewöhnlich plauderte meine beste Freundin doch so gerne über Blumenarrangements und Brautkleider. In allen Details hatte ich ihr erklären müssen, wie ihr Trockenblumenstrauß aussehen könnte. Und gebunden hatte ich ihn ihr auch schon einige Male. Ein Hobby von mir, das mir viel Freude und den nötigen Ausgleich zum oft stressigen Alltag bereitete.

Was war in Hamburg bloß los, dass sie nicht mehr über ihre Hochzeit sprechen wollte?

»Ist alles okay bei dir, Yara?«, hakte ich nach.

»Natürlich! Alles bestens. Was soll denn sein?«

Für einen Außenstehenden mochten ihre Worte ehrlich klingen. Doch ich kannte sie besser. Etwas war passiert. Etwas, das meiner Freundin die Vorfreude auf die Hochzeit nahm. Aber wenn sie nicht mit mir darüber reden wollte, dann würde ich sie nicht drängen. Irgendwann würde sie mich anrufen. Da war ich mir ganz sicher. Und bis dahin würden wir eben ein wenig über Felix und mich sprechen. Auch wenn ich davon nicht ganz so begeistert war wie sie. Aber was tat man nicht alles für seine beste Freundin?

»Wenn Felix in meiner Nähe ist, dann fühlt es sich ein bisschen so an wie damals, als ich Johannes kennengelernt habe.«

Hatte ich das wirklich gesagt? Schließlich erlaubte ich mir bisher noch nicht einmal, darüber auch nur nachzudenken.

»Aber das sind doch ganz wundervolle Neuigkeiten«, quietschte Yara vergnügt in den Hörer.

Ja, vielleicht. Irgendwie. Und dann auch wieder nicht. Ich kannte Felix schließlich nicht. Außerdem lebte er hier auf Rügen, während ich mein Zuhause, meinen Lebensmittelpunkt, meine Arbeit und meine Freunde in Hamburg hatte. Und zum krönenden Abschluss war er bei meiner Großmutter angestellt. Das war alles nicht unbedingt die beste Basis für ... für was auch immer.

»Ich glaube, er nimmt mir die Sache mit dem Diebstahlsvorwurf noch immer krumm«, erklärte ich ihr, während der kleine Bruder seiner Schwester eine Schaufel über den Kopf zog.

Die Eltern, die sich eben erst von der Tränenflut erholt und in den Strandkorb zurückgezogen hatten, standen abermals auf, um ihren Filius zu rügen und das Mädchen zu trösten.

»Da kann ich ihn sogar verstehen. Wenn mir jemand vorwirft, dass ich ihn beklaut hätte, würde ich demjenigen auch nicht gleich wieder verzeihen. Jemanden als Dieb zu bezeichnen ist nicht sonderlich nett«, klärte Yara mich auf, als hätte ich die vergangenen dreißig Jahre irgendwo als Eremitin gelebt und kaum bis gar keinen Kontakt zur Außenwelt gehabt.

»Ja, ich gebe ja gerne zu, dass unser Start alles andere als perfekt war. Aber daran ist jetzt auch nichts mehr zu ändern. Felix hat sich vermutlich längst ein Bild von mir gemacht, in dem ich nicht besonders gut wegkomme«, gestand ich ein.

»Ach, Süße! Ich wollte dich nicht traurig stimmen. Das tut mir leid.«

Gerade als ich dachte, der kleine Bruder würde abermals auf seine große Schwester losgehen, nahm er sie plötzlich in den Arm und küsste sie zärtlich auf die Wange. Sie tat es ihm gleich. Vergessen waren der Streit und die Tränen von vor wenigen Minuten. Ganz so, als hätte es die Auseinandersetzungen zwischen den beiden nie gegeben.

»Das hast du doch gar nicht. Es ist nur ... Das mit Johannes hat mich sehr verletzt. Ich bin noch nicht so weit, mein Herz wieder an jemanden zu verschenken. Schon gar nicht an einen Dieb.«

Yara kicherte.

»Ich verstehe dich sehr gut, meine Süße. Aber wenn du dein Herz verschließt, wirst du dich eines Tages ärgern und dich fragen, was wohl gewesen wäre, wenn. Weißt du, was ich meine?«

Nur zu gut. Aber das war ein anderer Punkt auf meiner ellenlangen Agenda. Ein weiteres To-do, um das ich mich kümmern würde, sobald die Zeit reif dafür war.

»Ich hab dich lieb«, sagte ich schließlich.

»Ich dich auch, meine Lotte. Ich dich auch. Bis ganz bald.«

Ich wollte schon auflegen, als ein »Und« in der Leitung zu hören war.

»Ja?«

»Ich glaub an dich. Immer.«

Meine Augen füllten sich bei so viel Fürsprache mit Tränen. Mit einem wohligen Gefühl im Herzen, das mir zeigte, wie wichtig ich meiner besten Freundin war, lehnte ich mich im Strandkorb zurück und beobachtete die Wellen, das Meer und die Schiffe am Horizont. Eine innere Ruhe erfüllte mich, wie ich sie schon seit langem nicht mehr verspürt hatte.

8

Als ich gegen halb fünf Uhr zurück ins Hotel kam, waren noch viele Badegäste am Strand. Es hatte mich einiges an Überwindung gekostet, aufzustehen und in der Villa Sehnsucht nach dem Rechten zu sehen. Schließlich siegte mein schlechtes Gewissen und ich machte mich quälend langsam auf den Weg.

Noch immer hatte ich dieses gute Gefühl in mir, das mich glauben ließ, hier alles schaffen zu können, ich musste nur etwas Mut haben. Nur allzu gerne lauschte ich dem verheißungsvollen Klang. Und wenn ich einmal ehrlich mit mir war, dann konnte ich mir eingestehen, dass ich die Herausforderungen, die mir das Schicksal aufgebürdet hatte, mit einiger Bravour gemeistert hatte.

Das Hotel stand noch, obwohl Oma Else bereits seit mehr als vierundzwanzig Stunden weg war. Das sprach doch für mich, oder?

»Gut, dass Sie kommen, Frau Steltner. Wir haben ein Problem.«

Mit diesen Worten schon am Eingang des Hotels empfangen zu werden, war nicht unbedingt das, was ich mir in diesem Moment wünschte. Die panisch aufgerissenen Augen von Frau Nietnagel noch viel weniger.

»Was ist denn passiert?«, fragte ich voller Sorge, während sie mich, wie Herr Wiedemann am heutigen Morgen, mit sich in den Blauen Salon zog und hinter uns die Türen schloss.

Ich würde in dem Raum nie wieder ein Stück Kuchen genießen können. So viel stand schon mal fest. Waren sich

Großmutters Angestellte darüber eigentlich im Klaren, was sie mir da antaten? Das hier war immerhin einer meiner Lieblingsorte im Haus.

»Frau Lambrecht hält das ganze Haus auf Trab, weil sie in ihrem Badezimmer merkwürdige Geräusche hört«, erklärte Frau Nietnagel.

»Merkwürdige Geräusche? Was genau sind das denn für Geräusche? Hat das jemand überprüft?«, hakte ich nach, während ich mich auf einen der Stühle am ersten runden Tisch fallen ließ.

»Felix war oben, um sich ein Bild von der Lage zu machen. Ihm ist allerdings nichts aufgefallen.«

Wie alt mochte Frau Nietnagel wohl sein? Anfang dreißig wie ich? Vielleicht etwas jünger? Mir war nicht entgangen, dass sie den Hausmeister beim Vornamen genannt hatte. Was auch nicht weiter verwunderlich war, schließlich duzten sich hier fast alle Kollegen untereinander. Nur eben nicht vor meiner Großmutter. Gut möglich, dass dieser Umstand meinem Alter geschuldet war. Oder Frau Nietnagel und Felix kannten sich besser. Der Gedanke gefiel mir nicht. Er gefiel mir ganz und gar nicht.

»Was genau hat Felix denn gesagt?«, bohrte ich weiter.

Eine zarte Röte legte sich bei der Nennung seines Namens auf die Wangen der Servicekraft.

»D-dass er nichts Ungewöhnliches gehört hat, F-Frau Steltner«, stotterte sie. »Könnte ich jetzt wieder rüber? In wenigen Minuten beginnt das Abendessen. Ich muss nach dem Rechten sehen.«

Als mir auffiel, wie bohrend meine Fragen waren, lenkte ich betreten ein, mein Verhalten war mir fast schon ein wenig peinlich.

»Aber sicher doch. Wo finde ich denn Felix?«, fragte ich.

Frau Nietnagel war bereits an der Tür angekommen, als sie sich noch einmal zu mir umdrehte.

»Er ist hoch zu Ihrer Großtante gegangen, um sie zu fragen, ob sie auch komische Geräusche gehört hat«, erklärte sie und legte die Hand auf den Türgriff.

Stimmte ja. Das Zimmer meiner Großtante lag direkt über der Ferienwohnung von Frau Lambrecht. Dieser Umstand wurde mir erst jetzt bewusst. Und ließ mich augenblicklich ziemlich nervös werden.

Schlagartig setzte ich mich in Bewegung und stürmte an Frau Nietnagel vorbei zur Treppe, um ins Obergeschoß zu gelangen. Mein Herz wummerte wie verrückt in meiner Brust, während mich eine schreckliche Vorahnung beschlich.

Völlig außer Atem kam ich oben im Flur an. Felix stand noch immer vor Großtante Agnes' Tür.

»Felix?«, rief ich und rannte dabei weiter, bis ich endlich bei ihm war. Die wenigen Schritte schienen endlos. »Was ist los?«

»Agnes macht mir nicht auf«, erklärte er etwas beunruhigt. Das sonst für ihn so typische Grinsen war ihm abhandengekommen. »Und die Tür ist abgeschlossen«, fügte er zähneknirschend hinzu.

»Mist!«

Ich klopfte mit beiden Fäusten gegen die Tür und rief dabei immer wieder Agnes' Namen. Doch entweder wollte oder konnte sie mich nicht hören. Mir wurde ganz schlecht beim Gedanken an Letzteres.

»Hast du einen Ersatzschlüssel für das Zimmer?«, fragte ich Felix mit zittriger Stimme, während dieser sich bereits mit einem Dietrich an der Tür zu schaffen machte.

»Leider nein. Der würde unten an der Rezeption hängen.

Allerdings bringt der uns auch nicht weiter, denn von innen steckt ein Schlüssel im Schloss. Aber gib mir ein paar Sekunden.« Dabei deutete er auf das Gerät in seiner rechten Hand. »Damit sollte ich gleich reinkommen. Zumindest dann, wenn du nicht mehr gegen die Tür schlägst.«

Bei seinen Worten ließ ich abrupt von der Tür ab. Er hatte recht. Aber ich musste doch auch etwas tun können. Irgendwas. Was, wenn Großtante Agnes in ihrem Zimmer auf dem Boden lag und dringend Hilfe benötigte? Was, wenn jede Hilfe bereits zu spät kam?

Meine Gedanken überschlugen sich und zeichneten ein Horrorszenario nach dem nächsten. Die Vorstellung, ich könnte im entscheidenden Augenblick nicht im Haus gewesen sein und damit … Nein, ich konnte und wollte den Gedanken nicht zu Ende denken. Noch bestand Hoffnung. Oder?

»Brauchst du mehr Licht?«

Ich bückte mich ganz dicht neben Felix, so dass ich das Schlüsselloch gut im Blick hatte und zückte dabei mein Handy, um bei Bedarf die Taschenlampen-App aufzurufen.

Felix zog den Diedrich entnervt schnaubend aus dem Schloss, drehte seinen Kopf in meine Richtung und sah mir ernst in die Augen.

»Lotte, ich weiß, wie schrecklich das für dich sein muss. Und ich habe auch Verständnis dafür, dass du in Panik gerätst …«

Er richtete sich auf und ich tat es ihm, einem Reflex folgend, gleich.

»… aber wenn du mir jetzt nicht den nötigen Platz zum Arbeiten gibst, dann kommen wir vielleicht erst zu spät dort hinein.« Er deutete auf Großtante Agnes' Zimmertür. »Und das willst du doch nicht, oder?«

Dann legte er mir beide Hände auf die Schultern und sah mich noch eine Spur eindringlicher an.

»Alles wird gut. Hörst du? Ich bin bei dir.«

Seine Stimme war ruhig und besonnen. Ein zaghaftes Lächeln, das nichts mit diesem schiefen Grinsen zu tun hatte, mit dem er mich sonst immer bedachte, zeichnete sich auf seinen Lippen ab. Ohne Vorwarnung war da diese Energie zwischen uns, die mir Mut gab, die mich positiv denken ließ. Dass Felix nicht zum ersten Mal einen Menschen in einer extremen Situation beruhigte, war mir sofort klar. Dafür wusste er viel zu genau, was er sagen, wie er sich verhalten musste.

Mein Puls verlangsamte sich spürbar. Ich hatte nicht mehr das Gefühl, mein rasendes Herz könnte mir jeden Augenblick aus dem Brustkorb springen. Auch meine Atmung wurde gleichmäßiger. Die schwere Last auf meinen Lungen fühlte sich leichter an, auch wenn sie nicht ganz verschwand.

Ich nickte Felix zu, während sich Tränen in meinen Augen sammelten.

»Okay«, sagte ich mit erstickter Stimme und ging dabei einen Schritt zur Seite, damit Felix endlich seiner Arbeit nachgehen konnte.

Zwei, drei weitere Versuche waren vonnöten, ehe es ihm endlich gelang, die Tür zu öffnen.

Felix warf einen Blick in meine Richtung und reichte mir dann seine Hand.

»Lass uns gemeinsam reingehen«, sagte er behutsam, während er mich nicht aus den Augen ließ.

Ich nickte abermals. Nur zögerlich. Denn nun würde ich erfahren, was mit Großtante Agnes passiert war, warum sie nicht geöffnet hatte.

Als unsere Finger sich berührten, war es mir ein wenig peinlich, wie nassgeschwitzt meine Hand war. Doch Felix sah mich mit diesem zuversichtlichen Blick an, der Berge versetzen und Türen öffnen konnte. Da wusste ich, dass meine schweißnasse Hand kein Problem darstellte.

»Agnes?«, hörte ich Felix augenblicklich rufen, kaum dass er die Schwelle zu ihrem Zimmer übertreten hatte.

Gebannt lauschte ich in den Raum und erhoffte mir dabei, den Fernseher zu hören, der in Großtante Agnes' vier Wänden immer einen Ticken zu laut lief. Zum Glück wurde das Dröhnen jedoch durch die vielen Teppiche ganz wundervoll geschluckt, so dass kein Geräusch hinaus auf den Flur drang. Wenn ich Oma Else im Nebenzimmer hatte ärgern wollen, weil das versprochene Eis am Strand wegen eines Vorkommens im Hotel hatte ausfallen müssen, hatte ich ihn manchmal sogar noch ein wenig lauter gedreht. Agnes hatte es nie gestört, und Oma Else war schier außer sich gewesen vor Wut.

»Großtante Agnes?«, rief ich, allerdings nicht ganz so beherzt wie Felix, der bereits das Zimmer in Augenschein genommen und jeden Winkel nach ihr abgesucht hatte.

»Sie ist nicht da«, stellte er folgerichtig fest, während er mir einen unsicheren Blick zuwarf. Das war nicht gut. Das war gar nicht gut.

Fieberhaft blickte ich mich um. Doch auch ich konnte sie nirgends entdecken. Weder in ihrem bequemen Lesesessel, den sie gefühlt schon immer besaß, noch auf dem Bett oder auf dem Boden.

»Wo kann sie nur sein?«, fragte Felix zusehends besorgter.

Ein berechtigter Einwand. Miss Moneypenny war ebenfalls spurlos verschwunden. Die Katze war immer an ihrer

Seite. Wohin waren die beiden gegangen? Hatten sie womöglich unbeobachtet das Haus verlassen? Was, wenn sie durch die Gegend streunten und Großtante Agnes weder wusste, wer sie war, noch wo sie hingehörte?

Mein Puls beschleunigte sich bei diesem Gedankengang erneut. Ein dröhnendes Rauschen war von jetzt auf gleich in meinen Ohren zu hören.

»Wir müssen die Polizei rufen«, wandte ich unvermittelt ein.

»Psst!«

Felix legte den Zeigefinger seiner rechten Hand vor seine Lippen und bedeutete mir, ruhig zu sein.

»Aber wir ...«, erwiderte ich.

Doch Felix hielt sogleich seine linke Hand wie ein Stoppschild hoch.

Anstatt ihm abermals Widerworte zu geben, biss ich mir auf die Unterlippe.

Felix horchte gebannt in Richtung des Badezimmers. Ein kaum merkliches Geräusch war zu hören. Es klang wie ...

»Der Wasserhahn«, riefen Felix und ich wie aus einem Munde und liefen daraufhin beide gleichzeitig zur Badezimmertür.

Felix erreichte den Griff eine Zehntelsekunde schneller als ich und riss sogleich die Tür auf. Auf den Anblick, der sich uns in Großtante Agnes' Badezimmer offenbarte, waren wir jedoch beide nicht vorbereitet.

»Agnes?«, rief Felix ungläubig, während ich noch einen Moment brauchte, um die Szene auf mich wirken zu lassen.

Miss Moneypenny lag eingedreht wie ein Knäuel Wolle auf dem kleinen Badeteppich vor dem Heizöfchen. Ob Sommer oder Winter – das Gerät lief bei Großtante Agnes im Bad schon von jeher immer zusätzlich zur eigentlichen Heizung. Beim Baden wollte sie es schließlich gemütlich haben. Und, vor allem: warm. Sehr warm.

Miss Moneypenny blickte nicht einmal auf, als wir den Raum betraten. Unsere bloße Anwesenheit schien sie zu langweilen. So sehr, dass sie darüber gleich wieder einschlief. Oder immer noch schlief. So genau konnte ich das nicht sagen. Denn inzwischen lag mein Augenmerk auf meiner Großtante.

Diese hatte sich doch allen Ernstes in voller Montur und mitsamt ihrem Bademantel in die randvoll mit Wasser gefüllte Badewanne gelegt. Auf den Ohren hatte sie einen Kopfhörer. Ein leises Wummern war zu vernehmen. Ihre Augen waren geschlossen. Aber dem Wippen ihrer Zehen nach zu urteilen, ging es ihr gut. Mehr als das. Die Musik, die sie da hörte, entsprach offenbar genau ihrem Geschmack.

Felix war der Erste von uns beiden, der sich aus der Schockstarre löste, in die wir bei diesem Anblick verfallen waren. In wenigen Schritten durchquerte er den Raum und erreichte sogleich die auf der gegenüberliegenden Seite angebrachte Badewanne, von der aus man einen schönen Blick auf das Meer hatte.

Als Felix bei ihr ankam, nahm er ihr die Kopfhörer so abrupt von den Ohren, dass ich Angst hatte, Agnes könnte sich erschrecken und einen Herzinfarkt erleiden.

Doch diese blieb ganz ruhig und grinste ihn nur überrascht an.

»Mensch, Felix, was machst du denn in meinem Badezimmer?«, fragte sie und klang dabei vollkommen klar.

Ein Umstand, den ich ihr noch vor wenigen Sekunden komplett abgesprochen hätte. Allein schon wegen des Bademantels.

»Frau Lambrecht in der Wohnung unter dir hört komische Geräusche«, sagte Felix und klang dabei total souverän.

Offenbar hatte er sich schon wieder gefasst. Was man von mir definitiv nicht behaupten konnte. Noch immer stand ich fassungslos an Ort und Stelle und hatte das Gefühl, dass ich nur wie in Zeitlupe auf das reagieren konnte, was in meinem Umfeld geschah.

»Oh, ich habe vorhin den alten Plattenspieler aus der Kommode neben meinem Bett herausgeholt und mir hier eine Oper von Verdi angehört. Scheußlich, sag ich dir! Und obendrein hat die Nadel so ohrenbetäubende Geräusche erzeugt, als sie über das Vinyl gestrichen ist. Ich glaube, der Plattenspieler ist hinüber.«

Sie deutete auf das Gerät, das hinter der Tür an der Wand lehnte. Auf den ersten Blick konnte ich kein Problem erkennen. Außer der Tatsache, dass Großtante Agnes in ihrem Zustand im Badezimmer neben Wasser auch mit Elektrogeräten hantierte. Ein Glück, dass sie nicht zusammen mit dem Plattenspieler in die Badewanne gestiegen war.

»Dir geht's aber gut?«, fragte Felix mit prüfendem Blick.

»Ganz wunderbar, mein Junge. Warum fragst du?«

Felix fuhr sich mit der Hand durchs Haar.

»Ach, nur das mit den Kleidern ... Das ist ... nicht ganz so üblich, wenn man in die Wanne geht«, erklärte er ihr, wie einem Kind.

Bei seinem Einwand blickte sie an sich hinunter.

»Oh, stimmt ja. Da war ich wohl ein wenig voreilig, als ich in die Wanne gestiegen bin.«

Sie lachte mit diesem Gluckslaut in der Stimme, der sie so herrlich entspannt und ausgeglichen klingen ließ.

»Aber auf diese Weise wird der Mantel auch mal wieder

gewaschen. Kann mich gar nicht mehr erinnern, wann ich ihn das letzte Mal in die Reinigung gegeben habe.«

Auf ihrer Stirn bildete sich eine tiefe Furche, während ihr deutlich anzusehen war, wie sie fieberhaft überlegte.

»Aber wer ist denn deine nette Begleitung? Ist das deine Kommilitonin? Wie hieß sie noch gleich? Anne, Anna, Annemarie?«, fragte Agnes interessiert, während sie ihre Hand auf Felix' Arm legte.

»Annegret«, sagte dieser sogleich und entzog ihr seinen Arm, als hätte er sich an ihren Fingern verbrannt.

Dann stürmte er in meine Richtung, würdigte mich keines Blickes und verabschiedete sich mit den Worten: »Da hier alles in Ordnung ist, kann ich ja wieder an die Arbeit gehen.«

Verblüfft blickte ich ihm hinterher, während ich zu verstehen versuchte, was gerade vorgefallen war. Warum hatte sich Felix bei der Erwähnung seiner Kommilitonin so merkwürdig verhalten? Wer war diese Annegret, und warum wollte er augenscheinlich nicht auf sie angesprochen werden?

»Haben Sie meine Wollsocken geholt? Ich friere plötzlich ganz schrecklich an den Füßen. Das habe ich oft nach einem langen Spaziergang an der Ostsee, müssen Sie wissen. Hallo? Sie da?«, rief Großtante Agnes in diesem Moment und riss mich dabei aus meinen Gedanken.

9

»Also, so geht das nicht weiter.«

Der heutige Morgen startete mehr oder minder problemlos. Bislang gab es keine besonderen Vorkommnisse, die mich die Luft anhalten oder auf Oma Elses baldige Rückkehr hoffen ließen. Bislang.

»Wie kann ich Ihnen helfen, Herr Oberschuldirektor Lingen?«

»A. D.! So viel Zeit muss sein«, berichtigte mich der hochgewachsene, dickbäuchige Mann mit senkrecht nach oben ausgestrecktem Zeigefinger. Sein ergrauter Schnurrbart bebte bei seinen Worten und die Falte auf seiner Stirn machte dem San-Andreas-Graben in Kalifornien ordentlich Konkurrenz.

»Das Wasser.«

Durchdringend sah er mich an, während er so viel Gewicht in seine Stimme legte, dass ich schon das Schlimmste befürchtete.

»Was ist denn mit dem Wasser?«, wagte ich schließlich nachzufragen.

Er seufzte und legte seine Hand an die Stirn, schloss die Augen für einen Moment und schien in sich gehen zu müssen.

»Es ist zu kalt«, erklärte er mit so viel Nachdruck in der Stimme, dass ich erschrocken zusammenzuckte.

»Oh, das tut mir leid! Ich werde mit dem Hausmeister sprechen und sehen, was sich da machen lässt«, schlug ich lächelnd vor.

Das Wichtigste am Job der Hotelleitung war es, besonnen

zu reagieren und die Ruhe selbst zu bleiben. Nichts und niemand durfte mir anmerken, wie verunsichert ich mich in diesem Moment fühlte. Es war an mir, den Gästen zu suggerieren, alles im Griff zu haben oder zumindest dafür zu sorgen, dass bald alles wieder in Ordnung kam.

Oberschuldirektor a.D. Lingen sah mich mit gerümpfter Nase an.

»Dieser junge Kerl wirkt ein wenig unbeholfen auf mich, wenn Sie mich fragen.«

Was ich nicht tat.

»Ich kann Ihnen versichern, dass Herr Wagner einer der fähigsten Mitarbeiter unseres Hauses ist«, behauptete ich ohne mit der Wimper zu zucken.

Mit einem undefinierbaren Laut, der nicht als Zustimmung gewertet werden konnte, verließ der Oberschuldirektor a.D. die Rezeption mit einer Zeitung unterm Arm in Richtung Strand.

»Was man nicht alles so im Vorbeigehen über sich erfährt«, ertönte plötzlich Felix' Stimme neben mir.

Darauf war ich nicht vorbereitet, so dass ich erschrocken zusammenfuhr. Und das schon das zweite Mal innerhalb weniger Minuten.

So viel also zum Thema guter Start in den Tag.

»Du musst dich verhört haben.«

Seit der Sache in Großtante Agnes' Badezimmer hatten Felix und ich kein Wort mehr miteinander gewechselt.

Felix lächelte mich mit diesem einnehmenden Lächeln an, das Polkappen zum Schmelzen bringen konnte. Wen er wohl sonst noch so anlächelte? Lief da vielleicht doch etwas zwischen Frau Nietnagel und ihm?

»Tatsächlich?«

Ich nickte bestätigend und gab mich vertieft in das Buchungssystem der Villa Sehnsucht, das ich noch immer nicht zur Gänze ergründet hatte.

Aber ich arbeitete daran. Wie ich an allem arbeitete. Nur nicht an dem einzigen Auftrag, für den ich bezahlt wurde, nämlich an dem des Hamburger Verlags.

»Der Lingen beschwert sich übrigens schon seit Jahren über die Wassertemperatur, dabei ist alles im Normbereich. Keine Ahnung, wie heiß das Wasser bei dem aus der Leitung kommt.«

Schulterzuckend gab er mir zu verstehen, dass damit das letzte Wort gesprochen war.

»Dann sage ich ihm was?«

Es war nicht so, dass ich mich vor meiner Aufgabe scheute. Im Grunde hatte ich sogar meine Freude daran. Irgendwie. Aber als Prellbock für die unerfüllten Gästewünsche des Hauses wollte ich dann auch nicht herhalten müssen.

»Dass alles seine Ordnung hat.«

Felix zwinkerte mir vielsagend zu, ehe er sich seinen Werkzeugkoffer schnappte und die Treppe ansteuerte. Er schien zufrieden mit sich und seiner Sicht auf die Dinge zu sein.

Zu dumm, dass er mir damit kein bisschen half.

»Else, ich kann Ivar nirgends finden.«

Völlig aufgelöst kam Großtante Agnes im flatternden roten Bademantel die Treppe hinuntergeeilt.

Miss Moneypenny schlängelte sich dabei so gekonnt durch ihre Beine, dass niemand zu Schaden kam. Außer vielleicht mein Herz-Rhythmussystem. Das geriet nämlich bei jeder weiteren Stufe mehr aus dem Takt.

Als Agnes unbeschadet bei mir an der Rezeption ankam, machte ich drei Kreuze und atmete das erste Mal wieder tief durch.

»Ivar geht es gut«, behauptete ich und versuchte damit, meine Großtante ein wenig zu beruhigen.

Ein paar der Gäste, die gerade in der Lobby standen oder einen Tisch für den Afternoon Tea buchen wollten, sahen neugierig zu uns.

»Woher willst du das wissen? Nein, ich bin mir ganz sicher, dass sie euch auf die Schliche gekommen sind. Was machen wir denn jetzt?«

Agnes war dermaßen in ihren Erinnerungen versunken, dass es mir nicht gelang, ihr die Sorgen zu nehmen. Ganz im Gegenteil. Mit jedem meiner Worte schien ich die Situation nur noch zu verschlimmern.

Ehe ich mich's versah, rannte Agnes, gefolgt von Miss Moneypenny, nach draußen zur Promenade. Ein ungutes Gefühl beschlich mich. Allerdings konnte ich die Rezeption auch nicht einfach von jetzt auf gleich unbesetzt lassen. Hilfesuchend blickte ich mich um.

Pfeifend kam Felix schon wieder die Treppen hinunterspaziert. Der schien ja unglaublich gute Laune zu haben. Was bei näherer Betrachtung nicht weiter verwunderlich war. Schließlich lasteten die Verantwortung und der Druck die Villa Sehnsucht betreffend nicht auf seinen Schultern.

»Agnes ist weg.«

Doch wie ich gleich sehen sollte, reichten drei kleine Worte vollkommen aus, um ihm die Unbeschwertheit wie Make-up aus dem Gesicht zu wischen.

»Worauf wartest du noch?«

Kreidebleich sah Felix mich an, ehe er zielsicher auf die Tür zuhielt.

»Die Rezeption«, erwiderte ich.

Doch schon im nächsten Augenblick warf ich meine Bedenken in hohem Bogen über Bord und folgte ihm nach draußen auf die Promenade. Suchend sahen wir uns um. Mit jeder Sekunde, die verstrich, machte ich mir mehr Vorwürfe. Wieso hatte ich nicht gleich alles stehen und liegen gelassen und war ihr nachgegangen?

Agnes konnte mittlerweile sonst wo sein.

»Hat sie irgendetwas gesagt?«, fragte Felix besorgt.

Ich schüttelte den Kopf.

»Nicht wirklich. Sie hat von einem Ivar gesprochen. Agnes hat ein paarmal seinen Namen erwähnt, aber ich weiß nicht, wer das sein soll. Es klang allerdings so, als wäre er Oma Elses Jugendliebe gewesen«, fasste ich meinen Wissensstand knapp zusammen.

Felix sah mich an und schien über etwas nachzudenken.

»Komm!«, rief er dann und eilte in Richtung Strandaufgang.

Es war mittlerweile kurz nach elf Uhr am Vormittag. Der Strand füllte sich zusehends. Burgen wurden gebaut, Windschutze aufgestellt und Strandkörbe geöffnet. Für die meisten war das ein ganz gewöhnlicher Donnerstagvormittag. Nur eben für uns nicht.

Hektisch versuchten wir, den Strand zu überblicken, und durchzogen die durchweg harmonische Atmosphäre mit unserer Unruhe und der Suche nach Agnes.

Neben den Strandkörben fanden sich Saunawagen, die seit einigen Jahren über das Haus des Gastes hier in Binz buchbar waren. Oma Else hatte mir davon erzählt und sich bislang nicht sonderlich dafür erwärmen können. Grundsätzlich stand sie Veränderungen meist sehr offen gegenüber. Auch wenn sie sie nicht immer guthieß.

Felix rannte so schnell, dass ich große Mühe hatte, ihm zu

folgen. Ständig versank ich im Sand und kam nur schwer voran. Meine Sandalen hatte ich längst ausgezogen und in die Hand genommen. Dennoch konnte ich kaum mit ihm Schritt halten.

»Wo läufst du denn hin?«

Felix wandte den Kopf in meine Richtung.

»Zum Müther-Turm. Dort war sie das letzte Mal, als wir sie gesucht haben.«

Bei Felix' Worten wurde mir klar, dass das hier keine Ausnahmesituation war. Großtante Agnes machte sich offenbar des Öfteren allein auf den Weg und musste wieder aufgespürt werden. Erst jetzt verstand ich, was Oma Else alles leistete. Und das neben dem Hotel und dazu noch in ihrem Alter.

Als wir an dem ehemaligen Rettungsturm ankamen, sah ich eine Person, die unterhalb des futuristisch anmutenden Gebäudes kauerte, das als krasser Kontrast zu der genormten Plattenbauarchitektur der DDR galt.

Felix hatte Großtante Agnes ebenfalls entdeckt und hielt zielstrebig auf sie zu.

Vollkommen außer Atem ließ ich mich neben den beiden in den Sand sinken und versuchte, mein wummerndes Herz zu beruhigen.

»Wo bin ich?«, fragte Agnes und sah uns mit leerem Blick an.

Nichts darin ließ darauf schließen, dass sie wusste, wer wir waren.

»Wir bringen dich zur Villa Sehnsucht«, sagte ich und lächelte sie dabei freundlich an, während ich meine Hand nach ihr ausstreckte.

Doch Großtante Agnes wich vor mir zurück, als wäre ich der Teufel höchstpersönlich.

»Felix, wer ist das?«

Ein Stich durchfuhr mein Herz bei ihrer Frage. Felix erkannte sie sofort, während sie mit mir Schwierigkeiten hatte. Um es beschönigend auszudrücken.

»Das ist Elses Enkeltochter Lotte«, erklärte Felix ruhig.

Er wirkte routiniert in dem, was er tat.

»Else hat geheiratet? Etwa Ivar?«

Zunächst blickte sie zwischen uns beiden hin und her. Ihre Stirn war leicht gefurcht, so dass man gut erkennen konnte, wie es hinter ihr zu arbeiten begann. Dann erhellte sich ihre Miene plötzlich. Fröhlich klatschte sie in die Hände.

»Das ist gut. Das ist sogar sehr gut. Die beiden waren so verliebt ineinander, müsst ihr wissen. Aber wenn das jemand herausgefunden hätte, wären Ivar und seine Eltern zurückgeschickt worden und Else wäre an einem gebrochenen Herzen gestorben. Wie gut, dass alles anders gekommen ist.«

Mit einem strahlenden Lächeln sah sie uns an, während sie mir die Bestätigung dafür lieferte, dass Ivar Omas erste große Liebe gewesen sein musste. Vielleicht sogar noch zu Kriegszeiten.

Im Kopf überschlug ich Oma Elses Geburtsjahr mit den geschichtlichen Ereignissen des vergangenen Jahrhunderts. Bei Kriegsende war sie ziemlich genau elf Jahre alt gewesen. Noch etwas früh für das erste Verliebtsein.

»Wollen wir zurück zur Villa Sehnsucht?«, fragte Felix vorsichtig.

Er war sich im Klaren darüber, dass man behutsam mit ihr umgehen musste. Ein falsches Wort genügte und Großtante Agnes nahm abermals Reißaus.

»Ja, das wird wohl das Beste sein.«

Lächelnd nahm sie seine Hand an.

Felix half ihr zurück auf die Beine, während mein Puls sich beruhigte und meine Atmung wieder gleichmäßiger ging.

Dieser Job war definitiv nichts für Zartbesaitete. Sportmuffel hatten hier ebenfalls schlechte Karten. Ein Grund mehr, mit dem Badminton-Kurs weiterzumachen, den ich vor Monaten begonnen hatte.

Felix nickte mir kurz zu, wie um mir zu bedeuten, dass wir jetzt loslaufen konnten. Etwas schwerfällig erhob ich mich aus dem warmen Sand und sah hinaus aufs Meer.

Die Sonnenstrahlen tänzelten in ihrem ganz eigenen Reigen über die Wasseroberfläche und ließen diese in allen Farben des Himmels funkeln. Nicht weit war eines der Ausflugsschiffe zu sehen, das von der Seebrücke unter anderem die Kreidefelsen Rügens und Sellins ansteuerte.

Nachdem wir ein paar Schritte gelaufen waren, blieb Großtante Agnes abrupt stehen.

»Wie ist das denn jetzt eigentlich mit euch beiden? Wann heiratet ihr noch mal?«

»Wir sind nicht …«, hob ich an, wurde jedoch von Felix unterbrochen.

»Wir haben noch keinen Termin«, erklärte Felix, die Ruhe selbst.

Es war nicht sonderlich klug, Agnes aufzuregen. Darüber war ich mir im Klaren. Dennoch konnte ich das nicht so stehen lassen. Zwischen Felix und mir lief nichts. Und da würde sicher auch nichts laufen.

»Aber du wirst die Erste sein, der wir davon erzählen«, hörte ich ihn sagen.

Dabei schenkte er mir dieses schiefe Grinsen, das abermals ein Kribbeln in meinem Bauch heraufbeschwor. So übermütig, als hätte ich zu viel Brausepulver genascht. Auf nüchternen Magen.

Und du bist dir also ganz sicher, dass zwischen euch nichts ist?, hakte meine innere Stimme besserwisserisch nach.

Ich ignorierte sie geflissentlich und konzentrierte mich wieder auf das Wesentliche.

»Wir sollten jetzt dringend zurück zum Hotel gehen«, wechselte ich unvermittelt das Thema.

»Aber das Kleid kaufen wir doch zusammen, ja? Am besten gleich morgen. Ach, das wird ein toller Tag. Ich muss mir alles aufschreiben, damit ich bloß nichts vergesse. Ihr werdet es nicht glauben, aber ab und an passiert mir das. Wir könnten aufs Festland fahren und dort schauen. Was meinst du? Weiß steht dir sicher ausgezeichnet, mein Kind. Wie war noch gleich dein Name?«

Großtante Agnes konnte es einfach nicht lassen. Dabei hatte sie bis auf den letzten Satz ganz vernünftig geklungen. Wider besseres Wissen war ich geneigt zu glauben, sie hätte ihre plötzliche Vergesslichkeit nur gespielt.

»Mein Name ist Lotte«, erklärte ich dennoch.

Agnes lachte verschmitzt wie ein Kleinkind und sprang dann im Hopserlauf über den Strand.

»Weiß also«, sagte Felix, während ich Großtante Agnes nicht aus den Augen ließ.

»Hm?«, entgegnete ich, da ich nicht ganz verstand, was Felix mir damit sagen wollte.

»Ach, nichts weiter. Ich bin nur auf das Kleid gespannt.«

Augenzwinkernd sah er mich an, grinste und war im nächsten Moment hinter Großtante Agnes her. Zwar nicht im Hopserlauf, aber ähnlich schnell. Faszinierend, wie leichtfüßig das bei der alten Dame aussah.

Zwei Kinder hatten sich ihr bereits angeschlossen und hopsten fröhlich mit ihr über den Strand. Ein schönes Bild, zeigte es doch mal wieder, dass es nicht viel brauchte, um die Menschen zu erheitern. Die angrenzenden Badegäste schmunzelten amüsiert.

Ich brauchte noch einen Moment, um mein dummes Herz, das bei Felix' Worten abermals aus dem Takt geraten war, wieder zu beruhigen. Es gab keine Hochzeit. Und es würde auch keine geben.

Felix und ich kannten uns jetzt vier Tage. Vier Tage, in denen ich ihn als Dieb beschimpft hatte, mit ihm bereits zweimal auf die Suche nach Großtante Agnes gegangen und viel zu oft mit diesem schiefen Grinsen bedacht worden war.

Das alles war keine Basis für eine glückliche Beziehung. Bis auf das Grinsen. Aber das schenkte er vermutlich vielen Menschen. Darauf sollte ich mir nichts einbilden.

»Lotte? Kommst du?«, fragte Felix, dem aufgefallen war, dass ich mich nicht vom Fleck rührte.

Gerade als ich mich in Bewegung setzen wollte, fiel mir eine Braut in einem weißen Kleid auf. Konnte das denn wirklich sein? Als sie den Müther-Turm mit einem Mann im schwarzen Anzug ansteuerte, erinnerte ich mich wieder daran, dass der ehemalige Rettungsturm nun als Trauzimmer des Standesamtes genutzt wurde.

10

Die folgenden Tage verliefen mitunter katastrophal, dann wieder in geordneten Bahnen. Das ständige Auf und Ab machte meinen Aufenthalt auf Rügen zu einer Achterbahnfahrt der Gefühle. Mal himmelhochjauchzend und kurz darauf zu Tode betrübt.

Besonders als Frau Deter eincheckte, wurde ich unruhig. Oma Else hatte mich bereits vorgewarnt, dass die Frau Ende fünfzig dazu neigte, ihren Kummer im Alkohol zu ertränken. Ferner hatte sie mir Anweisungen erteilt, was bei diesem Gast zu tun war. Dass sie jedoch nicht mein einziger Härtefall sein würde, hatte mir Oma Else verschwiegen. Wohlweislich, denn sonst hätte ich das Handtuch gar nicht erst aufgehoben, um es im Falle eines Falles werfen zu können.

»Der ganze Koffer ist voller Schnaps und Likör«, berichtete mir soeben eines der Zimmermädchen hinter vorgehaltener Hand.

Anne Lemke wartete meine Reaktion gar nicht erst ab, sondern machte sich wieder an die Arbeit. Sie arbeitete sicher schon mehr als zehn Jahre in der Villa Sehnsucht. Ihr besorgter Blick sprach Bände. Offenbar wusste sie ganz genau, was das Gepäck von Frau Deter für uns alle bedeutete.

Und nicht nur das. Auch der Oberschuldirektor a. D. Lingen wollte einfach nicht lockerlassen, was die Wassertemperatur in seinem Badezimmer anbelangte. Mittlerweile hatte sogar schon Felix mit Engelszungen auf ihn eingeredet. Ohne Erfolg. Der Mann blieb beharrlich und anstrengend.

Zu allem Überfluss ärgerte er sich nun schon seit zwei Tagen über eine Familie mit Kleinkind, die seine hochheilige Frühstücksroutine mit ohrenbetäubendem Lärm torpedierte. Von den Problemen, die die Ankunft der neuen Köchin mit sich brachte, wollte ich gar nicht erst reden. Ebenso von dem Umstand, dass ich Oma Else nicht erreichen konnte.

Inzwischen hatte ich bereits etliche Male probiert, sie auf ihrem Handy anzurufen. Es schien fast so, als hätte sie das Gerät ausgestellt. Zu dumm, dass ich mir nicht aufgeschrieben hatte, in welchem Kurort sie weilte, geschweige denn, in welchem Kurhaus sie logierte.

Ich hatte zwar das Gefühl, Oma Else hatte mir ohnehin nicht preisgeben wollen, wohin sie fuhr, aber ich hätte es zumindest versuchen können.

Langsam, aber sicher wurde ich unruhig, irgendetwas stimmte nicht an ihrer Geschichte. Wieder erinnerte ich mich daran, wie sie mir von dem Schiff erzählt und auf meine Nachfrage hin mächtig ertappt gewirkt hatte. Das mit der Fähre hatte ich ihr schon damals nicht abgekauft. Was war nur los?

Unruhig biss ich mir auf die Unterlippe und scrollte durch das Buchungssystem der Villa Sehnsucht. Neue Gäste checkten heute keine mehr ein. Das war gut. So konnte ich ein Auge auf Großtante Agnes haben.

Es bereitete mir nach wie vor Bauchschmerzen, wenn ich nur daran dachte, dass sie jeden Moment wieder entwischen konnte. Gleichzeitig machte ich mir furchtbare Vorwürfe, weil ich ihr beim letzten Mal nicht gleich nachgegangen war. Wenn Felix nicht gekommen wäre, um mit mir nach ihr zu suchen, wer weiß, was alles hätte passieren können.

Durch mein Zögern war sie uns so weit voraus gewesen,

dass es sie das Leben hätte kosten können. Und wessen Schuld wäre es gewesen?

Kopfschüttelnd sah ich zum Fenster hinaus bis hinüber zum Strand, an dem auch heute viel los war und eine unglaubliche Gelassenheit das Leben bestimmte. Kinder bauten Burgen, Mütter lasen in ihren Ratgebern, wie sie mehr Achtsamkeit in ihr Leben brachten, während sie ihren Nachwuchs zu weltoffenen Genies erzogen, und Väter studierten derweil wie schon in den letzten hundert Jahren den Sportteil der Zeitung.

Manches änderte sich, vieles blieb gleich und wieder anderes war neu. Mein kreatives Chaos war vielleicht ganz gut, wenn es darum ging, meinen Beruf auszuüben und mir ständig neue und innovative Sachen zu überlegen. Doch schon Johannes hatte sich immer wieder daran gestört, wenn ich Schlüssel verlegt oder nicht zu Terminen erschienen war, weil ich sie falsch im Kalender eingetragen hatte.

Er wollte mich verändern, Klarheit in mein Durcheinander bringen, nur eines hatte er nicht getan: mich so akzeptieren und lieben, wie ich war.

Jeder hatte seine Fehler. Aber liebte man einen anderen Menschen nicht trotz oder gerade wegen seiner kleinen und großen Macken? Anstatt darauf zu warten, dass Johannes mich eines Tages verließ, hätte ich den Schlussstrich viel früher ziehen müssen. Wir waren zu verschieden, strebten nach anderen Dingen. Während Johannes auf der Karriereleiter nach oben wollte, genoss ich den Status quo in meinem Berufsleben und verbrachte viel Zeit mit meinen kreativen Ideen. Eine Träumerin hatte er mich oft genannt. Bei ihm klang es, als hätte ich einen Fehler begangen, als würde ich mein Leben durch die rosarote Brille sehen und viel zu naiv an alles herangehen.

Johannes wollte eine andere aus mir machen. Auch wenn er dabei womöglich sogar die besten Absichten hatte, war es nicht in Ordnung, jemanden nach seinen Vorstellungen formen zu wollen.

Es tat gut, sich diesen Gedanken zu stellen, und es befreite mich ein Stück weit von der Vergangenheit, die mir noch immer wie viel zu klebrige Sonnenmilch anhaftete.

Dennoch stellte ich mir mal wieder die Frage, ob seine Kollegin mit dem rubinroten Lippenstift besser organisiert war als ich. Hatte er sich deshalb von mir getrennt und war geradewegs zu ihr gegangen? Oder versuchte er, sie am Ende auch zu verändern?

»Sorgenfalten am frühen Morgen stehen dir nicht. Wenn ich's genau nehme, stehen sie dir auch sonst nicht. Was ist los?«

Felix war ein Mann der direkten Worte. Er machte keine Umschweife und kam geradewegs auf das Thema zu sprechen, das ihn beschäftigte.

»Nichts. Alles bestens«, log ich und rang mich zu einem Lächeln durch.

»Na, wenn dein Gesichtsausdruck nach ›Alles bestens‹ aussehen soll, dann musst du noch gewaltig daran arbeiten. Und bis dahin: Wie wäre es mit der Wahrheit?«

Augenzwinkernd sah Felix mich mit diesem schiefen Grinsen an. Er war nicht nur sehr direkt, sondern auch äußerst beharrlich.

Ich seufzte.

»Ich kann Oma Else nicht erreichen, Frau Deter hat den Koffer voller Alkohol, Herr Lingen hat ein neues Thema gefunden, um mich in den Wahnsinn zu treiben und …«

Als ich nicht weitersprach, sah Felix mich erwartungsvoll an.

»Und?«, hakte er schließlich nach.

»Großtante Agnes … Wenn du nicht gewesen wärst, dann … Wer weiß, ob … Ich mache mir Vorwürfe«, gestand ich ihm schließlich ein.

Kaum dass ich meine Bedenken geäußert hatte, wurde Felix' Miene ernst. Verschwunden war der aufgeweckte freudige Ausdruck in seinem Gesicht. Ebenso wie das schiefe Grinsen.

»Das solltest du nicht«, sagte er mit fester Stimme, ohne einen Unterton darin.

Familie Roth aus Hannover passierte uns just in diesem Augenblick. Alle drei lächelten uns freudig zu. Sicher ging es für sie gleich an den Strand. Marie trug einen gelben Sandeimer mit einer roten Schaufel, verschiedenfarbigen Sandförmchen und einem grünen Rechen darin. Das Meer war für Kinder nach wie vor der schönste und größte Sandkasten der Welt.

»Viel Spaß wünsche ich euch«, beeilte ich mich, zu sagen und dabei ein Lächeln auf die Lippen zu zaubern.

Die drei bedankten sich und steuerten auf den Ausgang zu. Die meisten Gäste hatten die Villa Sehnsucht heute bereits verlassen, um ihren Aktivitäten im Seebad Binz oder auf der Insel nachzugehen.

Frau Deter war nach einem kurzen Spaziergang schon wieder zurückgekehrt, was mir ein wenig Sorge bereitete. Ich würde später zu ihr hochgehen und nachsehen, ob alles in Ordnung bei ihr war.

»Es wird immer wieder Situationen geben, in denen du Agnes nicht hinterhergehen kannst. Das ist nicht deine Schuld. Wir können sie aber auch nicht in ihrem Zimmer wie ein Tier in einem Käfig einsperren.«

Ich dachte einen Augenblick über seine Worte nach, ehe ich zustimmend nickte.

Felix hatte recht. Wenn Großtante Agnes einen Moment abpasste, in dem ich nicht hier unten an der Rezeption stand, würde sie unbehelligt durch die Tür nach draußen schlüpfen und verschwinden können. Mitunter würde uns das erst Stunden später auffallen. Ein Umstand, der mir Bauchschmerzen bereitete.

»Else macht sich deshalb auch Gedanken. Sie hat sogar schon überlegt, Agnes in ein Pflegeheim zu geben. Das hat sie dann aber kategorisch abgelehnt. Schon der Versuch, sie in die Tagespflege zu geben, ist gescheitert«, erzählte mir Felix.

Sicher war er der Überzeugung, es täte mir gut zu wissen, dass sich Oma Else mit ganz ähnlichen Gedanken quälte wie ich.

»Wenn ich doch nicht nur so chaotisch und verpeilt wäre. Ich merke, wie mir das alles hier über den Kopf wächst. Oma Else hätte jemand anderen finden sollen, der sich um ihr Hotel kümmert. Ich bin nicht so organisiert und durchdacht wie sie. Warum hat sie ausgerechnet mich ausgewählt?«

Es war das erste Mal, dass ich einer mir fast fremden Person gegenüber eingestand, der Aufgabe, die mir übertragen worden war, nicht gewachsen zu sein. Nicht, dass ich darum gebeten hätte, die Villa Sehnsucht in Oma Elses Abwesenheit zu führen. Ganz im Gegenteil. Aber nun, da ich mich dazu hatte breitschlagen lassen, wollte ich meine Sache auch gut machen.

Felix sah mich eindringlich an. Noch immer wirkte seine Miene wie versteinert. Mit seinen grün-blauen Augen sah er mir bis auf den Grund meiner Seele. Ich wagte es nicht mal zu zwinkern, so gebannt war ich von seinem festen Blick.

»Else hat dich ausgewählt, weil du ein unglaublich gutes

Gespür für andere Menschen hast, Lotte. Du bist empathisch und weißt, was die Gäste der Villa Sehnsucht brauchen. Und dir liegt das Wohl deiner Großtante am Herzen.«

Es tat gut, von Felix aufgezeigt zu bekommen, wo meine Stärken lagen. Meine Schwächen waren durch meine Beziehung mit Johannes immer weiter in den Vordergrund gerückt, so dass ich meine Fähigkeiten aus den Augen verloren hatte.

»Glaube mir, ich weiß ganz genau, wie es ist, wenn einen die Selbstzweifel zu ersticken drohen.«

Der sonst so heitere und zufriedene Felix zeigte eine tiefgründige und ernste Seite von sich, die ich bisher noch nicht an ihm wahrgenommen hatte.

Wenn ich es recht betrachtete, hielt ich ihn bislang eher für den sorglosen Typ, der keine Verantwortung übernahm und munter in den Tag hineinlebte, offen für alles, was sich ihm darbot.

Aber man konnte eben schlecht in die Menschen hineinschauen, wie Oma Else so treffend zu sagen pflegte.

»Was ich damit meine: Du bist gut, so wie du bist. Und das sage ich, obwohl du mich bei unserer ersten Begegnung für einen Dieb gehalten hast.«

Das schiefe Grinsen hatte sich abermals auf Felix' Lippen gestohlen. Seine Augen leuchteten. Zurück war der Schelm, der eindeutig in ihm steckte. Ebenso wie die Lebensfreude, die für einen winzigen Moment wie die Flamme einer Kerze erloschen war. Ich war froh, dass das Feuer neu entfacht werden konnte.

»Es tut mir wirklich sehr leid, was ich dir da angedichtet habe. Aber mein Geldbeutel war weg, du hattest mich angerempelt und dann war da noch …«

Felix machte eine wegwerfende Handbewegung.

»Mach dir keinen Kopf! Ich bin nicht nachtragend.«

Dann wandte er sich zum Gehen, hielt jedoch wieder in der Bewegung inne. Nun war er allerdings weit genug von mir weg, so dass ich ihn ausgiebig in seinem Blaumann bewundern konnte. Bisher war mir gar nicht aufgefallen, was für einen sexy Hintern er hatte. Überhaupt, er hatte eine ziemlich sportliche Figur. Ob er wohl ins Fitnessstudio ging? Oder war er mehr der Typ, der morgens um fünf Uhr dreißig aufstand, um am Strand joggen zu gehen und dabei den Sonnenaufgang zu bewundern?

Für mich war Felix mehr der Naturbursche. Schon schoben sich Bilder vor mein inneres Auge, wie er mit freiem Oberkörper und Shorts über den Sand rannte. Ein ausgeprägtes Sixpack und muskulöse Oberarme traten zutage, in deren Genuss ich bisher noch nicht gekommen war.

»Lotte? Hast du gehört, was ich gesagt habe?«

Felix sah mich mit hochgezogener Braue schmunzelnd an.

»Ich … Ähm, ich … Also … Ich war wohl etwas … abgelenkt«, räumte ich ein.

Felix schüttelte den Kopf, während er theatralisch die Luft aus seinem Mund entweichen ließ, so dass es dabei diesen Zischlaut gab.

»Also jetzt noch mal für dich, liebe Lotte. Ich habe soeben das Wasser abgestellt.«

Bei Felix' Worten erstarben die Bilder in meinem Kopf ganz abrupt.

»Wieso denn das?«, fragte ich besorgt.

»Ich bin mir nicht sicher, ob ich dir den Grund wirklich nennen sollte.«

Felix wirkte ehrlich verunsichert, während er sich mit der Hand durch sein dunkles, gelocktes Haar fuhr.

»Sag schon!«, forderte ich ihn auf und machte mich dabei auf das Schlimmste gefasst.

»Nun, wir haben einen kleinen Wasserrohrbruch im Keller. Nicht der Rede wert. Ich kümmere mich sofort darum.«

Einen Wasserrohrbruch? Was passierte in den Tagen, in denen ich Oma Else in der Villa Sehnsucht vertrat, denn noch alles? Wie wäre es mit einer Invasion von Riesenheuschrecken oder am besten gleich allen zehn biblischen Plagen auf einmal?

»Wie konnte das denn passieren?«

Dabei war es egal, wie es dazu hatte kommen können. Letztlich zählte nur das Ergebnis. Und das war leider verheerend.

»Die alten Rohre ... Das kann schon mal vorkommen. Mach dir deshalb keinen Kopf. Ich habe alles unter Kontrolle.«

Dann wandte er sich abermals von mir ab und wollte gerade weitergehen, als er sich noch mal zu mir umdrehte.

»Du siehst übrigens süß aus, wenn deine Wangen leicht gerötet sind. Keine Ahnung, worüber du vor dem Wasserrohrbruch nachgedacht hast, aber vielleicht ist das der richtige Zeitpunkt, um genau da weiterzumachen, wo du vorher aufgehört hast.«

Seine Worte untermalte er mit einem vielsagenden Augenzwinkern.

Er hatte mich durchschaut.

Die Erkenntnis darüber führte dazu, dass meine Wangen nicht mehr nur leicht gerötet waren. Der plötzlichen Hitze, die mir ins Gesicht schoss, nach zu urteilen, stand ich lichterloh in Flammen.

Felix grinste mal wieder schelmisch und verschwand dann in den Keller, wohin wohl besser ich gehen sollte, um mich ein wenig abzukühlen.

11

Das Telefon klingelte und riss mich aus dem peinlichen Moment, den ich soeben mit Felix durchlebt hatte.

Nach dem dritten Läuten nahm ich endlich ab.

»Villa Sehnsucht im Seebad Binz. Mein Name ist Lotte Steltner. Was kann ich für Sie tun?«

»Mein Lottchen, gut machst du dich als Rezeptionistin meines Hotels. Du solltest ernsthaft darüber nachdenken, das mit dem Graphikdesign an den Nagel zu hängen und mir dauerhaft in der Villa Sehnsucht unter die Arme greifen.«

»Oma Else?«, fragte ich überrumpelt.

»Höchstpersönlich. Ich wollte mal fragen, wie es dir in den vergangenen Tagen ergangen ist und ob das Hotel noch steht. Von Letzterem konnte ich mich soeben schon überzeugen. Aber nun erzähl mal, wie alles läuft.«

Wollte Oma Else wirklich die Wahrheit hören? Oder sollte ich sie nicht vielmehr in dem Glauben lassen, dass hier alles in bester Ordnung wäre?

»Es … läuft.«

Schließlich entschied ich mich dazu, meine Antwort recht vage zu halten. Auf diese Weise konnte man mir später keinen Strick daraus drehen. So zumindest mein frommer Wunsch.

»Ich wusste, dass du das alles ganz hervorragend machst. Schon als kleines Mädchen hast du unsere Gäste mit deinem Charme verzaubert. Ich werde nie vergessen, wie du damals die alte Frau Stumpf, die keinen Sinn für Humor hatte, zum

Lachen gebracht hast. Glaub an dich, Lottchen! Hörst du? Und hör auf, dir zu viele Gedanken zu machen. Ich muss jetzt leider weiter.«

Ein Schiffshorn war in der Leitung zu hören.

»Oma?«, rief ich mehrfach in den Hörer.

Doch das Gespräch war weg.

Mit tausend Fragezeichen im Kopf stellte ich das schnurlose Telefon zurück in seine Station. Was war das für ein Geräusch im Hintergrund gewesen? Ein Schiffshorn passte so gar nicht in meine Vorstellung von einem Kurort. Außer natürlich, Oma Else hatte einen Platz an der Nord- oder Ostsee erhalten. Zu dumm, dass ich keine Gelegenheit mehr hatte, sie danach zu fragen.

Doch noch ehe ich weiter darüber nachdenken konnte, kam Anne Lemke zu mir an die Rezeption.

»Wir sollten mal nach Frau Deter schauen. Ich habe an ihre Tür geklopft, aber sie öffnet nicht. Dabei bin ich mir ganz sicher, dass sie da ist. Außerdem reagiert sie nicht auf meine Rufe.«

Heute schien sich eine Katastrophe nach der anderen die Klinke in die Hand zu geben.

»Haben Sie einen Schlüssel für das Zimmer?«, fragte ich und bemühte mich, die Ruhe selbst zu bleiben.

Ein Umstand, der mir nicht sonderlich leichtfiel. Schließlich zeichnete meine Phantasie abermals die schlimmsten Horrorszenarien. Nicht auszudenken, wenn …

Anne Lemke hielt zur Antwort ihren Schlüssel in die Höhe.

»Ich wollte nur nicht allein hineingehen. Das ist alles. Beim letzten Mal …«

An ihren besorgten Gesichtszügen war abzulesen, dass ich nicht wissen wollte, wie der Satz weiterging.

»Dann sollten wir keine Zeit verlieren«, sagte ich und war im nächsten Moment schon an der Treppe.

Frau Lemke war mir dicht auf den Fersen. Die Frau Ende fünfzig war für ihr Alter noch sehr fit und hielt problemlos mit mir Schritt. Keine drei Minuten später standen wir vor Frau Deters Tür und verharrten unschlüssig.

Es war das eine, in Windeseile irgendwo hinzurennen, und etwas ganz anderes, vor Ort zu handeln und sich dem Unausweichlichen zu stellen.

Frau Lemke und ich sahen uns an, atmeten einmal tief durch, ehe ich ihr schließlich zunickte und ihr damit zu verstehen gab, die Tür zu öffnen.

Rien ne va plus!

Nichts ging mehr!

Ein unangenehmer Geruch empfing mich, kaum dass wir den Raum betraten. Die Vorhänge waren zugezogen. Bis Frau Lemke beherzt den Lichtschalter betätigte, tappte ich vollkommen im Dunkeln.

Als die Deckenleuchte in hellem Licht erstrahlte, brauchten meine Augen ein, zwei Wimpernschläge, um sich an die veränderten Lichtverhältnisse zu gewöhnen.

»Frau Deter?«, rief Frau Lemke neben mir panisch und stürzte schon im nächsten Augenblick zum Bett.

Erst jetzt erkannte ich, dass dort ein leblos wirkender Körper lag. Am Boden daneben lag eine leere Flasche Korn. Es war vom Schlimmsten auszugehen.

»Frau Deter? Hören Sie mich?«

Sie regte sich nicht.

Frau Lemke griff beherzt nach dem Arm und machte sich auf die Suche nach dem Puls.

»Vielleicht eine Alkoholvergiftung?«

Ihre Worte durchzogen den ruhigen Raum und schienen wie ein Echo von den weißen Wänden widerzuhallen. Mit jedem weiteren Mal, in dem ich ihre Frage in meinen Gehirnwindungen hörte, machte sich mehr Panik in mir breit.

»Wir brauchen einen Arzt. Wir müssen den Rettungsdienst anrufen. Sofort.«

Suchend durchstreifte mein Blick das Zimmer. Das Telefon war nirgends zu sehen.

»Ich werde Felix suchen«, erwiderte Frau Lemke und war im nächsten Augenblick aus dem Zimmer verschwunden.

»Der ist im Keller«, rief ich ihr noch geistesgegenwärtig hinterher, ehe sie außer Hörweite war.

Um nicht tatenlos herumzustehen, durchquerte ich das Zimmer auf der Suche nach dem Telefon und ärgerte mich über mich selbst, dass ich keines von der Rezeption mitgenommen hatte. Schließlich war ich vom Schlimmsten ausgegangen. Warum nur war ich nicht darauf vorbereitet?

Wenn Johannes jetzt hier wäre, würde er mir vorwerfen, dass ich mal wieder unorganisiert und völlig verpeilt an die Sache herangegangen war. Aber Johannes war nicht da. Ich musste mich der Situation allein stellen. Auf meine Art und Weise.

Ein Poltern war im Flur zu hören. Noch ehe ich wusste, wie mir geschah, kniete Felix neben Frau Deters Bett, betastete ihren Puls und drehte sie anschließend routiniert in die stabile Seitenlage.

Warum hatte ich nicht daran gedacht?

Frau Lemke hatte das Telefon von der Rezeption mitgebracht und überreichte es mir wie den Stab bei einem Staffellauf. Ich wusste, dass es an mir war, den Anruf bei der Leitstelle zu tätigen. Schließlich war ich Oma Elses Vertretung und damit für das Haus und die Gäste darin verantwortlich.

Gleichzeitig ärgerte ich mich schrecklich über mich selbst. Warum war ich so kopflos an die Sache herangegangen? Meine Organisation war mal wieder vollkommen chaotisch. Läge Frau Deters Leben allein in meiner Hand, ich wüsste nicht, ob ich sie hätte retten können.

»Wie sieht es aus?«, fragte ich Felix, während ich die Nummer des Rettungsdienstes wählte.

»Die Jungs und Mädels sollen sich beeilen«, verkündete er ernst.

Als das Gespräch entgegengenommen wurde, machte ich alle Angaben und versuchte dabei, so ruhig wie nur möglich zu bleiben. Aber die Tatsache, dass Frau Deter nach wie vor einfach nur dalag und keinen Laut von sich gab, setzte mich erheblich unter Druck.

»Es wird schon gutgehen«, sagte Felix, als er meinen besorgten Gesichtsausdruck wahrnahm.

»Frau Deter, hören Sie mich?«

So oft Felix auch versuchte, zu ihr durchzudringen, sie antwortete ihm nicht. Nur einmal gab sie einen gequälten Laut von sich. Das ließ hoffen.

Kurze Zeit später kamen die Rettungssanitäter und übernahmen Frau Deters Versorgung. Sie brachten sie ins Krankenhaus. Offenbar musste der Magen ausgepumpt werden. Ich versprach, ein paar Sachen zusammenzusuchen und dann ins Krankenhaus nachzukommen.

Frau Lemke ging mit der Notärztin und den beiden Rettungsassistenten nach unten, um ihnen die Türen zu öffnen. Felix und ich blieben allein zurück. Stille füllte den Raum, während ich nach wie vor wie geschockt auf die Stelle blickte, an der Frau Deter noch vor wenigen Minuten gelegen hatte.

»Wird sie durchkommen?«

Diese Frage hing wie ein Damoklesschwert, das drohte, jeden Augenblick auf mich herunterzusausen, über mir.

»Wir haben sie rechtzeitig gefunden.«

Felix, der noch immer vor dem Bett stand, ging auf mich zu und legte, wie um seine Worte zu bekräftigen, seine Hände auf meine Schultern.

»Das ist nicht deine Schuld, Lotte. Du hast alles Menschenmögliche getan«, behauptete er.

Ich schüttelte den Kopf.

»Das habe ich nicht. Ich habe nicht mal daran gedacht, das verdammte Telefon von der Rezeption mitzunehmen, um den Notruf abzusetzen.«

Tränen der Wut und der Verzweiflung kullerten mir über die Wangen. Meine Hände hatten sich zu Fäusten geballt. Wie leid ich es manchmal war, ich selbst zu sein.

»Du kannst nichts dafür, dass Frau Deter sich ins Koma getrunken hat, Lotte. Verstehst du mich? Du trägst nicht die Verantwortung.«

Enttäuscht über mich und mein Handeln versuchte ich, mich aus Felix' Umarmung zu winden.

Doch anstatt mich freizugeben, wurde Felix' Griff nachdrücklicher. Dabei sah er mir so fest in die Augen, dass ich es nicht wagte, einen zweiten Versuch zu unternehmen.

»Lotte, ich weiß, wie sich das jetzt für dich anfühlt. Ich kann mich nur zu gut in deine Situation hineinversetzen. Du fühlst dich hilflos und bist verzweifelt.« Ein schwarzer Schatten huschte bei den Worten über sein Gesicht. Dann schüttelte er leicht den Kopf, als versuchte er, eine Erinnerung abzustreifen. »Aber Frau Deter lebt. Und sie wird ganz bestimmt wieder gesund werden. Was danach aus ihr wird, ist allerdings einzig und allein ihre Entscheidung. Noch mal: Du trägst keine Verantwortung für ihr Handeln und du wirst sie nicht daran hindern, weiterhin ihren Trost im Alkohol zu suchen. Das ist ganz allein ihr Entschluss. Nicht deiner oder meiner. Wir können ihr nur unsere Hilfe anbieten. Die Entscheidung, ob sie sie annehmen will, liegt letztlich immer bei ihr.«

Wie gebannt starrte ich ihn an und erinnerte mich bei seinen Worten schlagartig wieder daran, wie wir Großtante Agnes in der Badewanne vorgefunden hatten. Sie hatte ihn auf eine Frau angesprochen. Wie war noch gleich ihr Name?

Anne, Annemarie, nein, Annegret.

Was war mit der Frau passiert? Hatte ihr Schicksal etwas damit zu tun, warum Felix nicht mehr als Arzt arbeiten wollte?

»Ich … ich weiß, dass du recht hast, Felix. Aber ich kann gerade nur ganz schwer aus meiner Haut«, gestand ich ihm ein, woraufhin er seine Hände von meinen Schultern nahm.

»Das erwartet auch niemand. Keiner sagt, dass du dich ändern musst. Du bist gut und richtig so, wie du bist. Hörst du? Du darfst dir das alles nur nicht zu sehr zu Herzen nehmen. Das sage ich dir nur, weil ich weiß, wie so eine Situation sich nachhaltig auswirken kann. Sie kann dein ganzes Leben verändern.«

Bei seinem letzten Satz hätte ich Felix am liebsten in den Arm genommen. War ich mir doch sicher, dass er diesen mehr an sich selbst richtete.

»Hast du je einen Menschen verloren, der dir wichtig war?«

Kaum dass ich die Frage gestellt hatte, hätte ich sie am liebsten zurückgenommen.

Viel zu persönlich kam sie mir nun vor. Denn es lag an ihm, was er bereit war, mir zu erzählen. Und was nicht.

»Vergiss bitte, was ich gerade gefragt habe«, ruderte ich eilig zurück.

Felix' Blick war verletzlich. Verschwunden war der selbstsichere Mann, der immer einen kecken Spruch auf den Lippen hatte und stets wusste, was zu tun war.

Die plötzlich eintretende Stille, die sich zwischen uns niederließ, fühlte sich unbehaglich an.

Etwas unbeholfen machte ich mich schließlich auf die Suche nach Kleidern und Toilettenartikeln, die ich Frau Deter ins Krankenhaus bringen wollte.

»Ich sollte wieder an die Arbeit gehen. Der Wasserrohrbruch«, meldete sich Felix zu Wort und war im nächsten Moment verschwunden.

Ich bereute die Tatsache, dass er sich abermals von mir distanzierte, konnte allerdings nichts daran ändern. Denn letztlich lag es an jedem von uns, was wir bereit waren, mit anderen Menschen zu teilen und was nicht.

12

Nachdem ich Frau Deter Kleidung und ihren Kulturbeutel ins Sana-Krankenhaus in Bergen gebracht hatte, machte ich einen ausgiebigen Spaziergang am Binzer Strand.

Frau Nietnagel hatte mir nach den Vorkommnissen des heutigen Tages vorgeschlagen, sich für die nächsten Stunden um die Rezeption zu kümmern. Da um die Mittagszeit ohnehin nicht viel los war, nahm ich ihr Angebot dankend an.

Barfuß überquerte ich die Promenade, bis ich am Strandabgang 07 endlich Sand unter meinen Füßen spürte. Auf dem Schild war eine kleine Gitarre abgebildet. Denn hier, am Kultur-Strand, wie dieser Abschnitt auch genannt wurde, wurden in den Sommermonaten kleine Konzerte und Live-Sessions aufgeführt. Eines meiner ersten Konzerte überhaupt hatte ich hier am Strand von Binz erlebt. Damals mit meinem allerersten Freund, Jojo, einem Jungen in meinem Alter, der aus München kam und hier auf Rügen mit seiner Familie ebenso wie ich die Sommerferien verbrachte.

Binz war Liebe, Heimat, Familie und völlige Geborgenheit. Hier konnte ich sein, wie ich war. Zumindest war das in der Vergangenheit so gewesen.

Als Johannes mit mir nach Rügen kam, begann er nicht nur mich, sondern auch die wunderschöne Ostseeinsel verändern zu wollen. Ich wusste, dass es nicht gut war, diesen zauberhaften Ort mit seinen Vorstellungen und Ansichten zu verpesten. Die Zwistigkeiten zwischen ihm und Oma Else waren letztlich der Grund, warum ich so lange nicht hier gewesen war.

Johannes hatte Oma Elses Hotel sogar als veraltet und rückständig bezeichnet. Er hatte nie erkannt, was für einen Charme die Villa Sehnsucht besaß. Für ihn musste alles auf dem neuesten Stand der Technik sein. Dass es in dem Haus nicht mal einen Aufzug gab, fand er grauenhaft. Die Nörgeleien darüber wie auch über die Tatsache, dass Binz nicht annähernd so mondän wie die Nordseeinsel Sylt war, verleidete mir meinen Aufenthalt und trübte meine Beziehung zu meiner Großmutter. Ein Umstand, der mich zusehends mehr bedrückte.

Auch heute war viel los am Strand. Die Sonne schien zwar, jedoch tauchten immer wieder dunkle Wolken am Himmel auf. Da sie aber weiterzogen, ließen sich die Badegäste davon nicht aus ihrer Urlaubsstimmung bringen.

Kaum einer der Strandkörbe war leer. Daneben lag eine bunte Flut an Handtüchern, die, hätte man sie aneinandergereiht, bestimmt bis nach Hamburg gereicht hätten.

Hamburg. Zuhause. Wahlheimat. Wohlfühlort?

Heute Abend musste ich mich dringend hinsetzen und am Auftrag des Verlags arbeiten. Bislang war ich nach den anstrengenden Tagen im Hotel so müde gewesen, dass ich abends gleich eingeschlafen war. Doch die Miete meiner Wohnung zahlte sich nicht allein. Wenn ich demnächst nicht auf der Straße stehen wollte, musste ich langsam aber sicher in die Pötte kommen.

Anstatt heute in Richtung Müther-Turm zu laufen, entschied ich mich, die Seebrücke anzusteuern.

An diesem Strandabschnitt drängten sich die Badegäste zwar noch dichter, allerdings wollte ich unbedingt mal wieder die Seebrücke aus nächster Nähe sehen. Und obwohl sie nicht besonders weit von der Villa Sehnsucht entfernt war, hatte ich es seit meiner Ankunft noch nicht geschafft, dorthin zu laufen.

Bis runter ans Wasser schlängelte ich mich an Burgen bauenden Kindern, bunten Handtüchern, rennenden Hunden und Beachvolleyball spielenden Erwachsenen vorbei. Meine Füße wurden vom Wasser der Ostsee umspült. Manchmal schwappten kleine Wellen an Land, so dass meine weiße Leinenhose nass wurde. Aber das nahm ich billigend in Kauf, während ich meinen Weg vorbei an Sandburgen, Schildkröten und anderen Skulpturen aus Sand sowie selbstgebauten Gräben und Staudämmen fortsetzte.

Tief sog ich die frische Seeluft ein und schloss für einen Moment die Augen. Keine gute Idee! Denn augenblicklich schossen mir die Bilder des heutigen Vormittags durch den Kopf. Frau Deter, wie sie auf dem Boden lag und sich nicht regte. Frau Deter, wie sie von den Rettungsassistenten mitgenommen wurde. Felix und ich, wie wir zurückblieben.

Kopfschüttelnd öffnete ich meine Augen und zog mein Handy aus der Hosentasche. Ich wollte jetzt nicht allein sein, also wählte ich Yaras Nummer und hoffte, sie hatte Zeit für mich.

Um die Mittagszeit gab Yara keine Yoga-Kurse. Die fanden für gewöhnlich in den Morgenstunden oder am Abend statt.

»Hey, Lotte! Was gibt es Neues auf der Sonneninsel Rügen und vor allem: Wie steht es um dich und Felix, den Glücklichen?«

Yara lachte übermütig und so ausgelassen, wie ich mich schon lange nicht mehr gefühlt hatte. Bei der Unbeschwertheit, die Yara da an den Tag legte, spürte ich erst den wahren Druck, der hier auf mir lastete.

»Großtante Agnes ist ausgebüxt. Felix und ich haben sie zum Glück noch gefunden. Aber das ist nicht das Schlimmste, was bislang in der Villa Sehnsucht vorgefallen ist.«

Kurz und bündig erzählte ich Yara von Frau Deter, dem Wasserrohrbruch und auch über Herrn Lingen musste ich ein wenig Dampf ablassen.

»Das ist ... nicht so ganz das, was ich erwartet hatte. Wie geht es dir denn mit alldem? Soll ich mir ein paar Tage frei nehmen und zu dir kommen? Du klingst ganz so, als könntest du deine beste Freundin brauchen.«

Yara hatte absolut recht. Das Liebste wäre mir gerade wirklich, wenn sie zu mir auf die Insel käme und ich eine Schulter hätte, an der ich mich anlehnen konnte. Dennoch erwiderte ich: »Nein, alles gut. Ich schaffe das. Mir tut es schon gut, wenn ich mit dir reden kann.«

Schließlich wollte ich nicht dafür verantwortlich sein, dass sie ihre Kurse so kurzfristig absagte. Selbst eine Yoga-Lehrerin hatte es in Hamburg nicht leicht. Die Konkurrenz war groß und der Druck enorm. Auch wenn ihr Verlobter zu den betuchten Kreisen der Stadt gehörte, wusste ich um Yaras Bedürfnis nach Unabhängigkeit. Sie wollte ihre Brötchen selbst verdienen. Und den ganzen Rest am liebsten auch.

»Du weißt, dass ich alles stehen und liegen lassen würde für dich. Das weißt du doch. Oder?«

Bei Yaras Worten schossen mir einzelne Tränen der Rührung in die Augen. Wir beide hatten schon so viel zusammen durchgemacht. Angefangen von den langweiligen Schulstunden bei Herrn Peters, der Geschichte dozierte, als gelte es, lateinische Vokabeln zu konjugieren. Weiter mit dem ersten Herzschmerz als Teenager, an dem wir glaubten, sofort sterben zu müssen. Und schließlich die Beziehungen in der Zeit unseres Erwachsenendaseins. Einige waren in die Brüche gegangen, andere hatten wir gekittet und dann doch beendet.

Aber immer war Yara an meiner Seite gewesen. Ebenso wie ich an ihrer.

»Natürlich weiß ich das, Yara. Mach dir bitte keinen Kopf! Ich brauchte nur jemanden zum Reden. Das ist alles«, sagte ich ihr.

»Ruf an, wann immer dir danach ist, okay? Ich bin gleich mit Kai zum Essen verabredet. Wir können aber gerne später noch mal telefonieren, wenn du magst.«

»Viel Spaß und grüß Kai lieb von mir.«

Kai und ich waren zwar nicht die dicksten Freunde. Nach wie vor verstand ich nicht, was Yara an ihm fand. Für mich war er ein aufgeblasener Gockel, der viel zu laut war und andere Menschen am liebsten nach seiner Pfeife tanzen ließ. Aber Yaras Glück lag mir am Herzen. Und wenn sie mit ihm glücklich war, dann war ich es auch. Irgendwie.

Nach dem Gespräch nahm ich das erste Mal seit einigen Minuten meine Umgebung wieder wahr. Die letzten Meter war ich einfach vor mich hingelaufen und hatte mich voll und ganz auf das Gespräch mit meiner besten Freundin konzentriert. Erst jetzt merkte ich, dass ich in der Zwischenzeit bis zur Seebrücke gelaufen war. Verrückt!

Hier vorne gab es nicht nur Badegäste, die auf ihren Strandtüchern lagen oder in den Strandkörben saßen, die Umgebung bewunderten, lasen oder im Wasser oder im Sand verschiedenen Ballsportarten nachgingen, sondern auch Trampoline mit Bungeeseilen, auf denen Kinder springen konnten. Eine lange Schlange hatte sich vor der Attraktion gebildet.

Anstatt meinen Weg fortzusetzen, hielt ich einen Moment inne und beobachtete die Kinder, wie sie in die Lüfte sprangen und Vorwärts- und Rückwärtssaltos schlugen. Ihr Lachen hallte über den Strandabschnitt und erfüllte die Luft mit der kindlichen Freude, die uns Erwachsenen längst abhandengekommen war.

Wehmütig dachte ich an die Zeit zurück, als ich selbst noch ein Kind war und meinen Spaß am Strand hatte. Damals gab es zwar noch keine Trampoline, aber wir wussten auch so, unsere Zeit zu genießen.

Als Einzelkind war ich immer darauf angewiesen gewesen, mir Freunde zu suchen, mit denen ich in den Ferien auf Rügen spielen konnte. Oft fand ich diese in Omas Hotel. Mit einigen hatte ich danach Briefe geschrieben oder später SMS hin und her geschickt. Im Laufe der Zeit verloren sich diese Kontakte jedoch. Es war eben etwas anderes, wenn man sich regelmäßig sah.

Manche Kinder kamen immer in den Sommerferien zu uns in die Villa Sehnsucht. Wieder andere nur ab und an. Ich mochte die Veränderung. Damals hatte sie mir noch keine Angst gemacht.

Kinderweinen durchdrang die übrigen Geräusche in meiner Umgebung. Ein kleines Mädchen wollte noch nicht runter vom Trampolin. Glück und Leid lagen manchmal so eng beieinander.

Als ich nach der Trennung von Johannes am Boden zerstört war, hätte ich es nie im Leben für möglich gehalten, mein ganz persönliches Glück zu erfahren, indem ich wieder unbefangen auf die Insel meiner Kindheit reisen konnte.

Lächelnd beobachtete ich das Treiben noch für einige Augenblicke, ehe es an der Zeit war, zurück zum Hotel zu gehen und Frau Nietnagel abzulösen.

In der Nähe der Strandbar an Aufgang 15 fiel mir ein Mann in einem Strandkorb auf, der dort im schwarzen Anzug saß und seine Zeitung las. Das konnte nur der Studiendirektor a. D. Lingen sein.

Ein Schmunzeln stahl sich bei seinem Anblick auf meine Lippen. Und ich erkannte, dass ein Mensch uns nicht nur anstrengen, sondern auch amüsieren konnte.

Es war nicht alles schwarz oder weiß. Es gab unendlich viele Farben dazwischen. Ich musste nur genau hinsehen und mich offen für alles zeigen, dann konnte ich auch sie erkennen.

13

Als ich an der Promenade ankam und mir den Sand von den Füßen abstreifte, kam mir Miss Moneypenny gemächlich entgegengeschlendert. Sie schlich mir um die Beine und schmiegte ihren Kopf an mich.

Ich tat ihr den Gefallen und kraulte sie hinterm Ohr, so wie sie es am liebsten hatte, auch wenn ich nicht so recht verstand, warum sie mich diesmal nicht wie sonst mit Nichtbeachtung strafte. Katzen hatten ihren ganz eigenen Kopf. Ich sollte mir ein Beispiel an ihnen nehmen und weniger nach der Prämisse leben, allen gefallen zu wollen, als vielmehr die Lotte zu sein, die ich sein wollte.

Die wievielte Miss Moneypenny das wohl schon war? Wenn ich mich recht erinnerte, gab es sie, seit ich denken konnte. Aber keine Katze der Welt wurde dreißig Jahre und älter.

Als sie genug von meinen Streicheleinheiten hatte, ging sie einfach weiter, ohne sich noch einmal nach mir umzudrehen. Katzen waren schon sehr eigenwillige Tiere. Dennoch imponierte mir die Tatsache, dass sie zu wissen schienen, was sie wollten und was nicht. Damit waren sie uns Menschen eindeutig mehrere Schnurrhaare voraus. Mindestens.

»Wie gut, dass Sie wieder hier sind.« Frau Nietnagel begrüßte mich schon beim Betreten der Villa Sehnsucht.

Dabei schwang so viel Erleichterung in ihren Worten mit, dass ich augenblicklich aufhorchte.

»Was ist denn passiert?«, fragte ich beunruhigt und legte den Weg bis zur Rezeption in großen Schritten zurück.

Nun galt es, nicht unnötig Zeit zu verlieren.

»Die Köchin. Sie ist schon da.«

Ohne Umschweife kam Frau Nietnagel direkt auf das Problem zu sprechen.

Schlagartig wurde ich mir der Brisanz ihrer Worte bewusst. Herr Wiedemann hatte mich schließlich bereits darauf vorbereitet, dass der neue Koch eine Köchin war und Herr Oltmann mit dieser Tatsache so seine Probleme hatte.

Hatte ich eben noch die unterschwellige Hoffnung, meine Tage hier auf Rügen könnten ein wenig ruhiger werden, dann hatte ich meine Rechnung augenscheinlich ohne den Chefkoch des Hauses gemacht.

Noch ehe ich von Frau Nietnagel erfahren konnte, was denn bisher vorgefallen war, musste sie in den Service zurück. Der Afternoon Tea stand an, und ich verspürte das dringende Bedürfnis, meinen Kummer mit dem Verzehr von einem Dutzend Törtchen zu kompensieren.

Bevor ich mich in die Höhle des Löwen wagte, atmete ich einmal tief durch und nahm das portable Telefon an mich. Da Frau Nietnagel verschwunden war, ohne eine Übergabe an mich zu machen, ging ich davon aus, dass in meiner Abwesenheit nicht noch mehr Unheilbringendes vorgefallen war.

Schon im Gang vor der Küche waren laute Stimmen zu hören. Doch nicht nur Herr Oltmann schien sich behaupten zu wollen. Eine mir unbekannte weibliche Stimme hielt dagegen. Zumindest, was die Lautstärke anbelangte. Was sie genau sagte, konnte ich noch nicht verstehen. Dafür war ich zu weit vom Geschehen entfernt.

Doch mit jedem weiteren Schritt verspürte ich das Bedürfnis, umzudrehen und die Streithähne sich selbst zu überlassen.

Was natürlich Blödsinn war. Ich musste der Frau, deren

Namen ich dummerweise vergessen hatte, den Rücken stärken und sie hier bei uns in der Villa Sehnsucht willkommen heißen. Auch wenn Herr Oltmann gerade alles daransetzte, dass sie sich mit Sicherheit alles andere als willkommen in unserer Mitte fühlte.

An der Tür angekommen, hielt ich einen Moment inne, straffte meine Schultern und atmete erneut einmal tief durch. Auf in den Kampf!

Doch als ich die Tür öffnete, um in den Raum zu gehen, nahm niemand Notiz von mir. Die volle Aufmerksamkeit der kompletten Küchencrew war auf die beiden Streithähne gerichtet.

»Sie werden ganz sicher nicht darüber entscheiden, wie und ob wir unser Angebot erweitern. Das liegt einzig und allein in meiner Hand, und bisher gab es diesbezüglich auch nie irgendwelche Klagen.«

Herr Oltmann stand mit hochrotem Kopf einer Frau gegenüber, die rote Dreadlocks hatte und deren verschränkte Arme vor der weißen Kochrobe hinreichend darüber informierten, dass sie nicht bereit war, diesen Kampf zu verlieren.

»Als Sie die Speisepläne gemacht haben, wusste noch niemand, was vegan überhaupt ist. Nun zu behaupten, die Auswahl führte heute nicht zu Klagen, ist borniert.«

Oha! Plötzlich verspürte ich das unnachgiebige Bedürfnis, auf dem Absatz kehrtzumachen und von hier zu verschwinden. Bemerkt hatte mich ohnehin noch niemand. Es war also durchaus im Rahmen des Möglichen. Doch gleichzeitig war mir klar, dass ich mich der Situation stellen musste. Wenn nicht jetzt, dann eben später. Auch wenn ich noch keinen blassen Schimmer hatte, wie ich das machen sollte.

»Hat sie gerade borniert zu mir gesagt?«

Herr Oltmann wandte sich mit hochrotem Kopf an seinen Souschef, Herrn Wiedemann. Dieser zuckte aufgrund der unerwarteten Ansprache regelrecht zusammen. Offenbar hatte er gehofft, nicht zwischen die Fronten zu geraten.

»Also im Grunde hat sie nicht Sie als borniert bezeichnet, sondern …«

Herr Wiedemann schlug den diplomatischen Pfad ein und war damit natürlich auf dem Holzweg. Spätestens, als sein Chef mit einer abwinkenden Handbewegung zu verstehen gab, dass er die Ausführungen seines Souschefs nicht weiter anhören wollte, wurde auch ihm diese Tatsache bewusst.

»Sie scheinen mächtig überzeugt von dem, was Sie so machen, Frau Menckwitz. Aber ich sage Ihnen eines: Noch bin ich hier der Chef! Und solange sich daran nichts ändert, liegt die finale Entscheidung, was die Auswahl der Speisen anbelangt, bei mir.«

Völlig unbeeindruckt sah Frau Menckwitz ihn an. Sie war ungefähr in meinem Alter. Höchstens ein paar Jahre älter. Aber sie strahlte eine derartige Souveränität aus, dass ich am liebsten bei ihr in die Lehre gegangen wäre.

Ihre Statur war aufrecht, die Schultern straff nach hinten durchgedrückt. Ihr Blick blieb standhaft, egal, wie erbost ihr neuer Chef sie auch anging.

»Herr Oltmann, was wäre, wenn ich Ihnen sagen würde, dass Frau Steltner mich eingestellt hat, um frischen Wind in die Küche zu bringen? Die Anpassung des Speiseplans war dabei ein ganz zentraler Punkt.«

Bei den Worten der neuen Köchin musste ich erst mal schlucken. Oma Else hatte Frau Menckwitz mit dem Wissen eingestellt, dass sie hier für ordentlich Furore sorgen würde? Und weiter: Sie hatte ihren ersten Arbeitstag ausgerechnet in die Zeit gelegt, wenn sie selbst nicht im Haus sein würde, damit ich mich der Situation stellen musste? Welchen Zweck verfolgte sie mit dieser Aktion?

Das Einzige, was mir dazu einfiel, war: herzlichen Dank auch! Hatte sie am Ende ihre Kur sogar so gelegt, dass sie nicht da sein würde, wenn Frau Menckwitz ankam?

Und während ich immer nachdrücklicher verspürte, verschwinden zu wollen, nahmen die Menschen um mich herum das erste Mal Notiz von mir. Perfektes Timing. Nicht.

Wie gebannt sahen sie mich an, und dann fiel bei mir nach und nach der Groschen. Mit mir war schließlich ebenfalls eine Frau Steltner anwesend. Auch wenn diese rein gar nichts mit der Entscheidung ihrer Großmutter zu tun hatte, würde sie jetzt und hier Stellung beziehen müssen. Ob sie wollte oder nicht.

»Frau Steltner, wie stellen Sie sich das vor?«, fragte mich Herr Oltmann prompt und tupfte sich dabei den Schweiß mit einer gestärkten weißen Serviette von der Stirn.

Noch nie hatte ich den Mann so wütend erlebt. So viel war schon mal sicher: Es galt, behutsam an die Materie heranzugehen, wenn ich heute kein zweites Mal den Notarzt rufen wollte.

»Frau Menckwitz, ich möchte Sie herzlich in der Villa Sehnsucht willkommen heißen.«

Das war zwar nicht ganz das, was Herr Oltmann in diesem Moment von mir hören wollte. Aber ich musste ein wenig Zündstoff aus dem Gemenge nehmen und dafür sorgen, dass sich die Gemüter beruhigten.

Frau Menckwitz kam mir mit ausgestreckter Hand entgegen.

»Und Sie sind?«, fragte sie mich geradeheraus.

Erst jetzt fiel mir auf, dass ich mich gar nicht vorgestellt hatte.

»Steltner. Lotte Steltner. Frau Steltner senior, also die Eigentümerin des Hauses, ist meine Großmutter«, erklärte ich ein wenig umständlich.

Doch Frau Menckwitz ließ sich dadurch nicht aus der Ruhe bringen. Sie lächelte freundlich und sah mich an, während ich ihr ebenfalls die Hand reichte.

»Wann kommt die Chefin eigentlich wieder zurück?«, meldete sich Herr Oltmann zu Wort und ließ keinen Zweifel daran, dass er nicht der Ansicht war, ich wäre dazu in der Lage, die Situation zu entschärfen oder gar Klarheit in die Sache zu bringen. Gut möglich, dass er damit recht hatte. Aber ich wollte es dennoch versuchen. Ohne auf seine Frage einzugehen, unterbreitete ich ihm einen Gegenvorschlag.

»Wie wäre es, wenn sich die gesamte Küchencrew hinsetzt und überlegt, was an der aktuellen Karte gut ist und Bestand haben sollte und welche neuen Gerichte aufgenommen werden könnten?«

»Also das ist ja jetzt hoffentlich nicht Ihr Ernst. Das ist ... Ich bin hier der Chef. Und überhaupt ...«

Herr Oltmann schrie sich augenblicklich dermaßen in Rage, dass ich das Gefühl hatte, seine Gesichtsfarbe hätte einen noch unnatürlicheren Rotton angenommen als ohnehin schon.

»Grundsätzlich finde ich das eine gute Idee. Es gibt immer wieder Nachfragen der Gäste beim Afternoon Tea oder bei den Gerichten auf unserer Speisekarte, ob diese vegan, laktose- oder glutenfrei sind. Wir im Service werden tagtäglich mit solchen Fragen konfrontiert, die uns mitunter viel Zeit kosten«, ergänzte Frau Nietnagel, die auch in die Küche gekommen war, offenbar, um mir Schützenhilfe zu leisten.

Dankend nahm ich ihren Einwurf zur Kenntnis.

»Ich hätte da auch die ein oder andere Idee, wie wir Kleinigkeiten verändern könnten, ohne unsere grundlegende Linie zu verlassen.«

Herr Wiedemann nahm abermals den Posten des Mittelsmannes ein und erntete dafür meine Anerkennung. Auch Frau Menckwitz nahm seine Bereitschaft mehr als bereitwillig zur Kenntnis.

Sie hatte hoch gepokert, als sie sich entschied, sich gleich an ihrem ersten Tag mit ihrem neuen Chef anzulegen. Nun zu sehen, dass sie einen wunden Punkt getroffen hatte, war sicher Balsam für ihre Seele.

»Herr Wiedemann! Schlagen Sie sich etwa auf die Seite dieser, dieser ... impertinenten Person?«

Herr Oltmann war außer sich über diesen vermeintlichen Verrat. Sein akkurat gezwirbelter Schnurrbart bebte vor Erregung. Wenn er gekonnt hätte, hätte er sich die Haare bei seinen Worten gerauft. Aber dazu fehlten ihm genau diese, denn sein Kopf war kahl.

»Ich schlage mich auf gar keine Seite. Ich handle stets nach bestem Wissen und Gewissen für das Hotel«, distanzierte sich Herr Wiedemann von den Anfeindungen seines Chefs.

Fehlte ihm noch vor wenigen Minuten die Kraft, sich ihm gegenüber zu behaupten, wirkte er nun wie ausgewechselt. Er blieb seinem Standpunkt treu und machte keinen Rückzieher.

Langsam aber sicher verstand ich, warum Oma Else der Meinung war, Frau Menckwitz wäre die ideale Besetzung für das Küchenteam. Sie brachte nicht nur frischen Wind mit, sondern auch die Auffassung, dass jedes Mitglied einer Gruppe etwas zu sagen hatte.

»Für meinen privaten Tik-Tok-Kanal habe ich erst vor

zwei Tagen einen veganen Blaubeerkäsekuchen gebacken und präsentiert. Der kam sehr gut an. Bisher haben sich weit mehr als fünfzigtausend Leute das Video angesehen.«

Wie zum Beweis hielt Jakob, der Azubi, sein Handy in die Höhe. Von ihm hatte ich bisher noch gar nichts gehört.

»Wow! Das ist eine beachtliche Leistung«, merkte Frau Menckwitz anerkennend an und ging zu Jakob, um sich das Video anzusehen.

Herr Oltmann verstand derweil die Welt nicht mehr. Jetzt wurde schon der Azubi gefeiert, weil er irgendwelche Sachen mit seinem Handy machte, und dafür Likes kassierte.

»Und wer jetzt die meisten Likes bekommt, entscheidet über die Planung der Küche oder was? Nein, da mache ich nicht mit. Den Zirkus könnt ihr ohne mich veranstalten. Ich bin raus.«

Wie um seine Worte zu bekräftigen, zog sich der Küchenchef die Schürze über den Kopf und feuerte sie theatralisch zu Boden.

»Herr Oltmann …«, hob ich an, ohne den Hauch einer Ahnung, was ich sagen sollte, um ihn von seinem Vorhaben abzubringen.

Oma Else wollte mit Frau Menckwitz frischen Wind in die Küche bringen, sie wollte aber mit Sicherheit keine alten Besen vertreiben. Waren sie noch so schwerfällig.

»Herr Oltmann, ich weiß, dass Ihnen die Neuerungen, die sich in absehbarer Zukunft ergeben werden, nicht geheuer sind. Ich habe dafür sogar ein gewisses Verständnis. Bevor Sie jedoch gehen, möchte ich Ihnen sagen, warum ich diesen Job angenommen habe.«

Frau Menckwitz, die das Wort an sich gerissen hatte, wirkte ruhig und routiniert. In ihrer Branche musste man sich sicher des Öfteren gegen cholerische Küchengötter behaupten, wenn man seinen Weg gehen wollte. Und sie ließ wahrlich keinen Zweifel daran, dass sie nicht davon abweichen würde.

»Ich wüsste nicht, was das ändern sollte«, erwiderte Herr Oltmann patzig und drehte dabei wie ein trotziges Kind den Kopf von Frau Menckwitz weg. Den Raum verlassen, wollte er jedoch noch nicht. Augenscheinlich war er doch neugierig, was sie ihm zu sagen hatte.

»Es ist schon eine ganze Weile her, ich war vielleicht vierzehn oder fünfzehn und wusste nicht so genau, was ich nach dem Abi machen sollte. Meine Eltern erwarteten von mir, dass ich studiere und später das Familienunternehmen übernehme. Aber was ich eigentlich wollte, zählte nicht. Irgendwas mit den Händen sollte es sein. Am besten ein Beruf, bei dem ich jeden Tag etwas Neues entdecken und mich ausprobieren konnte. Und da kamen Sie ins Spiel.«

»Ich?«, fragte Herr Oltmann verdutzt und wandte seinen Blick dabei wieder in Frau Menckwitz' Richtung.

»Ich habe damals *Die Küche* abonniert. Eine Fachzeitschrift für Profiköche.«

»Aber die ist doch nur für ausgebildete Köche …«, warf Herr Oltmann ein.

Doch Frau Menckwitz ließ sich nicht aus der Fassung bringen.

»Dort habe ich einen Artikel gelesen. Einen Artikel, der mich nachhaltig geprägt, der mir die Liebe zu dem verdeutlicht hat, was mir Freude bereitet. Und der mir schließlich die Kraft gegeben hat, meinen Eltern die Stirn zu bieten und meine Ausbildung zur Köchin zu beginnen. Soll ich Ihnen sagen, was das für ein Beitrag war?«, fragte sie Herrn Oltmann.

Die ganze Küchencrew, Frau Nietnagel und ich eingeschlossen, war mucksmäuschenstill. Man hätte problemlos eine Stecknadel auf den weiß gefliesten Boden fallen hören können, so leise war es.

Der Küchenchef öffnete den Mund leicht, schüttelte dann jedoch den Kopf, ohne ein Wort zu sagen. Das war wohl das erste Mal, dass ich Herrn Oltmann sprachlos erlebte.

Seine Gesichtsfarbe hatte sich von Hochrot in mehr oder minder normales Rot gewandelt. Ein gutes Zeichen, wie ich hoffte. Auch wenn man nie wissen konnte. Noch war diese Küchenschlacht nicht beendet.

»Er hieß *Freude am Kochen bedeutet immerwährender Wandel*. Erinnern Sie sich?«

Alle Augenpaare waren wie gebannt auf Herrn Oltmann gerichtet, der mächtig ertappt wirkte und sich verlegen am Hinterkopf kratzte.

Was hatte es mit diesem Artikel auf sich? Und wie konnte ein so alter Beitrag dazu führen, dass unser Küchenchef ganz still, ja nahezu nachdenklich wurde?

»Das ist doch schon eine halbe Ewigkeit her.«

Ein Schatten huschte über sein Gesicht, während er mit seiner Hand eine abwehrende Bewegung machte.

»Ich erachte diesen Artikel für so aktuell wie noch nie. Und gleichzeitig habe ich meine komplette berufliche Karriere nach dem Inhalt dieses Beitrages ausgerichtet. Bis zum heutigen Tag bin ich damit immer sehr gut gefahren. Und ich gedenke nicht, etwas daran zu ändern.«

Frau Menckwitz' Worte waren gut durchdacht und bestimmt, jedoch erhob sie nicht die Stimme.

»Das ist fast zwanzig Jahre her. Damals war ich noch grün hinter den Ohren. Das darf man nicht ernst nehmen.

Vor allem, wenn man sich in der wirklichen Berufswelt behaupten will.«

Hatte ich ihn richtig verstanden? War er etwa der Verfasser des Schriftstücks? Das ließ die Angelegenheit natürlich in neuem Licht erscheinen.

»Für mich war der Artikel perfekt, und er ist es auch heute noch. Ihre Worte sind zeitlos, Herr Oltmann. Und ich bin der lebende Beweis dafür, dass es sich ganz wunderbar danach arbeiten lässt. Mehr noch: Die Vorstellung, hier mit Ihnen gemeinsam arbeiten zu dürfen, machte mich glücklich, als sie sich mir bot.«

Frau Menckwitz hatte mich so neugierig gemacht, dass ich Herrn Oltmanns Zeilen am liebsten jetzt und auf der Stelle lesen wollte. Der Küchenchef der Villa Sehnsucht, der offenbar zu verstehen begann, was für ein enormes Lob die Worte der neuen Köchin waren, wirkte nun verlegen.

Verschwunden war der Groll, der noch vor wenigen Minuten dazu geführt hatte, dass er die Schürze abgenommen und seinen Dienst quittiert hatte. Vergessen die Worte, die man sich ohne Rücksicht auf Verluste an den Kopf geworfen hatte.

»Ich wusste ja gar nicht … Nun, es freut mich, dass ich Sie mit meinem Beitrag dazu ermutigen konnte, Ihren Weg als Köchin einzuschlagen. Ich fühle mich … geschmeichelt.«

Seine Wangen röteten sich bei seinen Worten ein wenig. Allerdings pulsierte die Schlagader an seinem Hals nicht mehr sichtbar. Und auch seine Stirn hatte sich geglättet.

Frau Menckwitz streckte die Hand in die Richtung ihres Chefs aus und fragte: »Dann wollen wir es wagen?«

Er zögerte einen Moment, bis er sie schließlich ergriff.

Die fünf Sekunden, die dazwischen lagen, hielt ich, wie die übrigen Anwesenden, gebannt den Atem an.

Zaghaftes Klatschen setzte aus Jakobs Richtung ein. Nach und nach stimmte der Rest mit ein, mich eingeschlossen. Was für eine Achterbahnfahrt der Gefühle! Noch vor wenigen Minuten war ich felsenfest davon überzeugt gewesen, dass Frau Menckwitz und Herr Oltmann nie im Leben miteinander arbeiten könnten. Doch nun schien sich das Blatt gewendet zu haben. Erleichterung flutete meine Blutbahnen. Die Anspannung ließ nach.

»Da steckst du«, hörte ich Felix hinter mir sagen.

Erschrocken wandte ich mich zu ihm um.

»Ist etwas mit dem Wasserrohrbruch? Brauchen wir doch noch professionelle Hilfe?«

Auch jetzt wurde mir keine Atempause gegönnt, um mich von dieser Küchenschlacht zu erholen. Schlag auf Schlag folgte die nächste Herausforderung. Blieb nur zu hoffen, dass ich auch diese irgendwie meistern würde.

»Was ist denn mit dem alten Herrn Oltmann los? Der hat doch was gegen Frauen in der Küche, und jetzt scheint er ganz verzaubert von der neuen Kollegin.«

Felix war ein guter Beobachter. Und gekonnt darin, meine Fragen unbeantwortet zu lassen.

»Wärst du nur ein paar Minuten früher gekommen, dann hättest du ein ganz anderes Bild zu Gesicht bekommen. Herr Oltmann war kurz davor zu kündigen.«

Felix machte große Augen.

»Umso besser, dass du vor Ort warst und es regeln konntest.«

Grinsend sah er mich an.

»Nein, nein! Ich habe kaum etwas dazu beigetragen, dass sich die Lage entspannt hat. Das haben die beiden sich selbst zu verdanken.«

»Stell dein Licht mal nicht so unter den Scheffel. Ich bin mir ganz sicher, dass du deinen Anteil an dem guten Ausgang hast.«

Ich wusste nicht, was ich auf seine Worte erwidern sollte. Johannes hatte für gewöhnlich meine negativen Seiten in den Vordergrund gestellt und keine Gelegenheit ausgelassen, um mir aufs Butterbrot zu schmieren, wie chaotisch und unorganisiert ich war. Wenn er nur sehen könnte, wie ich gerade das Hotel führte. Vielleicht hätte er seine Meinung geändert. Oder aber es lag im Auge des Betrachters. Denn ich war mir ganz sicher, dass Johannes sein Hauptaugenmerk auf die Tatsache gelegt hätte, dass Herr Oltmann bereit war, die Villa Sehnsucht zu verlassen.

Felix machte Anstalten zu gehen.

»Warte!«, hielt ich ihn zurück. »Was ist denn jetzt mit dem Wasserrohrbruch?«

»Alles erledigt. Der Schaden ist behoben. Die nächste Zeit sollten wir unsere Ruhe haben.«

»Die nächste Zeit?«, hob ich hellhörig an.

Die nächste Zeit war Auslegungssache und konnte schneller vorübergehen, als mir lieb war.

Felix zuckte grinsend mit den Schultern.

»Das ist ein altes Haus, Lotte. Wenn ich sagen würde, die nächste Katastrophe steht noch nicht in den Startlöchern, würde ich lügen. Aber genau das macht es doch so abwechslungsreich und spannend, findest du nicht auch?«

Augenzwinkernd verabschiedete er sich von mir, während ich mein stetiges Bedürfnis nach Ruhe und Harmonie ernsthaft gefährdet sah.

14

An diesem Samstagmorgen war das Hotel ausgebucht. Einige Gäste würden abreisen. Wieder andere kamen an.

Seit in der Küche eine stillschweigende Übereinkunft darüber eingekehrt war, dass jeder der Küchencrew ein Mitspracherecht hatte, versuchte ich, meine Auftragsarbeit für den Verlag voranzutreiben. Betonung lag auf *versuchte*. Denn plötzlich hatte ich viel mehr Lust, aus den mitgebrachten Trockenblumen ein paar Sträuße für die Tische im Restaurant und im Blauen Salon zu binden.

Strohblumen, Lavendel, Kornblumen, Lampionblumen, Schleierkraut, Hortensien und Sterndolden hatte ich in meinem Koffer aus Hamburg mitgebracht. Stattdessen hatte ich nur wenige Klamotten eingepackt. Nur gut, dass Oma Else den Inhalt nicht gesehen hatte. Die hätte glatt die Hände über dem Kopf zusammengeschlagen. Allerdings waren es viel zu wenige, um daraus für alle Tische Sträuße zu binden. Ich würde mir weitere Trockenblumen besorgen müssen, wenn ich dieses nachhaltige Konzept für die Villa Sehnsucht umsetzen wollte.

Und das wollte ich.

Denn mittlerweile ging es nicht nur darum, dafür zu sorgen, dass das Haus noch stand, wenn Oma Else zurückkam. Inzwischen verspürte ich regelrecht den Drang, nicht nur das zu bewahren, was meine Großmutter mir anvertraut hatte, sondern dem Ganzen ein wenig meine eigene Note zu geben.

Vielleicht lag mein Sinneswandel auch an Frau Menckwitz. Es hatte mir imponiert, wie selbstsicher sie für ihren Standpunkt eingestanden war. Sie hatte hoch gepokert und auf ganzer Linie gewonnen.

Seit ich den Zusammenhalt in der Villa Sehnsucht spürte, wusste ich, dass ich nicht dafür gemacht war, dauerhaft allein zu arbeiten. Meine Selbständigkeit war mehr Mittel zum Zweck, um über die Runden zu kommen. Längerfristig war es allerdings doch nicht ganz das Richtige, befürchtete ich.

»Else? Bist du da?«

Großtante Agnes klopfte an die Tür und riss mich damit aus meinen Gedanken.

Mit einem »Hallo, Großtante Agnes« öffnete ich ihr die Tür.

Kaum dass ich geöffnet hatte, sah ich Agnes' bestürzten Gesichtsausdruck. Sie runzelte die Stirn, die Augen flackerten suchend hin und her, während sich ihre Brust in unregelmäßigen Abständen hob und senkte.

»Komm doch erst mal rein«, bot ich ihr an, da sie auf der Schwelle stand und sich nicht von der Stelle rührte.

Etwas widerwillig folgte sie mir. Doch sie sprach kein Wort, ging stattdessen geradewegs auf die gepolsterte Fensterbank zu und ließ sich schon im nächsten Augenblick darauf nieder.

Ihr Blick war aufs Meer gerichtet und schien doch viel weiter in die Vergangenheit zu reisen. Starr und stumm saß sie da, während ich neben ihr stand und nicht wusste, ob ich etwas sagen oder machen sollte. Einerseits wollte ich ihr gerne helfen, für sie da sein und ihr die offensichtliche Angst nehmen. Andererseits wusste ich nicht, wie sie reagieren würde, wenn ich sie darauf ansprach. Anstatt also etwas zu sagen, setzte ich mich neben sie und sah mit ihr hinaus aufs Meer und den Strand.

Der Tag war noch jung. Die ersten Gäste der Villa Sehnsucht gingen gerade zum Frühstück. Wieder andere schliefen noch. Vor dem Haus herrschte so etwas wie die Ruhe vor dem Sturm. Am Samstag reisten viele Gäste wieder ab, während wieder andere nach stundenlangen Staus, mit quengelnden Kindern auf den Rückbänken und Übermüdung noch eine Spur gestresster im Seebad ankamen. Die Zeit ihres Aufenthalts nutzten sie vor allem, um sich von der Fahrt und all dem zu erholen, was sie im vergangenen Jahr belastet oder gefordert hatte.

»Ivar ... Er ...«, sagte Großtante Agnes plötzlich in die Stille hinein.

War Ivar nicht der Junge, den ich für Oma Elses erste große Liebe hielt? Doch, das musste er gewesen sein.

»Was ist mit ihm?«, fragte ich behutsam, während Agnes noch immer nach draußen sah und keine Notiz von mir zu nehmen schien.

Wie in Trance begann sie zu sprechen.

»Er muss dir schrecklich fehlen, Else. Es tut mir so leid für euch. Ich kann noch immer nicht verstehen, warum sie Vati die Villa Sehnsucht weggenommen haben. Das war doch unser Zuhause. Und nun? Was wird aus uns? Was wird aus dir und Ivar? Wann werdet ihr euch wiedersehen?«

Agnes zitterte am ganzen Körper, während sie in den Geschehnissen der Vergangenheit verhaftet war. Sie berichtete mir nicht nur von dem Erlebten, sie war ein Teil davon. Sie durchlebte die Situation erneut, ohne sich dessen bewusst zu sein, dass sie ziemlich genau siebzig Jahre zurücklag.

Aus den Geschichtsbüchern und den Erzählungen meiner

Familie wusste ich, dass im Februar 1953 bewaffnete Volkspolizisten an der Ostseeküste Hotels, Pensionen und Restaurants ohne Vorwarnung stürmten. Die unbescholtenen Eigentümer der Einrichtungen, die sich bis zu diesem Zeitpunkt als redliche Bürger der DDR sahen, wurden vernommen und teilweise auch festgenommen. Die *Aktion Rose* war in vollem Gange.

Oma Else hatte mir davon erzählt, wie sie überstürzt mit ihren Eltern und ihrer Schwester Agnes das Hotel und damit ihr Zuhause verlassen musste. Denn die Familie lebte schon immer in der Villa Sehnsucht. Hals über Kopf retteten sie sich zu Verwandten nach Hamburg. Mein Urgroßvater ließ die Enteignung nicht stillschweigend über sich ergehen und gab seinem Unmut über das System und die Aktion lautstark zum Besten. Die Volkspolizei überlegte kurzzeitig, ihn nach Bautzen zu überführen.

Mit nicht viel mehr als dem, was sie am Körper trugen, kamen sie im Westen an. Verraten von den Menschen, mit denen sie schon immer zusammengelebt hatten, mussten sie sich ein neues Leben aufbauen.

Mein Urgroßvater verwand dieses einschneidende Erlebnis nie wirklich. Viel zu früh, nämlich mit nur fünfundfünfzig Jahren, starb er, ohne je wieder seine Heimat gesehen zu haben. Dabei sehnte er sich bis zuletzt nach seinem Binz, und hörte nie auf, davon zu reden.

»Jetzt ist erst mal wichtig, dass wir vier zusammen sind«, sprach ich Großtante Agnes Mut zu.

Es war schrecklich, mit ansehen zu müssen, wie sehr sie unter ihren Erinnerungen litt.

Kalter Angstschweiß stand auf ihrer der Stirn. Noch immer bebte ihr ganzer Körper. Ihre Augen flatterten, als sie mich das erste Mal ansah. Ein Schatten huschte dabei über ihr Gesicht.

»Lotte?«, fragte sie nach einer Weile und schüttelte dabei zaghaft ihren Kopf.

»Ja, Großtante Agnes. Alles ist gut. Du bist in der Villa Sehnsucht, wir leben im Jahr 2023, und Else ist auf Kur«, fasste ich die wesentlichen Details zusammen.

»Auf Kur? Was macht Else denn auf Kur? Die ist doch fitter als wir beide zusammen.«

Agnes hatte recht. Oma Else war fitter als so manche Dreißigjährige. Bei Wind und Wetter stürzte sie sich am Morgen in die Ostsee und schwamm dabei weit hinaus aufs Meer. Ich konnte mich nicht daran erinnern, dass sie je ernsthaft erkrankt gewesen wäre.

Agnes' Worte gaben mir zu denken. Aber nicht nur der Gesundheitszustand meiner Großmutter kam mir mittlerweile komisch vor. Auch die Sache mit dem Schiff, dass dann plötzlich doch eine Fähre war, ließ mich immer mehr zweifeln.

Sie hatte nervös gewirkt, als ich sie danach fragte. Fast schon so, als fühlte sie sich … ertappt. Aber warum? War sie am Ende womöglich gar nicht auf Kur?

Falls mein Verdacht stimmte, stellten sich mir nur zwei Fragen: Wo war Oma Else? Und warum hatte sie mir nicht die Wahrheit gesagt?

»Geht es dir nicht gut, Else?«

Agnes' Frage katapultierte mich zurück ins Hier und Jetzt. Und zu der Tatsache, dass sie schon wieder vergessen hatte, wer ich war. Diese Krankheit war so gemein.

»Mir geht es gut, Agnes. Danke dir! Kann ich noch etwas für dich tun?«

Agnes schüttelte energisch den Kopf.

»Ich muss jetzt gleich los zu Luise. Wir wollen runter an die Außenalster. Mutti hat es schon erlaubt. Willst du nicht doch mitkommen?«

Agnes' Worte alarmierten mich.

»Wie wäre es erst mal mit einem Frühstück?«, schlug ich vor.

Großtante Agnes schien zu überlegen.

»Das ist vielleicht keine schlechte Idee. Ich werde mal rüber in mein Zimmer gehen und Miss Moneypenny füttern. Die Gute war heute die ganze Nacht unterwegs, um Mäuse zu fangen.«

Behutsam, aber beherzt bugsierte ich meine Großtante in das Zimmer nebenan. Dabei betrat ich noch in meinem Schlafshirt den Flur. Nachdem ich ihre Zimmertür geschlossen hatte, atmete ich erleichtert auf.

»Ich würde dir raten, etwas überzuziehen, bevor du zum Frühstück gehst«, ermahnte mich Felix.

Seine Worte trafen mich so unvorbereitet, dass ich erschrocken zusammenzuckte. Mit einem etwas zu schrill klingenden »Felix!« wandte ich mich zu ihm um.

»Höchstpersönlich!«, versicherte er mir und strahlte dabei übers ganze Gesicht.

»Agnes ... Ich musste ...«, hob ich an, um mich zu rechtfertigen, während Felix mich mit diesem schiefen Grinsen bedachte.

»Ich wollte dir nur Bescheid geben, dass ich mir für den Rest des Tages frei nehme. Else weiß Bescheid. Falls ein Notfall eintreten sollte, kannst du dich natürlich melden.«

Noch ehe ich etwas erwidern konnte, machte er auch schon auf dem Absatz kehrt und war verschwunden.

»Das war aber ein gutaussehender Mann. Wie heißt er denn? Und hat er eine Freundin?«

Ich hatte gar nicht bemerkt, wie Großtante Agnes ihre Tür wieder geöffnet hatte.

»Das war ... niemand«, behauptete ich, während ich zu verinnerlichen versuchte, was Felix mir soeben mitgeteilt hatte.

Warum nahm er aus heiterem Himmel einen Tag frei? Wenn wieder ein Rohr brach oder der Kaffeevollautomat im Blauen Salon den Geist aufgeben sollte, wären wir aufgeschmissen.

Ich bemühte mich darum, die aufwallende Panik in mir niederzukämpfen. Wasserrohrbrüche und kaputte Kaffeevollautomaten hatten wir erst. Davon würden wir hoffentlich für den heutigen Tag verschont bleiben.

Allerdings wollte ich nicht darüber nachdenken, was uns stattdessen ereilen würde.

Agnes' Kichern holte mich aus meinen Gedanken.

»Aber ich bin doch nicht blind, Else. Da war ein ziemlich gutaussehender Mann hier auf dem Flur. Kann es sein, dass du vielleicht ein Auge auf ihn geworfen hast? Mir kannst du es doch erzählen. Ich sag es auch nicht Mutti«, bettelte sie.

15

Der Samstagvormittag verlief ohne Probleme. Auch der Nachmittag hielt bisher nur Positives für mich bereit. Eigentlich hätte ich an dem Projekt für den Verlag weiterarbeiten sollen. Doch stattdessen nutzte ich die Zeit zu recherchieren, wo ich auf der Insel Trockenblumen für meine Sträuße herbekommen konnte, und war fündig geworden.

Der Tulpenknicker hatte eine ausgesprochen vielfältige Auswahl. Genau das, was ich brauchte, um meine Ideen umzusetzen.

Regelrecht beschwingt nahm ich mir vor, gleich am Montag bei dem Laden vorbeizuschauen und mich dort mit weiteren Blumen einzudecken.

»Wir haben ein Problem«, meldete sich Frau Menckwitz just in diesem Moment an der Rezeption zu Wort.

»Was ist passiert?«, fragte ich beunruhigt nach.

»Wir haben keinen Strom in der Küche.«

Sieben kleine Worte, die mir nur wenige Stunden vor der Abendessenszeit die Schweißperlen auf die Stirn jagten.

»Keinen Strom?«, hörte ich mich panisch wiederholen.

Frau Menckwitz schüttelte den Kopf.

»Habt ihr nach dem Stromkasten geschaut? Vielleicht ist die Sicherung rausgesprungen.«

Es fiel mir nicht ganz leicht, aber jetzt galt es, sich auf das Wesentliche zu konzentrieren. Und das war die Lösung des Problems, nicht die Sorge darum, dass unsere Gäste heute Abend womöglich ohne Essen dastanden.

»Das haben wir alles schon gecheckt. Sobald wir die Sicherung wieder reinmachen, fliegt der FI raus. Das ist keine Kleinigkeit. Wir werden wohl jemanden brauchen, der das repariert. Was ist mit Felix?«

»Der hat sich ausgerechnet heute frei genommen«, erklärte ich und war einem Nervenzusammenbruch nahe.

Denn einen Elektriker würde ich an einem Samstagnachmittag in Binz während der Ferienzeit vermutlich auch nicht finden.

»Dann sollten wir Felix anrufen. Er hat für den Notfall sicher eine Nummer hinterlegt.«

Beeindruckend, wie beherrscht Frau Menckwitz war. Aber sie hatte auch schon ausreichend Zeit, sich mit dem Problem auseinanderzusetzen.

»Ja, das hat er. Allerdings nur für den absoluten Notfall«, wandte ich ein und biss mir dabei auf die Unterlippe.

Frau Menckwitz lachte auf.

»Also, ich weiß nicht, wie Sie das sehen, aber in knapp zwei Stunden werden die ersten Gäste in den Speisesaal gehen und dort feststellen müssen, dass kein Abendessen auf sie wartet. Das nenne ich einen Notfall!«

Sie hatte recht. Natürlich war ich mir darüber im Klaren. Gleichzeitig hieß das aber auch, dass ich Felix anrufen musste, obwohl ich mir vorgenommen hatte, genau das nicht zu tun.

»Ach, und übrigens: Neben unseren Hotelgästen hat sich für heute Abend noch eine Gruppe mit zwanzig Personen angekündigt. Es macht sich nicht gut, wenn wir denen so kurzfristig absagen müssen.«

Es half alles nichts, ich würde Felix wohl oder übel benachrichtigen müssen, ohne ihn waren wir aufgeschmissen. Gleichzeitig wollte ich mir nicht ausmalen, was es bedeutete, wenn Felix mal für eine längere Zeit nicht da sein konnte.

»Gibt es für Felix eine Vertretung?«

Vielleicht konnte man auch den alten Hausmeister, Herrn Theves, verständigen, ging es mir durch den Kopf. Ob die Nummer wohl in Oma Elses Notizbuch stand? Und wo hatte ich das nur zuletzt hingelegt? Nun bereute ich es mal wieder, so verplant zu sein. Aber es nützte ja nichts, also musste ich das Beste aus der Situation machen.

Frau Menckwitz sah mich mit großen Augen an.

»Ich bin erst seit wenigen Tagen im Haus. Das weiß ich nun wirklich nicht.«

Ups! Da hatte sie recht. Es war meine Aufgabe, eine Lösung für das Problem zu finden. Und das würde ich auch. Schließlich hatte Oma Else mich nicht umsonst mit der Führung des Hotels betraut.

»Ich kümmere mich darum.«

Frau Menckwitz warf mir einen besorgten Blick zu. Offenbar war sie sich nicht sicher, ob ich der Situation gewachsen war.

Es dauerte ein paar weitere Augenblicke, bis ich so weit war, um bei Felix anzurufen. Routiniert nahm ich das Telefon zur Hand, atmete mehrere Male tief ein und wieder aus und wählte dann seine Nummer.

Ein Tuten war in der Leitung zu hören. Ein weiteres folgte. So ging das einige Male. Als ich bereits auflegen wollte, nahm er plötzlich ab.

»Ja?«, fragte er mit rauer Stimme.

Er klang, als hätte er geschlafen oder zumindest eine ganze Weile nicht gesprochen.

»Felix? Hier ist Lotte. Wir brauchen dich.«

Es fiel mir nicht leicht, das ihm und mir gegenüber offen einzugestehen. Vor allem nicht, da wir erst heute Morgen wieder eine dieser Begegnungen hatten, die ich am liebsten schnellstmöglich vergessen hätte. Was ging ich denn auch nur mit meinem kurzen Schlafshirt bekleidet auf den Flur?

»Was ist passiert?«

Felix hatte einige Augenblicke geschwiegen. Ich hatte bereits auf das Display geschaut, ob die Verbindung noch stand.

»Die Küche hat keinen Strom. Der FI-Schalter springt immer wieder raus«, gab ich die Informationen, die Frau Menckwitz mir soeben hatte zukommen lassen, weiter.

»Ich komme.«

Zwei Worte. Dann legte er auf.

Tut. Tut. Tut.

Es dauerte nur knapp dreißig Minuten, bis Felix im Hotel ankam. Mit einem erleichterten Lächeln auf den Lippen sah ich, wie er zur Tür hereinkam. Bis ich erkannte, wie er aussah.

Sein Gesicht war bleich, die Augen ohne Ausdruck, sein schiefes Grinsen fehlte gänzlich. Und dass, obwohl er mich bereits entdeckt hatte.

»Ich gehe gleich in die Küche«, erklärte er und ließ mich an der Rezeption zurück.

Dort verbrachte ich die nächsten Minuten mit der Frage, ob ich ihm nicht besser nachgehen sollte, um zu sehen, was mit ihm los war.

Aber war das überhaupt angebracht? Schließlich waren wir keine Freunde. Wir kannten uns kaum.

»War das eben Felix, der da zur Tür reinkam?«

Frau Nietnagel deutete in die Richtung, in die Felix soeben

verschwunden war, und sah aus, als hätte sie einen Geist gesehen.

»Ja, es gab einen Notfall, der Strom in der Küche ist ausgefallen«, erklärte ich ihr und ahnte sofort, dass sie wusste, was mit ihm los war.

Als Frau Nietnagel sich wieder verabschieden wollte, hielt ich sie zurück.

»Was ist mit ihm? Ich habe ihn noch nie so niedergeschlagen erlebt.«

Frau Nietnagel überlegte einen Moment.

»Das sollte er Ihnen am besten selbst erzählen. Es steht mir nicht zu, das über seinen Kopf hinweg zu offenbaren. Bitte, haben Sie Verständnis dafür.«

Natürlich hatte ich Verständnis dafür, auch wenn ich nicht so recht wusste, was ich tun sollte. Felix offen auf die Situation anzusprechen war keine gute Idee. Schließlich stand zu befürchten, dass er vollends dichtmachte.

Aber die Situation einfach zu übergehen, schien mir auch keine Option zu sein. Dafür spürte ich viel zu eindringlich, dass etwas nicht stimmte. Und dieses ungute Gefühl wollte mich nicht mehr loslassen.

Frau Nietnagel ging zurück in den Blauen Salon, der noch für knapp dreißig Minuten den Afternoon Tea anbot, den an den Wochenenden auch viele Gäste von außerhalb genossen. Während man unter der Woche problemlos spontan einen Platz bekam, musste am Samstag und Sonntag reserviert werden.

An der Rezeption war es gerade ruhig, Zeit, etwas durchzuatmen. Das Telefon hatte schon eine ganze Weile nicht mehr geklingelt. Dennoch steckte ich es mir in die Hosentasche, als ich beschloss, Felix in die Küche zu folgen und dort nach dem Rechten zu sehen.

Die Küchencrew war weiterhin damit beschäftigt, das Mise en Place vorzubereiten. Soweit ich es erkennen konnte, ließ sich niemand von ihnen von einem Stromausfall aus der Fassung bringen. Nur Herrn Oltmanns Gesichtsfarbe war für mein Dafürhalten etwas zu rot. Der Stromausfall schien ihn mächtig aus dem Gleichgewicht gebracht zu haben.

Suchend blickte ich mich um. Felix war nirgends zu entdecken. Was nicht weiter verwunderlich war. Schließlich war der Stromkasten nicht hier. Also durchquerte ich die Küche und stand schon einen Augenblick später vor dem kleinen Vorratsraum, in dem sich besagter Kasten befand. Und Felix.

»Kommst du zurecht?«, fragte ich ihn.

Die Tür stand offen. Felix gab sich vertieft in seine Arbeit, wirkte hochkonzentriert. Meine an ihn gerichtete Frage schien ihn wie aus einer Art Trance zu erwecken. Das hatte ich zuletzt bei Großtante Agnes gesehen, als sie in ihren Erinnerungen gefangen war.

Ob Felix auch etwas mit sich herumtrug, das ihm schwer zusetzte? Aber warum gerade heute? Was war heute anders? Was führte dazu, dass er so bekümmert aussah, dass ich ihn am liebsten in den Arm genommen hätte?

»Ich habe einen neuen FI-Schalter eingebaut. Damit sollte jetzt alles funktionieren«, erklärte er fachmännisch.

Dann schnappte er sich seine Werkzeugtasche, gab der Küchencrew Bescheid, dass der Strom wieder da war und war im nächsten Moment zur Tür hinaus.

Ich hatte große Mühe, ihm zu folgen.

»Felix?«, rief ich ihm nach.

Zuerst lief er weiter. Erst bei meinem zweiten Versuch, zu ihm durchzudringen, blieb er stehen.

»Ist sonst noch was, oder kann ich dann wieder gehen?«

Felix machte keinen Hehl daraus, dass er schnellstmöglich wegwollte.

»Nein, es ist nichts mehr. Alles tut, was es soll. Du kannst unbesorgt nach Hause gehen.«

Doch das tat er nicht.

»Aber?«, hakte er nach, als spürte er, dass mir noch etwas auf dem Herzen lag.

»Ich mache mir Sorgen um dich.«

Es fiel mir nicht ganz leicht, die Wahrheit offen auszusprechen. Allerdings hatte ich das Gefühl, es mir und Felix schuldig zu sein.

»Das brauchst du nicht. Mir geht es gut«, behauptete er.

Doch sein müder Blick und die fehlende Spannung seiner Lippen straften ihn Lügen.

»Wenn irgendwas sein sollte, kannst du immer mit mir reden. Man sagt mir nach, ich sei eine gute Zuhörerin. Und ich kann schweigen wie ein Grab.«

Wie um meinen letzten Satz zu bekräftigen, hob ich die Finger meiner rechten Hand zum Schwur.

»Heute ist kein besonders leichter Tag für mich. Es ist der Todestag eines Menschen, der mir viel bedeutet hat.«

Felix' Stimme klang ruhig und besonnen. Dennoch konnte ich den Schmerz darin hören.

Schon tat es mir leid, dass ich ihn darauf angesprochen und ihn so dazu gezwungen hatte, über seinen Verlust zu sprechen.

»Das tut mir sehr leid. Ich hätte dich nicht anrufen sollen …«

»Es gibt keinen Grund, sich zu entschuldigen, Lotte. Es lag ein Notfall vor«, rief er mir in Erinnerung.

Dennoch hätte ich vermutlich anders gehandelt, wenn ich gewusst hätte, was dieser Tag für Felix bedeutete.

Noch während ich darüber nachdachte, verabschiedete er sich von mir und verließ das Haus.

Zurück an der Rezeption überschlugen sich meine Gedanken. Wen hatte Felix verloren und wie? Handelte es sich bei der Person womöglich um Annegret, von der Großtante Agnes in seiner Gegenwart gesprochen hatte? Was war mit der Frau passiert?

»Ist Felix schon wieder weg?«, fragte Frau Nietnagel, die soeben ihren Kopf aus dem Blauen Salon streckte.

Ich nickte.

»Ja, er ist gerade gegangen«, bestätigte ich ihr.

»Was hat er für einen Eindruck gemacht?«, fragte sie besorgt nach.

»Er ist in tiefer Trauer«, erwiderte ich.

»Dann hat er Ihnen davon erzählt?«

Ich nickte abermals.

»Das war damals eine ganze schlimme Sache. Als Annegret auf der gemeinsamen Wandertour zu nahe an die Kreidefelsen herangetreten und gestürzt ist, hat Felix noch vor Ort versucht, sie wiederzubeleben. Er hat sein eigenes Leben aufs Spiel gesetzt, um …«

Erst jetzt realisierte Frau Nietnagel, dass sie mir mehr erzählte, als ihr zustand. Mitten im Satz brach sie ab und sah mich verlegen an.

»Bitte erzählen Sie ihm nicht, dass ich Ihnen davon erzählt habe. Fünf Jahre liegt der Unfall schon zurück, und Felix trauert noch immer. Auch wenn er sonst den Eindruck macht, recht unbekümmert zu sein und unbesorgt in den Tag hineinzuleben, fällt er an ihrem Todestag regelmäßig in ein tiefes Loch.«

Frau Nietnagel ließ offen, wie dieses aussah, und ich wagte

es nicht, sie danach zu fragen. Felix hatte seine Freundin bei einem eigentlich harmlosen Wanderausflug verloren. Das musste schrecklich für ihn gewesen sein. Von jetzt auf gleich hatte sich sein Leben komplett verändert.

Außerdem musste er sich der Tatsache stellen, dass er trotz seines Medizinstudiums nicht in der Lage war, die Frau zu retten, die er liebte. Ob das in der Konsequenz dazu geführt hatte, dass er seine Karriere als Arzt an den Nagel hängte? So musste es gewesen sein.

»Er leidet nach wie vor darunter. Auch wenn er nicht darüber spricht und nicht darauf angesprochen werden möchte. Ich kenne Felix aus unserer gemeinsamen Schulzeit. Er ist einer von den Guten und hat das wirklich nicht verdient.«

Frau Nietnagel verabschiedete sich abermals in den Blauen Salon, um die Tische abzudecken. Die Afternoon-Tea-Zeit war vorüber.

16

In der darauffolgenden Nacht konnte ich nicht schlafen. Ständig kreisten meine Gedanken um Felix' Schicksal und die Bürde, die er seit diesem schrecklichen Tag vor fünf Jahren mit sich herumtrug.

Als ich mir eingestand, dass ich heute nicht mehr in den Schlaf fand, stand ich auf, um mich meinem Hamburger Projekt zu widmen.

Die Arbeit lenkte mich ab und ging gut voran. Ich genoss die Ruhe, die das Haus umfing. Gegen ein Uhr nachts bekam ich einen schrecklichen Jieper auf eine heiße Schokolade. Also ging ich hinunter in die Küche. Das Haus lag dunkel vor mir, was mir jedoch keine Angst machte. Schon als kleines Mädchen war ich durch die Flure und Gänge geschlichen, während der Rest der Menschen geschlafen hatte.

Das hatte mir früher immer besonderen Spaß gemacht. Und so manches Mal hatte ich dabei in der Küche Oma Else getroffen, die auch nicht schlafen konnte.

Was mich wieder zu der Frage brachte, wo sie sich wohl gerade aufhielt. Mittlerweile glaubte ich nicht mehr daran, dass sie zur Kur gefahren war. Es gab zu viele Anhaltspunkte, die dagegen sprachen. Ganz besonders mein Bauchgefühl war inzwischen anderer Meinung. Und das hatte mich noch nie getrogen.

Aber was sollte ich machen? An ihr Handy ging Oma Else nicht und auch sonst hatte ich weder eine Adresse noch eine Telefonnummer, unter der ich sie erreichen konnte.

Ich konnte es drehen und wenden, wie ich wollte. Oma Else würde sich erst bei mir melden müssen, bevor ich mehr Licht ins Dunkel bringen konnte. Dann würde ich jedoch dafür sorgen, dass sie mir endlich sagte, was los war, indem ich sie unmittelbar auf meinen Verdacht ansprach. Dazu sollte ich mir am besten schon jetzt ein paar Worte zurechtlegen, damit ich nicht lange überlegen musste, wenn sie anrief. Oma Else würde schneller wieder aufgelegt haben, als mir lieb war.

Nur mit der Licht-App meines Handys als einziger Lichtquelle, schlich ich die Treppen ins Erdgeschoss hinunter. Stufe um Stufe hatte ich dabei gut im Blick, damit ich nicht fiel und die Gäste morgen früh meine verdrehte Leiche am Boden vorfanden. Ein unappetitlicher Anblick so kurz vorm Frühstück.

Im Erdgeschoss ging ich an der Rezeption vorbei und bog direkt in den Gang, der zur Küche führte, ein. Dabei ließ ich sowohl den Speisesaal als auch den Blauen Salon hinter mir. Stockfinster lag die Küche vor mir. Es dauerte einen Moment, bis ich den Lichtschalter fand und das Licht an meinem Handy ausschalten konnte. Über der Tür hing eine Uhr, deren Ticken die Stille zerriss. Ich würde in diesem Raum keinen ganzen Arbeitstag durchstehen. Aber für eine Tasse heiße Schokolade würde es schon gehen.

Suchend blickte ich mich im Raum um. Die Töpfe waren so riesig, dass ich darin mindestens dreißig Portionen Kakao hätte zubereiten können. Ganz abgesehen davon fand ich weder Milch noch Kakao.

So durchstreifte ich den Raum, zog hier eine Schublade auf und öffnete da Schranktüren – nichts. Erst dann kam mir der Gedanke, dass beides sicher im Vorratsraum zu finden war.

Zielstrebig ging ich auf den Raum zu, während ich kräftig

gähnen musste. So langsam, aber sicher überkam mich dann doch die Müdigkeit. Aber da ich mich schon bis hierher durchgekämpft hatte, wollte ich jetzt auch meine heiße Schokolade.

Beherzt öffnete ich also die Tür zu dem Raum, in dem ich all das vermutete, was ich gerade brauchte, und erschrak schrecklich. Dort brannte nicht nur Licht, sondern es war bereits jemand hier.

»Felix?«, fragte ich einem Herzinfarkt nahe.

»Was machst du denn so spät noch hier unten?«, stellte er mir eine Gegenfrage.

»I-ich w-wollte mir e-eine heiße Sch-schokolade machen.«

Felix' bloße Anwesenheit brachte mich komplett aus dem Konzept.

»Und du?«, hakte ich schließlich etwas gefasster nach.

»Ich habe noch mal nach dem Stromkasten geschaut. Das hat mir heute Abend keine Ruhe gelassen.«

Felix fuhr sich mit der Hand über die Stirn, um sich die Haare aus dem Gesicht zu wischen. Nach wie vor machte er einen bedrückten Eindruck auf mich. Doch im Gegensatz zu heute Nachmittag wirkte er gefasster.

»Du hättest heute Nacht nicht mehr kommen brauchen«, wandte ich ein.

Felix sah mich eine ganze Weile an. Dann eroberte wieder das diebische Grinsen seine Lippen.

»Dann wäre mir aber dieser Anblick hier entgangen«, meinte er und scannte mich dabei mit seinen Augen.

Erst jetzt wurde ich mir der Tatsache bewusst, dass ich schon wieder nur mein Schlafshirt trug. Und das zum zweiten Mal in nicht einmal vierundzwanzig Stunden.

»Ich bin nicht davon ausgegangen, hier auf jemanden zu

treffen«, wandte ich ein und verschränkte dabei demonstrativ die Arme vor der Brust.

Felix grinste noch immer.

»Sei stets auf alles vorbereitet«, zitierte Felix meine Großmutter.

»Da du gerade von Oma Else sprichst: Hast du eine Idee, wo sie stecken könnte? Das mit der Kur glaube ich ihr nämlich nicht.«

Felix zögerte.

»Mit Gewissheit kann ich es dir nicht sagen. Aber als ich vor ein paar Wochen an der Rezeption vorbeimusste, telefonierte sie gerade mit einer großen Hamburger Rederei.«

»Du meinst also …«, hob ich an.

»Ich meine gar nichts«, wehrte Felix ab. »Das war eine Feststellung. Nicht mehr und nicht weniger.«

Oma Else war also gar nicht auf Kur. So wie ich es mir schon gedacht hatte. Aber was machte sie auf einer Kreuzfahrt? Denn eine andere Möglichkeit fiel mir nicht ein. Das passte doch gar nicht zu ihr.

Sie liebte zwar das Wasser, die Wellen und das Reisen. Aber auf einem großen Kreuzfahrtschiff konnte und wollte ich sie mir einfach nicht vorstellen. Das war nicht ihr Stil. Sie liebte es kleiner und familiärer. Zumindest war das das Bild, das ich von ihr hatte.

Aber Oma Else und ich hatten uns schon eine ganze Weile nicht mehr gesehen. Menschen veränderten sich. Und das auch im hohen Alter. Vielleicht genoss sie die Vorzüge eines großen Schiffes und ging kein Wagnis mehr ein. Nicht wie bei der Safari, die sie noch vor sechs Jahren durch den Dschungel Papua-Neuguineas gemacht hatte.

Meine Eltern waren außer sich gewesen, als sie davon erfahren hatten. Nur gut, dass die Reise da bereits hinter Oma Else lag. Sonst hätten sie ihr die Safari womöglich noch ausgeredet.

Oma Else wusste, wie sie die Dinge angehen musste, damit sie ihr Ziel erreichte. Hatte sie mir deshalb verschwiegen, was der eigentliche Grund für ihre Reise war? Oder verheimlichte sie mir noch etwas anderes?

»Was ist nun mit der heißen Schokolade?«, fragte Felix und holte mich zurück in die Gegenwart.

»Ja, vielleicht ist das jetzt eine gute Idee. Auf den Schrecken.«

Felix zwinkerte mir vielsagend zu.

»Frau Steltner senior wird wissen, was sie tut. Sie macht einen sehr vernünftigen Eindruck auf mich.«

»Wenn du dazu auch zählst, dass sie mich unter einem falschen Vorwand auf die Insel gelockt hat, um ihren Posten vertretungsweise für sie zu übernehmen, dann muss ich dir recht geben.«

Felix lachte.

»Was hat sie dir gesagt? Dass ihr Arzt ihr eine Kur verordnet hätte?«

Der Gedanke schien ihn besonders zu erheitern.

»Mach du dich nur lustig über mich! Ich habe mir wirklich Sorgen um sie gemacht. Oma Else ist schließlich nicht mehr die Jüngste«, protestierte ich.

Felix winkte ab.

»Aber fitter als so manche Frau in deinem Alter.«

»Was willst du damit sagen?«

Abermals verschränkte ich die Arme vor der Brust und sah ihn durchdringend aus zu schmalen Schlitzen verengten Augen an.

»Ich … ich mach schon mal die Milch warm.«

Noch ehe ich mich's versah, durchstöberte Felix die Regale auf der Suche nach Milch und Kakao. Als er beides gefunden hatte, ging er damit wie selbstverständlich an mir vorbei in die Küche.

»Zwei Tassen?«

Felix sah auf die beiden Gefäße in seinen Händen.

»Ich kann meine heiße Schokolade wohl schlecht aus der Hand trinken. Oder macht man das bei euch in Hamburg so?«

Felix betonte Hamburg dabei so, als wäre es ein Ort auf einem weit entfernten Planeten in einer anderen Galaxie.

»Wir in Hamburg trinken unsere heiße Schokolade direkt aus dem Topf, in dem die Milch erhitzt wurde. Und zwar sofort.«

Wenn Felix in der Stimmung war, mich zu veralbern, dann wollte ich ihm in nichts nachstehen. Schließlich sollte man mir nicht nachsagen, ich wäre eine Spielverderberin.

»Touché!«, erwiderte Felix, füllte in beide Tassen Kakao und goss dann die heiße Milch ein. Ein wohlig süßlicher Duft erfüllte sogleich die Luft. Ein Hauch von Erinnerungen mischte sich darunter.

»Als ich noch klein war, habe ich meine heiße Schokolade oft hier mitten in der Nacht getrunken. Nicht selten ist mir dabei Oma Else begegnet, die ebenfalls nicht schlafen konnte. Zusammen saßen wir dann da, tranken unsere heiße Schokolade und waren uns dabei so nahe wie sonst kaum.«

Meine plötzliche Offenheit Felix gegenüber war so nicht geplant. Dementsprechend verunsichert sah ich zu ihm, wie er auf die Details aus meiner Kindheit reagierte.

»Frau Steltner ist nicht die klassische Oma. Das war sie sicher nie.«

Da Mamas Mutter bereits starb, als sie selbst noch ein junges Mädchen war, hatte ich sie nie kennengelernt. Die klassische Oma hatte ich nie. Ich wusste nicht, was oder ob mir etwas fehlte.

Mit Agnes hatte ich eine warmherzige Großtante, die, als ich jung war, all die Dinge mit mir machte, die in anderen Familien die Großmütter übernahmen. So gesehen hatte mir nichts gefehlt. Es war nur anders gewesen. Und anders musste nicht zwangsläufig schlecht sein.

»Vielleicht konnte sie das nicht.«

Mir kam ein Gedanke, als ich an Ivar denken musste, von dem Großtante Agnes mir erzählte. Nie zuvor hatte ich seinen Namen gehört. Als wäre er in dieser Familie totgeschwiegen worden. Erst jetzt, als Folge ihrer Demenz, schien sich dieses Kapitel aus Oma Elses und ihrem Leben zu offenbaren. Als läge ihr diese Geschichte besonders am Herzen. Oma Else musste Ivar sehr geliebt haben.

»Worüber denkst du nach?«

Felix sah mich an, während er den ersten Schluck aus seiner dampfenden Tasse nahm. Er wirkte ehrlich interessiert. An mir? An meiner Familiengeschichte? Ich konnte es nicht mit Gewissheit sagen. Dennoch tat es mir gut, mit ihm so offen reden zu können. Und dabei kannten wir uns nur flüchtig. Aber musste man einen Menschen gut kennen, um ihn in sein Herz zu lassen?

»Ich frage mich gerade, was meine Großmutter in ihrem Leben alles durchmachen musste. Sie wurde in eine Zeit hineingeboren, die von Krieg und Verwüstung geprägt war. Und später dann, als sie glaubten, alles würde besser werden, wurde meine Familie enteignet, und sie flüchteten mit nichts weiter als dem, was sie am Leib trugen, und je einem

Koffer. Das prägt einen Menschen. Und es macht ihn härter.«

Nie zuvor hatte ich mir solche Gedanken über das Schicksal meiner Großmutter gemacht. Der Mensch war mehr als seine Geschichte. Jedes Kapitel trug er im Körper. Tag für Tag. Und Tag für Tag schrieb er seine Geschichte weiter, doch die vorangegangenen Kapitel würde er immer mit sich mitnehmen. Egal, was auch passierte.

»Es gibt so manche Ereignisse in unserem Leben, die uns verändern«, wandte Felix ein und blickte dabei wie gebannt auf seine Tasse.

Ich spürte, dass das noch nicht alles war, was er mir sagen wollte. Also nahm ich einen Schluck aus meiner Tasse und wartete.

»Gestern war der Todestag meiner Freundin. Ich habe sie sehr geliebt. Und ich habe sie nicht retten können, obwohl ich studierter Humanmediziner bin und noch am Unfallort alles darangesetzt habe, sie am Leben zu erhalten. Alles umsonst. Ich bin schuld daran, dass Annegret gestorben ist. Ich.«

Einzelne Tränen kullerten über Felix' Wangen, während er von einem Kapitel in seinem Leben erzählte, das ihn schwer belastete.

»Wie kannst du an ihrem Tod schuld sein?«

Ihn so leiden zu sehen war furchtbar. Am liebsten hätte ich ihn in den Arm genommen. Allerdings wusste ich nicht, wie er darauf reagieren würde. Also zögerte ich.

Außerdem wollte ich ihn nicht unterbrechen. Schließlich musste er viel Vertrauen zu mir gefasst haben, dass er sich bereit fühlte, mir von seinem Schicksalsschlag zu erzählen. Manchmal war es aber auch einfacher, sich einer fremden Person anzuvertrauen.

»Ich konnte sie nicht davor bewahren, die Felsen runterzustürzen. Aber es ging alles so schnell. Ich … Es war …«

Felix schien die Bilder immer und immer wieder zu sehen.

»Du hast bestimmt alles getan, was dir möglich war.«

Behutsam versuchte ich, ihn aus seinen Erinnerungen zu holen.

Langsam löste er den Blick von seiner Tasse und sah mich an. Seine Augen wirkten glasig, fast fiebrig. Gleichzeitig hatte ich das Gefühl, dass er weit weg war. Drüben an den Kreidefelsen vermutlich, wo das Unglück passiert war.

Ich wüsste nicht, ob ich an seiner Stelle noch dazu in der Lage wäre, auf der Insel zu leben, auf der mir das Schicksal einen Menschen genommen hatte, den ich mit ganzem Herzen geliebt hatte.

Das sollte nicht heißen, dass ich an Felix' Gefühlen für Annegret zweifelte. Ganz im Gegenteil. Ich verstand nur nicht, warum er sich dieser Bürde jeden Tag aufs Neue stellte.

War das seine Form der Strafe? Versuchte er auf diese Weise, etwas wiedergutzumachen, obwohl ihn keine Schuld traf?

»Aber das war nicht genug.«

Felix stellte seine Tasse auf die Anrichte.

»Das war es nicht«, bestätigte ich ihm, woraufhin er mich mit großen Augen ansah.

Jeder andere hätte ihm in diesem Moment gesagt, dass er nichts dafür konnte, was passiert war.

»Denn wenn es genug gewesen wäre, dann würde sie noch leben.«

Felix' Worte hallten durch den Raum.

»Möglich. Vielleicht aber auch nicht. Vielleicht wäre sie wenig später bei einem Autounfall ums Leben gekommen, bei dem du nicht dabei gewesen wärst. Dort wäre sie allein gestorben. Aber so hatte sie dich an ihrer Seite. Und auch wenn ich Annegret nie kennengelernt habe, kann ich mir gut vorstellen, dass es ein Trost für sie war, dich bei sich zu wissen.«

Felix sah mich abermals mit diesem Blick an, bei dem mir abwechselnd heiß und kalt wurde.

»Ja, womöglich hast du recht.«

Damit hatte ich nicht gerechnet.

»Ich sollte jetzt besser gehen.«

Sein Blick ruhte fest auf mir, während er das sagte. Felix machte keine Anstalten, seinen Worten Taten folgen zu lassen. Vielmehr stand er mir noch eine ganze Weile gegenüber und schaute mich an.

Ich konnte gar nicht anders, als ihn auch anzusehen. Da war etwas zwischen uns. Die Luft begann zu knistern. Eine plötzliche Wärme umfing mich, die definitiv nicht von der heißen Schokolade herrührte. Ein merkwürdiges Kribbeln machte sich in meiner Magengegend bemerkbar. Mein Puls rauschte in den Ohren, während sich mein Brustkorb in unregelmäßigen Abständen hob und senkte.

Wie in Zeitlupe legte Felix die wenigen Meter, die uns voneinander trennten, zurück. Sein Blick lag dabei nach wie vor auf mir.

Als er mit seinen Händen meine Wangen berührte, hielt ich für einen Moment den Atem an, unfähig zu begreifen, was gleich folgen würde.

Die Wärme, die von seinen Händen ausging, schenkte Geborgenheit. Ich genoss seine Nähe und blickte erwartungsvoll auf seine Lippen.

Als er mich endlich küsste, schien die Welt für den Augenblick eines Wimpernschlags stillzustehen.

Nichts war mehr von Bedeutung. Nichts zählte. Außer diesem Moment und das Gefühl der Schwerelosigkeit, das ich empfand, wenn Felix mich küsste.

17

Am nächsten Morgen war ich so fahrig, dass ich befürchtete, keinen klaren Gedanken fassen zu können. Der Kuss mit Felix hatte mich regelrecht aus der Bahn geworfen. Lange hatte ich wachgelegen und überlegt, was das zu bedeuten hatte, ob es überhaupt etwas zu bedeuten hatte.

Felix hatte sich schließlich in einer Ausnahmesituation befunden. Da küsste man schon mal jemanden, obwohl man es gar nicht wollte. Oder man küsste jemanden, weil man es in dem Moment wollte, konnte diese Entscheidung dann aber wieder zurückziehen. Zumindest argumentativ. Den Kuss würde Felix unmöglich zurücknehmen oder gar vergessen machen können. Dafür war das Erlebnis für mich viel zu prägend gewesen. Ob es ihm wohl auch so erging?

Seufzend stand ich vor dem Badezimmerspiegel und putzte mir die Zähne. Wie hatte das alles zwischen Felix und mir so kompliziert werden können? Oder war der Kuss die logische Konsequenz aus allem gewesen?

Das Knistern, Felix' Späße auf meine Kosten – oder waren es am Ende eher Neckereien? –, das alles war mir von Anfang an aufgefallen. Auch wenn ich zunächst dachte, Felix wäre einer dieser Typen, die permanent gute Laune hatten und denen diese durch nichts und niemanden verdorben werden konnte. Nicht mal die Anschuldigung, ein Dieb zu sein.

Nachdem ich meine Zähne geputzt hatte, warf ich mir einen Schwall kaltes Wasser ins Gesicht in der Hoffnung, die Kälte würde mich wacher machen und meinen müden Geist beleben.

Als jedoch auch das nichts brachte, zog ich mein Sommerkleid mit dem bunten Blumendruck über, schlüpfte in die braunen Sandalen und überlegte, was heute anstand.

Am Vormittag würde alles routinemäßig ablaufen. Was so viel bedeutete, dass ich im Rahmen des Frühstücks und der anstehenden Arbeiten im Haus nicht weiter eingebunden war.

Eincheckende Gäste, wenn es denn welche gab, würden auch erst gegen sechzehn Uhr eintreffen. Das würde ich gleich noch im Buchungssystem prüfen. Zwar hatte ich gestern Abend noch gesehen, dass heute zwei Zimmer frei wurden, allerdings vergessen nachzuschauen, wie es um neue Gäste stand.

Was sollte ich also mit dem Vormittag anfangen? Weiter herumstehen und grübeln, wie ich es jetzt schon viel zu lange getan hatte, lag mir nicht. Für die Arbeiten des Verlags war ich jedoch viel zu unkonzentriert.

Während ich meinen Weg nach unten an die Rezeption einschlug, überlegte ich fieberhaft, was ich stattdessen noch tun könnte. Vielleicht sollte ich tatsächlich aufbrechen, um mir Trockenblumen zu besorgen, mit denen ich weitere Sträuße für das Hotel binden konnte.

Natürlich wäre ein Spaziergang am Strand schön. Gerade am Morgen hatte man das Meer noch fast für sich allein. Ich könnte Muscheln sammeln, wie ich es als Kind getan hatte und mir überlegen, was ich daraus machen konnte. Doch dann würde ich nur wieder über die vergangene Nacht nachdenken. Also war das auch keine Option.

An der Rezeption warf ich einen Blick ins Buchungssystem und stellte fest, dass es heute tatsächlich recht ruhig zugehen würde. Zumindest, wenn ich das System in der Zwischenzeit ausreichend verstanden hatte.

Noch während ich da stand und die Buchungen durchsah, wollte mich der Gedanke an die Muscheln nicht mehr loslassen. Allerdings wüsste ich nicht, was ich mit diesen dann anfangen sollte.

Ganz im Gegensatz zu den Trockenblumen, die ich im Tulpenknicker besorgen wollte, um weitere Sträuße für den Blauen Salon zu binden. Hier vorne an der Rezeption sähe ein schöner großer Strauß sicher schön aus. Vor allem müsste man ihn nicht ständig erneuern. Der nachhaltige Gedanke würde Oma Else bestimmt gefallen. Sie liebte praktische und effiziente Ideen.

Während ich so darüber nachdachte, konnte ich sie bildlich vor mir sehen, wie sie mir einen nach oben gestreckten Daumen zeigte. Beflügelt von der Idee, gab ich Frau Nietnagel kurz Bescheid, dass ich für ein paar Stunden außer Haus sein würde.

»Das ist kein Problem, Frau Steltner«, sagte sie und eilte dann in den Frühstücksraum, um dort nach dem Rechten zu sehen.

Ich schnappte mir meine Handtasche und das Handy, das ich auf dem Rezeptionstresen abgelegt hatte, und wollte schon aufbrechen, als mich jemand rief.

»Guten Morgen, Lotte.«

Felix.

Einen Moment verharrte ich an Ort und Stelle und wünschte mir einen Tarnumhang herbei, der mich unsichtbar machen konnte. Als ich mir jedoch der Tatsache bewusst wurde, dass die Aussichten, mal eben einen Tarnumhang zu bekommen, gegen null gingen, wusste ich, dass ich mich der Situation stellen musste. Ob ich wollte oder nicht.

»Hey, Felix! Na, hast du gut geschlafen?«

Hatte ich ihn das gerade echt gefragt? Wie peinlich! Was war nur los mit mir? Ich benahm mich wie ein pubertierender Teenager, der seinem Schwarm gegenüberstand und dabei nur Schwachsinn faselte. Allerdings mit dem kleinen Unterschied, dass ich fast dreißig Jahre war und glaubte, diese Phase meines Lebens bereits lange hinter mir gelassen zu haben. Offenbar weit gefehlt.

»Nicht so gut«, erwiderte Felix achselzuckend.

Es lag mir schon auf der Zunge, ihn zu fragen, woran es wohl gelegen hatte. Im letzten Moment konnte ich mich davon abhalten, auch noch in dieses Fettnäpfchen zu stapfen. Und dabei hatte ich bereits Anlauf genommen.

»Ich muss leider los«, versuchte ich, der Situation zu entkommen, und deutete dabei, wie um meine Worte zu bekräftigen, in Richtung der Binzer Promenade.

»Wohin geht's denn?«, fragte Felix mit seinem diebischen Grinsen auf den Lippen.

Unser Gespräch schien ihn mächtig zu erheitern.

»Ich wollte zu einem Blumenladen, um mich mit Trockenblumen einzudecken.«

»Ach, dann sind die Sträuße im Blauen Salon von dir?«, fragte er interessiert.

Auf seiner Stirn hatten sich wellenartige Furchen gebildet.

»Ja, die sind von mir«, bestätigte ich ihm, während ich fieberhaft darüber nachdachte, was er wohl davon hielt. Doch ich wagte es nicht, ihn zu fragen.

Dummerweise sagte er auch nichts weiter dazu, was mich nur noch nervöser und unsicherer machte.

»Ich muss dann mal«, erklärte ich und deutete dabei abermals in Richtung der Tür.

»Ich muss ein paar Dinge für die Villa Sehnsucht besorgen.

Wenn es dir nichts ausmacht, würde ich dich gerne begleiten. Unser Weg ist derselbe.«

»Du musst auch nach Bergen?«, fragte ich skeptisch.

»Ja. Unbedingt«, erwiderte Felix und wirkte dabei nicht mehr ganz so selbstbewusst wie in den Minuten zuvor.

»Mein Wagen steht hinter der Villa.«

Daran hatte ich gar nicht gedacht. Wenn ich nach Bergen wollte, brauchte ich einen fahrbaren Untersatz oder musste den Bus nehmen. Bis zum Tulpenknicker waren es etwas mehr als zwanzig Minuten Fahrzeit. Ich war so in Gedanken, dass ich einfach zur Promenade gegangen und losgelaufen wäre. Wahrscheinlich hätte ich mich irgendwann gewundert, weil ich nicht an meinem Ziel ankam. Aber das würde sich jetzt nicht mehr abschließend klären lassen. Zum Glück!

»Wollen wir?«, fragte Felix noch mal, als ich keine Anstalten machte, mich vom Fleck zu bewegen.

»Ja. Klar.« Die Worte kamen ein wenig unsicher aus meinem Mund. Ob es wirklich eine gute Idee war, mit Felix für die nächsten zwanzig Minuten auf engstem Raum zusammen zu sein? Was, wenn er sich mir wieder annähern würde? Und was, wenn er es nicht tun würde? Sollte ich dann enttäuscht sein oder mir besser nichts dabei denken? Schließlich hatten wir nach unserem gestrigen Kuss nicht gelobt, für immer und ewig beisammen sein zu wollen. Es war nur ein Kuss. Aber was für einer.

Da Felix sich während der Fahrt auf den Verkehr konzentrieren musste, erschien mir das Risiko einer erneuten Annäherung eher gering. Schade.

Die ersten zehn Minuten sprach keiner von uns. Die Stille zwischen uns fühlte sich schrecklich ungewohnt an. Auch das

Radio lief nicht, und ich wagte nicht, es anzuschalten. Schließlich war das nicht mein Wagen.

Über den Kuss der vergangenen Nacht hatten wir offenbar verlernt, wie das mit dem Miteinanderreden ging.

»Machst du das schon lange?«, fragte Felix in das Schweigen hinein.

Was meinte er? Ging es ums Küssen? Hatte ich mich etwa gestern so doof angestellt? Dabei dachte ich, es wäre ein guter Kuss gewesen.

»Lotte, du tust es schon wieder«, entgegnete Felix lächelnd und stoppte damit meinen Gedankengang.

»Was meinst du?«, hakte ich nach.

»Das mit den Trockenblumensträußen. Du weißt schon. Der Grund, weshalb wir nach Bergen fahren.«

»Und wegen der Besorgungen, die du für die Villa Sehnsucht erledigen musst«, erwiderte ich.

Felix nickte anerkennend.

Ich kaufte es ihm nämlich nach wie vor nicht ab, dass er just an dem Tag, an dem ich mich im Tulpenknicker mit neuen Trockenblumen eindecken wollte, nach Bergen musste.

»Also, was ist mit den Sträußen?«, blieb er beharrlich.

»Das ist nur so ein Hobby von mir«, wiegelte ich ab und musste dabei wieder an Johannes denken. Als er mitbekommen hatte, dass ich in meiner Freizeit weitere kreative Projekte umsetzte, hatte er mich ernsthaft gefragt, ob ich mit meiner Zeit nichts Besseres anzufangen wüsste. Das musste man sich mal vorstellen.

»Die Sträuße sind mir im Blauen Salon gleich ins Auge gefallen, sie sind ausgesprochen schön. Du hast wirklich Talent.«

Zunächst war ich versucht zu glauben, Felix könnte mich auf die Schippe nehmen und im nächsten Moment laut loslachen. Als die erwartete Reaktion jedoch ausblieb, war ich tatsächlich versucht, seine Worte ernst zu nehmen.

»Du bist so schweigsam. Habe ich etwas Falsches gesagt?«

Felix schien verunsichert.

»Nein. Nein. Es ist nur ... Ich komme nicht ganz so gut damit klar, wenn man mich und meine Arbeit lobt. Mein Ex, der ... der fand eigentlich alles ziemlich doof, was ich so nebenher gemacht habe«, gestand ich ihm ein.

Keine Ahnung, warum ich Felix ausgerechnet jetzt von Johannes erzählte.

»Dann finde ich deinen Ex doof«, erwiderte Felix mit einem Lächeln auf den Lippen und hielt dann abrupt an.

Als er meinen fragenden Blick auffing, ergänzte er noch: »Wir sind da« und deutete dabei auf das Ladenschild des Blumengeschäftes.

»Ich hole dich hier in einer Stunde wieder ab. Reicht dir die Zeit?«

Während ich zu verarbeiten versuchte, dass Felix meinen Ex doof fand und wir in der Zwischenzeit tatsächlich vor dem Tulpenknicker standen, war Felix bereits um seinen alten quietschgelben Honda herumgelaufen und hatte mir die Beifahrertür geöffnet. Dann reichte er mir auffordernd seine Hand. Es dauerte ein paar Sekunden, bis ich ihm die meine entgegenstreckte. Kaum dass wir uns berührten, war da wieder dieses Feuerwerk in mir, das jeden noch so entlegenen Teil meines Körpers zum Kribbeln brachte.

»Viel Spaß beim Aussuchen. Ich bin mir sicher, dass du wieder wundervolle neue Kreationen damit zaubern wirst.«

Ich bedankte mich artig und sah Felix, der inzwischen weitergefahren war, eine ganze Weile hinterher.

Jetzt hatte ich nicht mehr nur den Kuss, sondern auch diese

gemeinsame Autofahrt, über die ich permanent nachdenken musste.

Vielleicht wäre es doch besser gewesen, mit dem Bus zu fahren.

18

»Eine Hochzeit? Heute? Das muss ein Fehler sein. Ich habe keine Hochzeit in meinem Kalender stehen.«

Wie eine Wahnsinnige durchblätterte ich das kleine schwarze Büchlein, das meine Großmutter mir bei ihrer Abreise anvertraut hatte. Dabei fiel ein Bild zu Boden. Eine Schwarz-Weiß-Aufnahme. Ich hob sie auf und legte sie auf den Tresen. Genauer anschauen konnte ich sie mir jedoch nicht. Denn es galt mal wieder, den ganz normalen Wahnsinn in der Villa Sehnsucht in den Griff zu bekommen. Und das sollte ausgerechnet ich schaffen, die für gewöhnlich kaum ihr eigenes Leben organisiert bekam. Aber diese Gedanken halfen mir nicht weiter. Ich musste funktionieren. Dringend!

»Das Brautpaar Sonnemann wird im Müther-Turm getraut. Danach kommen sie gegen fünfzehn Uhr zum Kaffee in den Blauen Salon. Es ist eine geschlossene Gesellschaft. Die Buchung müsste im System eingetragen sein«, erklärte Frau Nietnagel, die mal wieder die Ruhe selbst war.

Beneidenswert!

Und ja, das System. Zu dumm, dass ich es immer noch nicht geschafft hatte, es in Gänze zu verstehen. Aber wer rechnete schon mit einer Hochzeit an einem Dienstag im August? Heirateten die Leute nicht mehr am Wochenende?

»Und danach?«

»Die Gesellschaft wird Fotos am Strand und auf der Seebrücke machen. Den genauen Ablauf kenne ich nicht. Gegen achtzehn Uhr dreißig ist das Abendessen geplant. Die Küche ist informiert und bereitet alles vor.«

Bei Frau Nietnagel hörte es sich so an, als wäre alles hinreichend organisiert. Es gab keinen Grund, sich Sorgen zu machen. Jeder wusste, was zu tun war, während ich bis vor wenigen Minuten nicht mal geahnt hatte, dass heute eine Hochzeitsgesellschaft den Blauen Salon gebucht hatte.

Wenn das Leben als Hotelier eines nicht war, dann langweilig. So viel stand bereits nach diesen wenigen Wochen, in denen ich Oma Else nun in der Villa Sehnsucht vertrat, schon mal fest.

»Bei uns übernachten werden sie aber nicht. Oder?«

Auch wenn ich das Buchungssystem noch nicht in all seinen Eigenheiten durchschaut hatte, eine solch große Gruppe neuer Gäste wäre mir ins Auge gefallen. Das hoffte ich zumindest.

»Nein, die Leute wohnen auf Rügen. Das sind Einheimische, die bei uns feiern. Deshalb vermutlich auch unter der Woche.«

»Ich wusste gar nicht, dass wir so große Festivitäten ausrichten.«

Frau Nietnagel sah mich an, als wollte sie mir sagen, dass ich so einiges nicht wusste. Aber das brauchte sie mir nicht zu erklären. Das ahnte ich leider selbst.

»Es kommt nicht allzu oft vor. In diesem Jahr hatten wir bisher zwei Hochzeiten und im Herbst steht noch eine an. Es ist nicht ganz einfach, das neben dem normalen Hotelbetrieb unterzubekommen. Allerdings haben wir mittlerweile so etwas wie eine Routine.«

Das klang gut. Das klang sogar sehr gut.

»Wenn ich irgendwo anpacken soll, lasst es mich gerne

wissen«, bot ich meine Hilfe an, auch wenn ich nicht wusste, wie diese aussehen könnte.

Frau Nietnagel lächelte.

»Vielen Dank! Es wird schon schiefgehen«, erklärte sie und ging dann wieder ihrer Arbeit nach.

Das Telefon klingelte, so dass ich mir immer noch nicht das Bild ansehen konnte, das aus Oma Elses Notizbuch herausgefallen war.

»Die Villa Sehnsucht. Mein Name ist Lotte Steltner. Was kann ich für Sie tun?«

Erst zu spät bemerkte ich, dass das Gespräch gar nicht von außerhalb, sondern aus dem Haus kam.

»Der Früchtetee«, meldete sich eine Frauenstimme zu Wort.

Den Namen nannte sie mir nicht. Aber der Nummer und der Erwähnung des Tees nach zu urteilen, handelte es sich bei der Frau um Frau Lambrecht.

»Guten Morgen, Frau Lambrecht. Was kann ich für Sie tun?«

»Er ist ausgegangen.«

»Der Tee?«

Ein Seufzen war in der Leitung zu hören.

»Er darf nicht ausgehen. Normalerweise habe ich immer genügend vorrätig. Frau Steltner senior kümmert sich höchstpersönlich darum. Was machen wir denn jetzt? Er darf nicht ausgehen. Nein, das darf er nicht.«

»Wir besorgen neuen. Das geht fix. Ich bringe ihn gleich selbst …«

»Sie hören mir ja gar nicht zu. Er ist schon ausgegangen. Das darf nicht passieren. Es ist wichtig, dass alles immer vorrätig ist.«

Mir schwante Übles.

»Frau Lambrecht?«, versuchte ich, zu ihr durchzudringen.

Doch die Frau wiederholte nur immer wieder aufs Neue, dass der Tee nie ausgehen dürfe. Warum auch immer. Und legte dann auf.

»Frau Lambrecht?«, fragte Felix, der wie aus dem Nichts neben mir auftauchte.

Ich nickte.

»Der Früchtetee ist ausgegangen und sie hat gerade so etwas wie einen Nervenzusammenbruch erlitten, befürchte ich.«

Felix sah mich ernst an.

»Das kriegen wir hin. Ich hole den Tee in der Küche und dann gehen wir zusammen in ihre Ferienwohnung. Was auch immer passiert, du musst mitspielen, okay?«

Auch wenn ich keine Ahnung hatte, was Felix mit seiner Andeutung sagen wollte, war ich bereit, alles dafür zu tun, dass es Frau Lambrecht wieder besser ging.

Nur wenige Minuten später gingen wir gemeinsam in den ersten Stock zu Frau Lambrechts Ferienwohnung.

Felix klopfte beherzt an die Tür. Doch es dauerte eine ganze Weile, bis uns die Frau die Tür öffnete.

»Ja?«, fragte sie mit piepsiger Stimme, nachdem sie die Tür nur einen Spaltbreit geöffnet hatte.

»Ich müsste kurz nach dem Wasserboiler im Bad sehen. Geht auch ganz schnell«, sagte Felix sachlich, damit sie uns die Tür vollends öffnete.

Doch ihr Blick fiel prüfend auf mich.

»Ich bin Lotte Steltner, Frau Steltners Enkelin. Ich wollte gerne mit Ihnen gemeinsam in der Wohnung nach dem Tee suchen.«

Felix und ich hatten uns auf dem Weg nach oben beratschlagt, wie wir vorgehen sollten, um Frau Lambrecht die Packung Tee, die sich in Felix' Werkzeugkoffer befand, unterzujubeln. In meine Hosentasche hatte sie nicht hineingepasst und offen in der Hand wollte ich sie nicht tragen. Am Ende würde Frau Lambrecht mitbekommen, was wir vorhatten. Darauf durfte ich es auf keinen Fall ankommen lassen.

Leicht würde es nicht werden. Aber es war allemal einen Versuch wert. Vor allem dann, wenn Hoffnung bestand, dass sie sich wieder beruhigte, sobald die alte Ordnung wiederhergestellt war.

Noch immer musterte Frau Lambrecht uns skeptisch. Wir schienen ihr nicht geheuer. Dennoch öffnete sie nach einer Weile die Tür zu ihrer Wohnung so weit, dass wir eintreten konnten. Ein Etappensieg.

Felix verabschiedete sich ins Bad, ließ seinen Koffer allerdings direkt im Wohn- und Essbereich stehen, so dass ich nur einen günstigen Moment abpassen musste, um den Tee herauszuholen und ihn so zu platzieren, dass Frau Lambrecht das Gefühl hatte, er wäre die ganze Zeit hier gewesen.

Suchend blickte ich mich zu diesem Zweck im Raum um.

Im Küchenbereich gab es unzählige Schränke und Schubladen. Allerdings war ich mir sicher, dass Frau Lambrecht inzwischen jeden Winkel davon durchsucht hatte. Es wäre also nicht stimmig, wenn ich den Tee dort platzieren würde. Nein, eine andere Lösung musste her. Und zwar schnell.

Fieberhaft blickte ich mich um.

Im Essbereich stand ein runder Tisch mit vier Stühlen daran. Dahinter war eine Kommode, von der ich abermals ausgehen musste, dass Frau Lambrecht sie in der Zwischenzeit hinreichend durchsucht hatte. Das war also auch keine Lösung.

»Er ist ausgegangen. Das darf nicht passieren«, sagte Frau Lambrecht mantraartig. Sie schien dabei nichts und niemanden um sich herum wahrzunehmen. Wie paralysiert stand sie in der Mitte des Raumes und sah aus dem Fenster zum Meer. Von mir oder Felix nahm sie keine Notiz.

Sollte ich den Tee einfach unter der Couch verstecken? Aber das war Unsinn. Oma Else hätte ihn dort nie und nimmer hingestellt. Das würde Frau Lambrecht berechtigterweise gleich einwenden. Und ich wollte mir nicht ausmalen, was das für Konsequenzen nach sich zog. Schließlich war sie schon jetzt ganz außer sich.

Felix streckte seinen Kopf aus dem Badezimmer und sah mich fragend an.

Zur Antwort zuckte ich mit meinen Schultern.

Felix ging langsamen Schrittes aus dem Bad heraus und geradewegs auf seinen Koffer zu. Er öffnete ihn. Ein Klacken war zu hören. Nicht laut, aber so, dass man es gut vernehmen konnte.

Mit angehaltenem Atem blickte ich in Frau Lambrechts Richtung. Doch diese schaute noch immer durchs Fenster nach draußen.

Felix holte die Schachtel aus seinem Koffer. Wie einen Pokal streckte er ihn in die Höhe, während ich fieberhaft nach einem geeigneten Platz suchte, um ihn abzulegen. Also den Tee. Nicht Felix.

Wobei es sicher auch ganz schön sein konnte, sich gemeinsam mit Felix irgendwo hinzulegen. Der Kuss in der Küche lag zwar gefühlt eine halbe Ewigkeit zurück. Dennoch konnte ich noch immer seine Lippen auf meinen spüren.

Ob es ihm auch so erging? Oder bereute er es womöglich, mich geküsst zu haben?

Bei der Fahrt nach Bergen zum Trockenblumenkauf war er mit keinem Wort darauf eingegangen. Ganz so, als hätte er das Kapitel längst abgehakt. Auch auf der Rückfahrt, die ebenfalls eher schweigsam verlaufen war, verlor er darüber kein Wort. Möglicherweise wollte er auch nicht mehr daran erinnert werden, weil ihm der Kuss inzwischen peinlich war. Vermutlich hatte er ihn längst wieder vergessen.

Diese und ganz ähnliche Fragen quälten mich nun schon seit Samstagnacht. An Schlaf war seither kaum zu denken. Immer wieder kreisten meine Gedanken um das eine Thema: Felix. Egal, was ich auch tat, ich konnte einfach nicht mehr aufhören, an ihn zu denken und mir mehr Küsse mit ihm vorzustellen.

»Lotte?«, weckte Felix mich aus meinen Tagträumen und deutete dabei auf Frau Lambrecht, die sich inzwischen zu uns umgedreht hatte.

Schnell ging ich rückwärts auf Felix zu und ließ mir die heiße Ware in Form einer Schachtel Sanddorn-Holunderblütentee in die Hand geben.

»Er ist ausgegangen. Das darf nicht passieren. Nein, das darf unter gar keinen Umständen passieren. Und jetzt ist es passiert. Was sollen wir denn nur machen?«, fragte Frau Lambrecht, sie war den Tränen nahe, und sie tat mir schrecklich leid. Ich musste dringend etwas tun, um sie zu beruhigen.

»Haben Sie schon mal im Kühlschrank nachgeschaut?«

Da dieser in meiner unmittelbaren Nähe stand, öffnete ich ihn abrupt, ehe Frau Lambrecht zu mir hinüberkommen konnte und stellte die Schachtel ins Gemüsefach.

»Im Kühlschrank?«, hörte ich Frau Lambrecht und Felix verwundert fragen.

»Es gibt Studien, die beweisen, dass Tee viel aromatischer

schmeckt, wenn er vor dem Genuss im Kühlschrank aufbewahrt wird.«

»Wirklich?«, fragte Frau Lambrecht. »Davon habe ich ja noch nie gehört.«

Ich auch nicht. Aber außergewöhnliche Zeiten erforderten außergewöhnliche Maßnahmen. Und Ideen. Ganz besonders Ideen.

»Doch. Doch. Das Konzept ... ist ganz neu. Es kommt aus ... Japan«, beteuerte ich, während mich Felix, der in Frau Lambrechts Rücken, mit weit aufgerissenen Augen anschaute und sich dann auf die Unterlippe biss, um bloß nicht laut loszulachen.

Ich gab ja gerne zu, dass das nicht mein bester Einfall war. Aber auf die Schnelle musste ich improvisieren. Da blieben nicht besonders viele Alternativen.

»Und Ihre Großmutter wusste davon?«

Frau Lambrecht machte sich sogleich im Kühlschrank auf die Suche nach der Schachtel und wurde wenig später im Gemüsefach fündig.

»Ja, sie informiert sich und hat ein Gespür für die neuesten Trends. Schon immer.«

Es war nicht ganz einfach, das mit einer solchen Überzeugung über eine fast Neunzigjährige zu sagen und dabei ernst zu bleiben. Felix prustete laut los und vertuschte seinen Lachanfall dann mit einem heftigen Husten.

Frau Lambrecht nahm die Schachtel aus dem Kühlschrank.

»Komisch. Die Verpackung ist ganz warm. So, als wäre sie gerade erst dort hineingestellt worden.«

»Das macht ... das Gemüsefach«, redete ich mich um Kopf und Kragen. »Aber jetzt müssen wir leider weiter.«

Ich warf Felix, der sich inzwischen schon die ganze Faust

in den Mund gesteckt hatte, weil ihn die Gesamtsituation offenbar so erheiterte, einen bitterbösen Blick zu. Besonders hilfreich war sein Verhalten nicht. Da hätte ich mehr von ihm erwartet.

»Das ist in Ordnung. Jetzt weiß ich ja, dass der Tee immer ausreichend vorhanden war. Die Menge sollte genügen, bis ich in drei Tagen abreise. Ich bin erleichtert.«

Und ich erst.

Frau Lambrecht drückte mir die Hand und schenkte mir zum Abschied sogar ein Lächeln.

»Was genau sollte das denn?«, fragte ich Felix, kaum dass wir auf dem Flur standen.

»Ich weiß nicht, was du meinst.« Er gab sich ahnungslos.

»Du weißt ganz genau, was ich meine. Anstatt dich kringelig zu lachen, hättest du mich vielleicht ein wenig unterstützen können.«

Felix hatte mich in der Situation enttäuscht. Ich hätte mir mehr von ihm erwartet. Dass er sich am Ende auch noch auf meine Kosten lustig machen würde, fand ich echt daneben.

»Komm schon, Lotte! Man darf das Leben nicht zu ernst nehmen. Es ist gut, sich zu amüsieren und zu lachen. Wir Menschen brauchen das.«

»Ach, und ich bin ein Roboter, oder was?«

Ich hielt in der Bewegung inne und stemmte meine Hände in die Hüften. Felix sah mich schmunzelnd an, während ich innerlich kochte.

Dabei war zum Glück alles gutgegangen. Frau Lambrechts Nervenzusammenbruch konnte dank meiner etwas eigenwilligen Umsetzung abgewendet werden. Es bestand also durchaus Hoffnung, dass sie die letzten Tage in der Villa Sehnsucht genießen konnte.

»Du bist eine wundervolle Frau, Lotte. Ich bewundere dich für deine Phantasie. Mir wäre auf die Schnelle mit Sicherheit keine ähnlich stimmige Geschichte eingefallen.«

Felix kam einen Schritt auf mich zu und strich mir eine Haarsträhne aus der Stirn. Meine auf Konfrontation gebürstete Haltung entspannte sich. Ich ließ die Arme von den Hüften nach unten gleiten und sah Felix dabei in seine grün-blauen Augen.

Es gehörte nicht viel dazu, um sich darin zu verlieren. Felix' Augen strahlten Wärme und Geborgenheit aus. Erleichtert stellte ich fest, dass die Traurigkeit, die ich noch vor wenigen Tagen darin sehen konnte, verschwunden war.

»Frau Steltner, Herr Wagner, wie gut, dass ich Sie beide gerade treffe. Das Wasser«, hob Oberschuldirektor a. D. Lingen an und hielt dabei geradewegs auf uns zu.

Sein Schnurrbart bebte. Ein untrügliches Zeichen dafür, dass es nun allerhöchste Eisenbahn für mich war, von hier zu verschwinden.

Das tat ich dann auch. Und überließ milde lächelnd Felix seinem Schicksal in Form von Oberschuldirektor a. D. Lingen.

19

Frau Nietnagel und ihre Crew hatten die Hochzeit der Sonnemanns tatsächlich im Griff. Inzwischen waren das Brautpaar und ihre Festgesellschaft zu dem Fototermin aufgebrochen und es kehrte so etwas wie Ruhe im Haus ein.

Gerade als ich erleichtert aufatmen wollte, kam Frau Deter ins Haus. Mit hängenden Schultern und eingezogenem Kopf machte sie sich auf den Weg, um die Lobby zu durchqueren und über die Treppe nach oben zu ihrem Zimmer zu gelangen.

Ich konnte ihr deutlich ansehen, dass sie nicht auffallen und ihre Ruhe haben wollte. Dennoch musste ich nachfragen, wie es ihr inzwischen ergangen war. Das war schließlich meine Pflicht als Hotelchefin. Und Oma Else würde genau das von mir erwarten.

»Frau Deter? Bitte warten Sie einen Moment! Frau Deter?«

Eilig lief ich ihr nach und erreichte sie am Fuße der Treppe.

Mit einem schüchternen »Ja?« sah sie mich fragend an.

»Mein Name ist Lotte Steltner. Ich bin die Enkelin von Frau Steltner und momentan ihre Vertretung«, stellte ich mich vor.

Ein besorgtes »Oh!« entwich ihrer Kehle.

»Frau Deter, wie geht es Ihnen?«

Die Sorge darüber, dass sie nach oben in ihr Zimmer gehen und dort gleich wieder Alkohol trinken könnte, beunruhigte mich zusehends. Einen neuerlichen Vorfall wie vor ihrer Einlieferung ins Krankenhaus galt es unter allen Umständen zu vermeiden.

Das war ich ihr, dem Haus und mir selbst schuldig.

»Besser, danke der Nachfrage«, antwortete sie nach einem kurzen Zögern, das ich gut verstehen konnte.

Vermutlich sprach man nicht gerne darüber, dass man wegen einer Alkoholvergiftung ins Krankenhaus eingeliefert werden musste und nur mit Glück überlebt hatte.

»Kann ich etwas für Sie tun?«

Auch wenn Felix mir erklärt hatte, dass man Süchtige nicht bekehren konnte, fand ich es dennoch wichtig, Frau Deter meine Hilfe anzubieten. Was sie daraus machte, war ihre Entscheidung.

»Ich werde jetzt nach oben gehen und meine Sachen packen. Es geht für mich direkt in eine Entzugsklinik. Wenn ich die Sache mit dem Alkohol ein für alle Mal hinter mir lassen will, dann muss ich das jetzt gleich angehen. Es bringt nichts, es ständig auf die lange Bank zu schieben. Ich bin eine Alkoholikerin. Und dieser Tatsache muss ich ins Auge sehen.«

Es war unglaublich mutig von Frau Deter, sich den Gegebenheiten zu stellen und mir das so offen zu sagen. Ohne die Frau näher zu kennen, war ich sehr stolz auf sie. Sie würde ihren Weg gehen.

»Wenn Sie Hilfe beim Packen benötigen oder sonst noch etwas brauchen, wenden Sie sich gerne an mich, Frau Deter. Ich bin für Sie da.«

Von jetzt auf gleich schwammen Tränen in ihren Augen.

»Man hat mir gesagt, dass Sie eine derjenigen waren, die mich gefunden und gerettet haben, Frau Steltner. Ich kann Ihnen gar nicht sagen, wie dankbar ich …«

Dann brach ihre Stimme.

»Frau Deter, Sie müssen sich nicht bedanken. Das war doch selbstverständlich. Aber wenn Sie mir einen Gefallen tun könnten?«

Wie gebannt hing sie an meinen Lippen.

»Jeden.«

»Werden Sie schnell wieder gesund und besuchen Sie uns bald wieder. Meine Großmutter wird sich freuen, Sie wiederzusehen.«

Ihre Stirn zog sich kaum merklich zusammen bei meinen Worten. »Was ist mit Ihnen? Werden Sie nicht bleiben?«

Ich schüttelte den Kopf. »Nein, dies ist das Haus meiner Großmutter. Ich halte hier nur die Stellung und hoffe, dass das Hotel noch steht, wenn sie zurückkommt.«

Wir lachten beide über meinen kleinen Scherz.

Was mich allerdings wieder zu der Frage brachte, wo meine Oma sich überhaupt aufhielt.

Mein Blick huschte hinüber zur Rezeption, wo ich Oma Elses Notizbuch heute Morgen mitsamt dem Foto abgelegt hatte. Bislang hatte ich keine Gelegenheit gehabt, es mir genauer anzuschauen. Das würde ich aber gleich nachholen.

»Wenn Sie eins nicht tun, dann nur zusehen, dass das Haus stehen bleibt, Frau Steltner. Das wissen wir beide. Ohne Ihr beherztes Eingreifen wäre ich heute vielleicht nicht mehr am Leben.«

Verlegen strich ich mir eine Strähne hinters Ohr, während ich überlegte, was ich darauf erwidern sollte.

Es war neu für mich, dass meine Arbeit so gelobt wurde. Johannes hatte mir oft dazu geraten, nichts anzufassen, damit ich ja nichts kaputt machte.

In der Villa Sehnsucht hatte ich das Gefühl, mit meinen Händen ganz vielen Menschen helfen zu können. Frau Deters freudiges Strahlen bestärkte mich in meiner Annahme.

»Das ist lieb von Ihnen. Aber ich muss an dieser Stelle auch mein Team erwähnen, ohne das das Hotel nicht dasselbe wäre.«

»Und das ehrt Sie, Frau Steltner. Sehr sogar. Sie nehmen sich nicht zu wichtig. Das ist eine gute Eigenschaft. Dennoch sollten Sie aufpassen, dass Sie nicht unter die Räder kommen. Gönnen Sie sich auch eine Auszeit, wenn Sie sie brauchen. Und schlucken Sie keinen Ärger herunter, gehen Sie ihn an. Ich bin das lebende Beispiel dafür, was passieren kann, wenn man all den Ärger und den Frust jahrelang herunterschluckt.«

Frau Deter verabschiedete sich von mir und ging dann die Treppe nach oben.

Zurück an der Rezeption dachte ich über ihre Worte nach, während ich mir das Bild zur Hand nahm, das ich bisher nur schemenhaft wahrgenommen hatte.

Eine junge Frau und ein junger Mann waren darauf zu erkennen. Während er für mich ein unbeschriebenes Blatt war, erkannte ich in der jungen Frau nach wenigen Augenblicken meine Großmutter wieder. Unglaublich, wie jung sie auf dem Bild war. Sie war sicher nicht älter als fünfzehn oder sechzehn. Das musste eine Ewigkeit her sein.

Wieder flogen meine Augen zurück zu dem Mann, der Oma Else im Arm hielt. Er war groß, hatte ein ansteckendes Lächeln und Augen, die trotz der Schwarz-Weiß-Aufnahme regelrecht verführerisch auf mich wirkten.

Ob das wohl Ivar war, von dem Großtante Agnes mir erzählt hatte?

Zeitlich konnte es hinhauen. Allerdings hatte ich keinen Anhaltspunkt, wo das Bild aufgenommen worden war. Oder? Moment! War das im Hintergrund nicht die Schaukel, die früher im Garten der Villa Sehnsucht stand?

Ich nahm das rechteckige Stück Papier und untersuchte jeden Quadratmillimeter darauf. Dann drehte ich es um und erkannte eine Jahreszahl. 1952. Das war lange her. Weitere Angaben fehlten.

Ich drehte das Bild in meiner Hand wieder um. Ziemlich genau ein Jahr, bevor meine Familie die Villa Sehnsucht, Binz und damit ihre Heimat verlassen musste, war dieses Foto von meiner Großmutter aufgenommen worden.

Ihr Lachen strahlte so viel Leichtigkeit und Sorglosigkeit aus. Sie schien der Überzeugung zu sein, dass alles gut werden und sie mit dem Mann an ihrer Seite alt werden würde.

Wie grausam, wenn man bedachte, dass das Schicksal einen anderen Weg für die beiden vorgesehen hatte. Oder sollte ich vielmehr die Volkspolizei der DDR und diejenigen, die sie befehligten, dafür verantwortlich machen?

Wie viel Unglück, wie viel Leid, wie viel Kummer und Tränen hatte das geteilte Deutschland in all den Jahren erfahren? Und war das Land heute wirklich geeint oder gab es nach wie vor Ewiggestrige, die von einem Osten und einem Westen faselten?

Wenn ich meine Großmutter so ansah, dann tat es mir um all ihre Hoffnungen, Träume und Wünsche unendlich leid. Sie war zuversichtlich gewesen und hatte diesen Leichtsinn mit der Leichtigkeit ihrer Jugend bezahlt.

»Schick!«, kommentierte Felix auf einmal hinter mir.

Erschrocken drehte ich mich zu ihm um, nur um zu erkennen, dass er nah bei mir stand. So dicht, dass ich seinen Atem auf meiner Haut spüren konnte und sich von dort aus über meinen ganzen Körper in Sekundenschnelle eine Gänsehaut ausbreitete.

»Das muss Oma Else sein«, erklärte ich ihm und versuchte, dabei nicht daran zu denken, was seine plötzliche Nähe mit mir anrichtete.

»Sie war eine sehr hübsche junge Frau. Wenn ich sie mir so anschaue, hat sie viel Ähnlichkeit mit dir.«

Felix grinste vielsagend bei seinen Worten, während ich spürte, wie mir die Schamesröte bis unter den Scheitel anstieg.

»Ich weiß nicht. Findest du?«

Felix zog mich an sich heran.

»Nein, wenn ich es mir recht bedenke, dann bist du sogar noch viel schöner. Muss daran liegen, dass ich dich in Farbe sehe.«

Er lachte amüsiert auf, während ich mit meinen Fäusten gegen seine Brust klopfte und von ihm loszukommen versuchte.

Als ich es endlich geschafft hatte, kam Frau Menckwitz aus der Küche zügig zu uns. Ihr besorgter Gesichtsausdruck verhieß nichts Gutes.

»Haben Sie zufällig Herrn Oltmann gesehen? Er wollte heute Morgen zum Zahnarzt. Seither kann ihn niemand erreichen.«

Auch das noch. In wenigen Stunden sollte ein riesiges Festbankett für die Hochzeitsgäste arrangiert werden, und der Küchenchef fehlte.

»Haben Sie es auf beiden Nummern versucht?«, fragte ich und blätterte dabei, auf der Suche nach dem Eintrag zu Herrn Oltmann, fahrig durch das schwarze Notizbuch.

»Natürlich. Wir rufen ihn seit Stunden sowohl auf dem Handy als auch auf dem Festnetzanschluss an. Nichts! Es ist, als wäre er wie vom Erdboden verschluckt. Einfach weg.«

Das wiederum hoffte ich nun nicht.

»Hier steht seine Adresse«, jubilierte ich.

Felix schaute mir abermals über die Schulter und kam mir

dabei so nahe, dass ich einen Moment benötigte, damit mein Herz wieder im richtigen Takt schlug.

»Das ist nicht weit von hier. Wir könnten schnell zu ihm gehen und nachsehen«, sagte er.

»Ich halte so lange die Stellung an der Rezeption«, schlug Frau Menckwitz vor.

Erst wollte ich sie bitten, besser in der Küche alles für den Abend vorzubereiten, unterließ es dann jedoch. Schließlich lag Herrn Oltmanns Wohnung nicht weit entfernt. Wir würden im Handumdrehen mit ihm im Schlepptau zurück sein.

20

Die Promenade war voll von Menschen, die ihre Bollerwagen mitten im Weg stehen ließen und auf den einzelnen Bänken saßen, während sie genüsslich ihr Eis schleckten und dabei aufs Meer hinaussahen.

Felix und ich bewältigten den Hindernislauf der besonderen Art mit einer gewissen Leichtigkeit. Dennoch war ich froh, als wir in die Putbusser Straße einbogen, kurz darauf rechts abbogen und in der Heinrich-Heine-Straße ankamen.

»Hier in der Nähe des Kurparks muss es sein«, erklärte Felix, der das Ruder dankenswerterweise an sich gerissen hatte und eilig voranschritt.

Ich hatte mal wieder meine liebe Not, ihm zu folgen. Dennoch lief ich unbeirrt weiter. Auch dann, als mich das Seitenstechen schier um den Verstand brachte. Aber leiden konnte ich später. Dafür blieb jetzt keine Zeit.

Wir ließen den Kurpark hinter uns und folgten der Straße immer weiter.

»Ist es noch weit?«, fragte ich wie ein quengelndes Kind auf der Urlaubsreise in den Süden.

Felix schüttelte zur Antwort den Kopf und deutete auf ein Haus auf der linken Seite.

»Dort ist es schon.«

Wir passierten die Straße. Autos fuhren hier kaum. Vom naheliegenden Spielplatz war das Lachen von Kindern zu hören. Sie schienen eine Menge Spaß zu haben.

Während ich über die Kinder nachdachte, hatte Felix sich

bereits bis zur Klingelanlage vorgearbeitet. Im Haus selbst lebten drei Parteien. Herrn Oltmanns Wohnung befand sich im Erdgeschoss. Noch ehe ich bei Felix ankam, drückte er auf den Klingelknopf. Schnaufend stand ich neben ihm, während sich mein Brustkorb in einem viel zu schnellen Rhythmus hob und senkte.

Felix lächelte, als wäre nichts gewesen.

Erst als das Klingeln längst verhallt war und niemand aufmachte, erstarb das Lächeln auf seinen Lippen.

Wir probierten es noch zwei weitere Male. Nichts. Dann klingelten wir bei den Nachbarn. Aber die öffneten ebenfalls nicht. Vermutlich waren sie bei der Arbeit.

»Wo könnte er nur stecken?«

Felix zuckte mit den Schultern.

»Ich habe keine Ahnung.«

»Was machen wir jetzt?«

Besorgt blickte ich ihn an, während sich meine Atmung allmählich wieder beruhigte und das Seitenstechen nachließ.

Anstatt mir zu antworten, lief Felix um das Haus herum und spähte durch eines der Fenster in Herrn Oltmanns Wohnung.

»Und?«, fragte ich flüsternd, während ich mich umsah.

»Ich kann nichts erkennen.«

Felix schirmte seine Augen gegen das Licht ab.

»Hier hängt eine nahezu blickdichte Gardine«, erklärte er und wandte sich von dem Fenster ab.

Als wir weitergingen, sah ich mich abermals um. Aufmerksame Nachbarn und Mitbürger lauerten an allen Ecken. Das Letzte, was wir wollten, war, Aufsehen zu erregen. Dennoch war ich mit Felix einer Meinung, dass uns die Alternativen fehlten, um Herrn Oltmann zu finden.

Am nächsten Fenster hing zwar keine Gardine, doch leider war niemand im Raum dahinter zu sehen. Auch ich warf einen Blick in die Wohnung. Aufgeräumt sah sie aus. Und sauber. Zumindest das, was man erkennen konnte.

»Und nun?«, fragte ich resigniert.

Felix lief unbeirrt weiter.

Derweil zückte ich mein Handy und rief abermals die Festnetznummer an, die Oma Else in ihrem schwarzen Notizbuch notiert hatte. Wir konnten das Klingeln in der Wohnung sogar hören. Zu unserem Leidwesen blieb es jedoch still.

»Also, ich kann ihn auch in der Küche nicht sehen. Man erkennt von hier aus den Flur. Der liegt allerdings im Dunkeln. Ich kann nicht mit Gewissheit ausschließen, dass er nicht in der Wohnung ist.«

Was im Umkehrschluss so viel bedeutete, dass er durchaus dort irgendwo liegen und unsere Hilfe brauchen konnte. Nach einem Zahnarztbesuch konnte einem mitunter der Kreislauf versagen. Mit vierzehn Jahren musste mir ein Weisheitszahn gezogen werden, da er Probleme machte. Das hatte mir so sehr zugesetzt, dass bei mir später zu Hause alle Lichter ausgegangen waren.

»Was schlägst du vor?«, fragte ich beunruhigt.

In Gedanken ging ich die Optionen durch, die uns blieben. Sollten wir versuchen, in die Wohnung einzubrechen? Oder doch besser Polizei und Krankenwagen rufen? Wie lange würde es dauern, bis sie eintrafen? Und wäre es dann vielleicht schon zu spät?

»Das Fenster im Bad ist gekippt«, stellte Felix fest und klang dabei äußerst sachlich.

Es war eine Feststellung nicht mehr und nicht weniger. Dennoch ahnte ich bereits, dass er sich diesen Sachverhalt zunutze machen wollte. Was letztlich in die Kategorie *Einbruch* fiele. Jedoch nur so lange, bis sich herausstellte, dass Gefahr in Verzug war. Blieb nur die Frage, ob es denn wirklich so war.

»Meinst du, das ist eine gute Idee?«

Verunsichert sah ich mich abermals um. Soweit ich das erkennen konnte, war niemand zu sehen. Was nicht hieß, dass sie nicht doch hinter ihren Vorhängen standen und auf uns lauerten.

Dabei war unsere Absicht nur die beste.

»Es ist die einzige Option, die wir im Moment haben. Du kannst es ja noch mal auf seinem Handy versuchen oder im Hotel nachfragen.«

Beides tat ich postwendend, nur um festzustellen, dass Herr Oltmann wie vom Erdboden verschluckt blieb.

Mit einem Nicken signalisierte ich Felix, dass er freie Bahn hatte und tun sollte, was zu tun war, um Herrn Oltmann zu retten.

Felix griff beherzt durch den Spalt ins Innere des Raums, um das Fenster irgendwie zu öffnen. Erst jetzt realisierten wir, dass man ein Fenster erst schließen musste, um es von *Kipp* auf *Offen* zu stellen.

So ein Mist aber auch! Jetzt blieb uns wohl keine andere Wahl, als bei der Polizei anzurufen. Ob diese jedoch kommen und die Tür öffnen würde, blieb fraglich. Schließich war Herr Oltmann ein erwachsener Mann. Er konnte tun und lassen, was er wollte, und war bislang weniger als vierundzwanzig Stunden verschwunden. Es gab nicht mal einen berechtigten Verdacht, dass ihm etwas zugestoßen war. In Binz gab es nur wenige Zahnärzte. Vielleicht sollte ich diese mal anrufen? Aus datenschutztechnischen Gründen und aufgrund der Schweigepflicht würde mir aber vermutlich niemand eine Auskunft geben, ob Herr Oltmann ein Patient der jeweiligen Praxis war. Das war wenig zielführend.

»Suchst du etwas?«

Felix hatte sich vom Fenster abgewandt und ging zu einer Mülltonne, die am Gehweg in unmittelbarer Nähe des Hauses stand.

»Ich benötige ein Seil, eine stabile Röhre und etwas Glück.«

Alles Dinge, die jeder von uns ständig in einer öffentlichen Mülltonne vorfand. Oder besser gesagt – nicht vorfand.

»Vielleicht sollten wir zurück zum Hotel und uns passendes Material beschaffen?«, schlug ich vor.

Doch Felix wühlte sich bereits beherzt durch den Korb.

Wenig später wurde er tatsächlich fündig. Eine weiße Kunststoffröhre kam zum Vorschein, auf der irgendetwas aufgewickelt gewesen sein musste. Vielleicht eine Folie oder Haftkleber.

»Ein Seil habe ich immer bei mir«, meinte Felix und zog sogleich eines aus seiner Hosentasche.

»Du hast also immer eine Schnur dabei?«

Felix grinste schelmisch.

»Man weiß ja nie, wofür man sie brauchen kann.«

Dann zwinkerte er mir vielsagend zu und band den Strick an der Röhre fest.

Ich wusste nicht so recht, wie ich auf seine Andeutung reagieren sollte. Mochte Felix in bestimmten Lebenslagen womöglich ein wenig Extravaganz? Und wie genau definierte sich diese? War das im Rahmen des Normalen oder …

»Du kannst das Kopfkino wieder ausstellen. Ich stand nie auf Fesselspiele beim Sex, stehe nicht darauf und werde nie darauf stehen. Okay?«

Das war tatsächlich eine enorm beruhigende Aussage.

»Was genau hast du denn jetzt mit dem Plastikrohr und der Schnur vor?«

Mir erschloss sich nach wie vor nicht so recht, wie Felix die Utensilien einsetzen wollte.

»Sieh zu und staune!«, erwiderte er und zwinkerte mir abermals zu.

Mit einem freudigen Grinsen auf den Lippen machte er sich an die Arbeit. Offenbar bereitete es ihm große Freude, das, was er ins Auge gefasst hatte, auch umzusetzen.

Prüfend blickte ich mich um, während Felix sich an die Arbeit machte. Schon im nächsten Moment stülpte er die Rohr-Schnur-Konstruktion von innen auf den Griff. Die Schnur zog er dabei mit nach außen.

»Drück mir die Daumen!«, sagte er und zog schließlich an der Schnur, so dass sich der Knauf aus der Senkrechten in die Waagerechte drehte.

Dummerweise brach die Konstruktion nach der Hälfte der Strecke auseinander. Doch Felix ließ sich davon nicht beirren, drückte beherzt gegen die Scheibe und schaffte es tatsächlich, das Fenster zu öffnen.

Mit großen Augen sah ich ihn staunend an.

»Du hast mir noch gar nicht gesagt, dass du der MacGyver von Rügen bist.«

Felix lachte laut auf.

»Nachdem du mich zunächst für einen Dieb gehalten hast, fand ich, es wäre besser, dir nicht gleich von meinen Superkräften zu erzählen.«

Nun lachte auch ich und knuffte ihn in die Seite.

Dann verschränkte er seine Hände zu einer Räuberleiter.

»Es wird leichter sein, wenn du hineinkletterst und mir dann die Wohnungstür öffnest.«

Bei Felix' Worten wurde mir ein wenig unbehaglich. Es war das eine, Schmiere zu stehen, während ein anderer das Fenster einer fremden Wohnung öffnete. Und etwas ganz anderes, dort einzusteigen. Widerrechtlich.

Randnotiz an mich: Bei einer neuen Wohnung unbedingt darauf achten, dass sie nicht im Erdgeschoss lag!

Trotz meiner Bedenken ließ ich mir von Felix in die Wohnung helfen. Schließlich stand nach wie vor zu befürchten, dass Herr Oltmann hier irgendwo gestürzt war und Hilfe benötigte.

»Herr Oltmann?«, rief ich, kaum dass ich im Haus war.

Dann ging ich geradewegs auf die Wohnungstür zu und öffnete diese für Felix. Verwunderlich war, dass diese nicht abgeschlossen war.

Wenn ich meine Wohnung in Hamburg verließ, dann schloss ich immer ab. Aber Hamburg war sicher nicht mit Binz vergleichbar. Gut möglich, dass man hier seine Türen nicht abschließen musste.

»Und?«, fragte Felix und schaute mit prüfendem Blick den schummrigen Flur entlang. In diesen Teil der Wohnung drang nur wenig Licht.

»Wir sollten uns aufteilen und in jedem Zimmer nach ihm suchen.«

Felix quittierte meine Anordnung mit einem zustimmenden Nicken und ging geradewegs in den ersten Raum auf der rechten Seite. Ich nahm das auf der linken und landete in dem Zimmer, das wir aufgrund der fast blickdichten Gardine nicht hatten einsehen können. Es war Herrn Oltmanns Schlafzimmer.

Die Einrichtung war klassisch in Eiche rustikal gehalten und sah sehr massiv aus. Nicht besonders einladend. Aber da ich in absehbarer Zeit nicht vorhatte, hier einzuziehen, konnte es mir egal sein.

Auf seinem Nachttisch lagen ein paar Magazine. Wenn ich das richtig überblickte, hatten sie alle etwas Kochen zu tun. Herr Oltmann war seiner Zunft eben bis in seine Träume verpflichtet.

»Nichts. Und bei dir?«, rief Felix.

»Hier auch nicht«, erwiderte ich.

Wenig später trafen wir uns im Flur wieder.

Felix nahm sich das Badezimmer vor, während ich mich im Wohnzimmer umsah. Da hörte ich ein Geräusch. Es klang wie ein Klacken, wie wenn man eine Tür mit einem Schlüssel öffnete.

»Herr Oltman?«, rief ich und eilte auf den Flur.

»Hast du ihn gefunden?«, fragte Felix und stürmte aus dem Bad.

Er blickte zur Tür.

»Herr Oltmann?«, rief Felix, der den Mann in der Tür verunsichert ansah.

Am Ende war es doch wieder nur eine Fata Morgana. Das hatte man ja ständig.

»Frau Steltner? Felix? Wie komme ich zu der Ehre Ihres Besuchs?«

Herr Oltmann schien auf den ersten Blick nicht versehrt zu sein, was für eine Erleichterung. Dennoch fragte ich mich, wo er nur die ganze Zeit gesteckt hatte.

»Wir haben uns Sorgen um Sie gemacht«, erklärte ich ihm.

Felix nickte bekräftigend.

»Um mich? Aber warum denn das?«

Irritiert blickte er zwischen Felix und mir hin und her.

»Die Hochzeit in der Villa Sehnsucht. Sie erinnern sich? Sie wollten nach dem Zahnarzttermin ins Hotel kommen und sich gemeinsam mit Ihrer Crew um alles kümmern.«

Herr Oltmann machte eine wegwerfende Handbewegung.

»Ach, das. Das schaffen die doch auch spielend ohne mich«, behauptete er.

Eine Aussage, die er noch vor wenigen Tagen nie und nimmer getroffen hätte.

Etwas musste vorgefallen sein.

»Frau Menckwitz ist beunruhigt, weil niemand wusste, wo Sie stecken.«

Felix stemmte die Hände in die Seiten und sah nach wie vor zu Herrn Oltmann, der gerade dabei war, die Haustür zu schließen.

»Ich mach mal besser zu. Es muss ja nicht die ganze Nachbarschaft mitkriegen, dass ich Besuch bekommen habe.«

Dann wandte er sich mir zu.

»Haben Sie den Ersatzschlüssel gefunden, den ich Frau Steltner senior vor einigen Jahren für den Notfall gegeben habe?«

»Ein Ersatzschlüssel?«

Er nickte. »Ja, ich lebe schon immer allein. Sollte ich eines Abends in meinem Bett einschlafen und am nächsten Morgen nicht mehr aufwachen, dann muss hier niemand die Tür eintreten. Wäre doch schade drum.«

Oder das gekippte Fenster mit Hilfe einer Rohr-Schnur-Konstruktion öffnen. Aber diesen Gedanken behielt ich besser für mich.

»Wie war es beim Zahnarzt?«, fragte Felix.

»Schmerzhaft. Und ich musste mich mal wieder der Tatsache stellen, alt zu werden. Die ersten Brücken sind fällig. Aber, dass ich alt werde, sehe ich ja auch an meinem Team.

Die sind alle so jung und wild entschlossen, die Villa Sehnsucht kulinarisch zu verändern. Veränderung ist ja schön und gut. Aber was bleibt denn dann noch von mir?«

Herr Oltmann hatte zwar nicht reglos in seiner Wohnung gelegen. Doch Hilfe benötigte er trotzdem. Ganz dringend sogar.

Felix sah mich an und überließ mir das Wort.

»Die Küche der Villa Sehnsucht steht auf einem grundsoliden Fundament. Und das nur wegen Ihnen. Das ist Ihr Verdienst, Herr Oltmann. Den kann Ihnen niemand nehmen. Sie sind das Bindeglied zwischen dem, was war, und dem, was sein wird. Ohne Sie kann das nicht funktionieren. Deshalb sind auch alle in Alarmbereitschaft, weil Sie verschwunden waren.«

Felix zuckte mit den Schultern, als wäre er sich nicht ganz sicher, ob das der richtige Weg war, um bei Herrn Oltmann durchzudringen. Dabei konnte Zuspruch nie zu viel sein. Wir alle sehnten uns danach.

»Ich weiß nicht.«

Herr Oltmann ließ sich offenbar bitten.

»Aber ich. Ich weiß, dass Sie noch lange nicht zum alten Eisen gehören und genauso gerne in der Villa Sehnsucht arbeiten wie all die anderen Kolleginnen und Kollegen.«

»Na ja, im nächsten Herbst werden es fünfundzwanzig Jahre, die ich in der Villa Sehnsucht arbeite. Solche Veränderungen steckt man nicht so leicht weg.«

»Und das müssen Sie auch nicht. Kommen Sie mit uns! Was hält Sie denn hier?«

Allein wenn ich an die Schlafzimmereinrichtung dachte, verspürte ich den Drang, die Wohnung jetzt und sofort zu verlassen.

»Und alt werden wir alle«, bestätigte Felix, der Allgemeinmediziner. Die fachliche Kompetenz dieser Aussage war nicht von der Hand zu weisen.

»Ich weiß nicht. Das ist schon eine gewaltige Umstellung für mich. Außerdem tue ich mich schwer mit Veränderungen. Ich verstehe ja, dass es an der Zeit ist, das ein oder andere anzupassen, aber ich weiß nicht, ob das dann noch ich bin, der dafür einsteht.«

»Ich hatte bisher immer das Gefühl, dass die Küchencrew eine eingeschworene Mannschaft ist. Und das wird sie ganz sicher auch weiterhin sein. Veränderungen müssen nicht Schlag auf Schlag umgesetzt werden. Langsam und mit Bedacht sind sie doch meist viel effizienter«, behauptete ich.

»Außerdem bleibt die Basis da. Es geht um eine Erweiterung des Angebots und nicht um einen totalen Kahlschlag, wenn ich das richtig verstanden habe«, ergänzte Felix.

Ein äußerst guter Hinweis. Schließlich verdeutlichte er Herrn Oltmann, dass es nicht darum ging, ihn und sein Lebenswerk komplett über den Haufen zu werfen. Es galt, neue Ansätze durch Altbewährtes zu ergänzen, um das Gesamtkonzept noch besser zu machen.

»Und was ist, wenn das Altbewährte altbacken ist und niemand mir das sagen mag?«, äußerte er seine Bedenken offen.

»Davon würde ich bei Frau Menckwitz nicht ausgehen«, sagte ich, woraufhin Felix neben mir grinste.

Ich verpasste ihm sogleich mit dem Ellbogen einen Hieb in die Seite, woraufhin er das Grinsen einstellte.

»Ja, die Frau sagt, was sie denkt, und steht dazu. Sehr patent. Sie weiß auch, was sie in der Küche macht. Eine echte Bereicherung für die Villa Sehnsucht. Ich frage mich nur, wofür es mich dann noch braucht? Habe ich nicht schon längst ausgedient und sollte der jungen Generation den Platz frei machen? Wäre das nicht für alle Beteiligten die beste Lösung?«

Herr Oltmann war wirklich ein harter Brocken. So einfach war der Mann definitiv nicht davon zu überzeugen, dass er in der Villa Sehnsucht noch lange gebraucht werden würde.

»Herr Oltmann, Sie wissen ganz genau, dass Frau Menckwitz die Stelle in der Villa Sehnsucht vor allem deshalb angenommen hat, weil sie mit Ihnen zusammenarbeiten wollte. Es ging ihr nie darum, an Ihrem Stuhlbein zu sägen, sondern Ihnen aufzuzeigen, dass Sie von Ihrem selbstgesteckten Weg abgekommen waren. Und das ist nur menschlich, Herr Oltmann. Glauben Sie mir, das passiert mir fast täglich«, offenbarte ich ihm.

»Dann meint ihr also, dass ich es mit dem jungen Gemüse aufnehmen sollte?«

Felix und ich nickten, was das Zeug hielt.

»Eine Frage noch: Wie seid ihr überhaupt in die Wohnung hineingekommen, wenn ihr keinen Schlüssel hattet?«

Mittlerweile war offenbar der Groschen auch bei Herrn Oltmann gefallen.

»Die Geschichte erzählen wir Ihnen auf dem Weg zum Hotel«, erklärte Felix und legte ihm seinen Arm über die Schulter.

21

Zurück an der Rezeption musste ich feststellen, dass die Aufnahme von Oma Else und Ivar, die ich dort zurückgelassen hatte, verschwunden war. Ich räumte den kompletten Rezeptionstresen auf, suchte am Boden danach und fuhr mit dem Lineal unter dem Schrank entlang. Das Bild blieb verschwunden.

»Frau Steltner?«

Kaum dass ich Frau Nietnagels Stimme hörte, schwante mir Böses. Ruckartig erhob ich mich aus meiner Position und knallte dabei mit meinem Kopf gegen die Kante des Tresens. Aua!

»Frau Steltner, haben Sie sich verletzt?«

Waren die vielen Sterne da an der Decke vorher auch da gewesen?

»Es geht schon«, behauptete ich und schloss für einen Moment die Augen.

»Frau Nietnagel, was kann ich für Sie tun?«

Während ich das fragte, warf ich einen Blick hinüber zu der Hochzeitsgesellschaft, die freudig beisammensaß und sich gerade den Hauptgang schmecken ließ. Die Atmosphäre schien ausgelassen. Es wurde viel gelacht und erzählt. Auch die Gesichter der Gäste, die ich auf die Entfernung hin erkennen konnte, wirkten entspannt und freudig.

»Ich wollte Ihnen nur kurz Bescheid geben, dass alles reibungslos läuft.«

Das war neu. Bisher kamen doch immer alle, wenn es Probleme gab.

»Das freut mich«, sagte ich erleichtert und schenkte ihr ein heiteres Lächeln.

Ich nahm jedenfalls an, dass es heiter war. Einen Spiegel hatte ich leider nicht zur Hand.

Frau Nietnagel lächelte ebenfalls.

Dann klingelte das Telefon und sie verabschiedete sich wieder von mir, um nach dem Rechten zu sehen. Noch ehe ich das Gespräch entgegennehmen konnte, strich Miss Moneypenny mir um die Beine. Die schwarze Katze machte einen Buckel und schnurrte vergnügt. War Großtante Agnes auch in der Nähe? Suchend blickte ich mich um, ehe ich zum Hörer griff.

»Villa Sehnsucht. Sie sprechen mit …«

»Lotte, mein Kind, bist du es? Die Verbindung ist ein Witz. Man könnte fast meinen, ich wäre am anderen Ende der Welt. Lotte, hörst du mich?«

Oma Else krakeelte in den Hörer, so dass ich den meinen schnell auf Abstand zu meinem Ohr brachte.

»Klar und deutlich«, rief ich.

»Warum schreist du denn so? Ich kann dich gut hören. Ich bin vielleicht alt, aber nicht taub.«

Sie auf den Umstand hinzuweisen, dass sie mich ebenfalls angeschrien hatte und ich doch wesentlich jünger war, hielt ich für keine gute Idee.

»Oma Else, wo bist du?«

Es schien mir wichtiger, auf diese Frage endlich eine Antwort zu bekommen.

»Wie bitte, Lotte? Ich kann dich nicht verstehen.«

Ein plötzliches Rauschen störte in der Verbindung. Aber konnte sie mich wirklich nicht verstehen, oder wollte sie es nicht?

»Ich wollte dir nur kurz Bescheid geben, dass es mir gutgeht und du dir keine Sorgen um mich machen musst. Außerdem erhole ich mich ganz prächtig.«

Ein melodischer Dreiklang war zu hören.

»Was war denn das?«

»Das? Ach, das ... Das war nur ... Ähm, ja also ... Ich muss jetzt leider weiter. Ich habe noch ... Anwendungen.«

»Um diese Uhrzeit?«

Mir machte Oma Else nichts vor. Ich hatte schon als kleines Mädchen alle Bücher von Agatha Christie gelesen. Sie sollte es wissen. Schließlich hatte sie sie mir geschenkt.

Meine Eltern waren schier aus allen Wolken gefallen, als sie am Strand feststellten, dass ich als Neunjährige schon *Mord im Pfarrhaus* las. Ein Klassiker übrigens. Aber das nur am Rande.

»Ich muss jetzt weiter«, wand Oma Else sich aus der Affäre.

»Mit Ivar?«, ließ ich unvermittelt die Bombe platzen.

Wenn ich zu neuen Erkenntnissen kommen wollte, dann musste ich das wenige Wissen, das ich in dieser Angelegenheit gesammelt hatte, gut einsetzen. Auch das lernte man bei Miss Marple und Hercule Poirot.

»Ivar? Wer hat dir von ihm erzählt?«, sagte sie überrascht und wirkte dabei fast schon geschockt.

»Agnes hat ihn erwähnt. Sie bewegt sich geistig momentan wieder viel in der Vergangenheit«, offenbarte ich ihr.

»Geht es ihr gut?«

Das schlechte Gewissen war deutlich aus ihrer plötzlich besorgten Stimme herauszuhören.

»Sie ist oben in ihrem Zimmer«, behauptete ich, ohne mir sicher zu sein.

Aber jetzt galt es nicht, herauszubekommen, wo Großtante Agnes sich aufhielt, sondern vielmehr wollte ich wissen, was Oma Else trieb. Und mit wem. Und wo. Und überhaupt.

Miss Moneypenny schnurrte abermals, ehe sie es sich auf einem der beigefarbenen Sessel bequem machte, die in der Lobby unseren Gästen zur Verfügung standen. Unseren zahlenden Gästen, wohlgemerkt. Von herumstreunenden Katzen war dabei nicht die Rede.

»Pass gut auf sie auf, Lotte. Ich bin bald zurück. Dann erzähle ich dir alles.«

Und ehe ich nachfragen konnte, beendete sie das Gespräch. Mal wieder. So kannte ich sie gar nicht.

»Du siehst aus, als wäre das Telefonat nicht besonders erfreulich verlaufen«, stellte Felix fest, der wie aus dem Nichts neben mir aufgetaucht war.

Ich seufzte.

»Oma Else war dran. Sie gibt sich nach wie vor sehr geheimnisvoll, was ihren Aufenthaltsort anbelangt. Wenn sie so weitermacht, setze ich Interpol auf sie an.«

Felix grinste.

»Sie wird dir alles erzählen, wenn sie zurück ist.«

Irgendetwas an der Art und Weise, wie Felix das sagte, machte mich hellhörig.

»Wie meinst du das?«, hakte ich nach.

»Na, du kennst sie. Sie lässt sich nicht gern in die Karten schauen.«

Er lächelte. Doch es wirkte nicht mehr ganz so selbstsicher wie noch wenige Augenblicke zuvor.

»Wenn du etwas weißt, Felix, dann musst du mir das jetzt sagen.«

Nun war es an ihm zu seufzen.

»Ich habe dir doch von der Buchung bei der Hamburger Reederei erzählt.«

Ich nickte bestätigend.

»Deine Großmutter hat sich während des Gespräches ein paar Notizen auf einem kleinen Zettel gemacht, den ich zufällig zu Gesicht bekommen habe.«

»Und?«, fragte ich erwartungsvoll, weil mir das alles nicht schnell genug ging.

»Nun, da standen ein paar Daten. Ein Geburtsdatum, um genau zu sein, das nicht das ihre ist. Schließlich hat sie im Juni Geburtstag und nicht im November.«

Während Felix redete, versuchte mein Gehirn, die Daten Stück für Stück wie bei einem Puzzle zusammenzusetzen.

»Das bedeutet, sie hat die Kreuzfahrt nicht für sich allein gebucht«, schlussfolgerte ich.

»Bingo! Zumindest nehme ich das an.«

»Stand dort noch etwas?«

»Ich glaube, eine Adresse. Aber die konnte ich nicht entziffern. Sie lag irgendwo im ehemaligen Ostblock. Das ist jedenfalls sicher.«

Bei Felix' Worten hatte ich nun Gewissheit darüber, mit wem Oma Else die Tage an Bord des Schiffes verbrachte. Es konnte sich dabei um niemand Geringeren als Ivar handeln. Ihre erste große Liebe.

Aber warum waren die beiden an Bord eines Kreuzfahrtschiffes, anstatt sich hier in Binz zu treffen und ein paar schöne Tage auf Rügen zu verbringen?

Warum nahm Oma Else diese Reise in ihrem Alter auf sich? Wobei sie gesundheitlich doch voll auf der Höhe war. Wenn das so weiterging, würde sie selbst mit hundert Jahren in der Ostsee schwimmen. Oder mich um den Verstand bringen, indem sie kurzentschlossen mal wieder mit ihrer Jugendliebe auf ein Kreuzfahrtschiff ging, um dem Sonnenuntergang entgegenzusegeln.

»Ich muss jetzt leider weiter. Ich bin noch verabredet.«

Felix' letzter Satz fühlte sich an wie eine eisig kalte Dusche am frühen Morgen.

Ein gequältes Lächeln stahl sich auf meine Lippen. Wie hatte ich ernsthaft glauben können, ein Kerl wie Felix wäre noch zu haben?

Der Mann war gutaussehend, charmant, hatte Tischmanieren (was man nicht von vielen Männern behaupten konnte) und bewahrte in jeder Lebenslage einen kühlen Kopf. Schließlich war er der MacGyver von Rügen. Der Typ konnte mal eben aus wenigen Alltagsgegenständen ein Kit bauen, um damit in fremder Menschen Wohnung einzudringen. Nicht unbedingt nachahmungswürdig. Zumindest dann nicht, wenn man in böser Absicht handelte.

»Lotte? Du hast wieder dieses Ich-denke-über-Gott-und-die-Welt-nach-Gesicht. Ist alles in Ordnung bei dir?«

»Hm? Oh! Ja, klar. Alles bestens. Ich dachte nur gerade … Also, ich … Viel Spaß wünsche ich dir.«

Es fiel mir nicht ganz leicht, ihm das zu sagen. Vor allem nicht, da wir uns erst vor wenigen Tagen geküsst hatten und seither keiner von uns beiden ein Wort mehr darüber verloren hatte. Im Grunde war das alles sicher nur der Situation geschuldet gewesen. Allerdings …

»Lotte? Du tust es schon wieder.«

Felix schenkte mir sein schiefes Grinsen.

»Tut mir leid! Es ist nur so viel zu erledigen«, behauptete ich.

»Oh, schade! Ich habe gehofft, du würdest mich begleiten.

Ich treffe mich mit ein paar alten Schulfreunden, die ich zuletzt vor einer halben Ewigkeit gesehen habe. Ich möchte da ungern … allein auftauchen. Wenn du verstehst, was ich meine.«

War das ein Date? Ja, man könnte es schon so sehen. Oder? War ich am Ende nur Mittel zum Zweck, um ihm seine Freunde vom Hals zu halten? Bevor ich mich abermals in meinen Gehirnwindungen verlieren konnte, drückte ich meine innere Stimme ins Off und versuchte, mich nur auf Felix und diesen Moment zu konzentrieren. So schwer konnte das doch nicht sein.

»Wo wolltet ihr denn hin?«, fragte ich zaghaft.

War es wirklich eine gute Idee, Felix zu diesem Treffen zu begleiten? Wir hatten nach wie vor nicht darüber gesprochen, was das zwischen uns war. Und wenn ich mir Felix so ansah, dann ging ich nicht davon aus, dass er in absehbarer Zukunft etwas daran ändern wollte.

Gut möglich, dass der Kuss in der Küche nur dem Moment geschuldet war. Felix war verletzlich, hatte gerade erst den Todestag seiner Freundin hinter sich gebracht. Er war nicht ganz er selbst.

»Zum Weltenbummler. Das Restaurant befindet sich direkt an der Promenade. Vielleicht kennst du es ja auch. Dort gibt es Speisen aus aller Welt, und die Sitzgruppen sind in Anlehnung an die verschiedenen Kontinente dekoriert.«

Tatsächlich kannte ich das Restaurant, war jedoch nie zum Essen dort gewesen.

Unschlüssig biss ich mir auf die Unterlippe, ehe ich schließlich eine Entscheidung traf.

»Gib mir eine halbe Stunde. Dann sollte alles so weit geklärt sein.«

Felix grinste schelmisch.

»Wusste ich es doch.«

»Was?«, fragte ich irritiert.

»Dass du meinem Charme nicht widerstehen kannst.«

Knapp eine Stunde später stand ich vor dem Restaurant, in dem wir uns verabredet hatten und wippte ungeduldig mit meinen Beinen. War das Treffen womöglich abgesagt worden und Felix hatte nur vergessen, mir Bescheid zu geben? Bislang war keine größere Gruppe angekommen. Waren seine Schulfreunde etwa bereits hineingegangen und warteten dort auf ihn?

Die Promenade war voller Menschen. Die einen suchten nach der perfekten Location fürs Abendessen. Wieder andere besahen sich die Kunstobjekte, die am Wegrand verkauft wurden. Sammler hatten aus dem Treibgut, das sie am Strand gefunden hatten, wahre Skulpturen gefertigt.

Daneben boten Künstler ihre Bilder feil, die sie vorzugsweise von der Binzer Seebrücke gemalt hatten. Auch das imposante Kurhaus war darauf zu finden.

Schmuck reihte sich an Genähtes, Gestricktes oder Geknüpftes. Eine Frau in meinem Alter verkaufte Töpferwaren, die sie, laut dem Schild an ihrem Stand, selbst angefertigt hatte.

Die Auswahl war schier allumfänglich. Fehlte eigentlich nur noch mein Trockenblumenstand. Was mich wieder daran erinnerte, dass ich mir Blumen besorgt hatte, die ich verarbeiten konnte. Sobald ich Zeit dafür fand.

Noch schöner wäre es, wenn ich in absehbarer Zeit selbst Blumen säen und trocknen könnte. Das wäre mir das Liebste. Vielleicht sogar hier auf Rügen …

»Hey, Lotte!«, begrüßte mich Felix, der sich aus der Menge der Suchenden und Hungrigen herausgeschält hatte.

»Hey, ich dachte schon, du versetzt mich.«

Es brachte nichts, um den heißen Brei herumzureden. Ich sprach die Dinge gerne offen und ehrlich an. Wenn es darum ging, hätte ich Felix gerne gesagt, wie gut er in seiner Anzughose und dem kurzärmligen, pastellblauen Hemd aussah. Das stand ihm nämlich richtig gut und harmonierte wunderbar mit seinen Augen. Und die Hose bot Einblicke in Regionen, die ich bisher nicht näher in Augenschein genommen hatte. Was für ein Knackarsch!

»Bist du mit deiner Musterung fertig?«

Felix' Frage ließ mich erschrocken zusammenzucken. Offenbar hatte er bemerkt, dass ich ihn mir ein wenig genauer angeschaut hatte.

Auf mein »Hm? Ich weiß gar nicht, was du meinst« schenkte er mir abermals sein typisch schiefes Grinsen.

»Bevor wir gleich reingehen, muss ich dir etwas beichten.«

Verunsichert schaute ich ihn an. Was würde er mir gleich erzählen? War er mit einer seiner Schulfreundinnen zusammen gewesen? Liebte er sie noch immer und wollte heute Abend ...?

»Erde an Lotte!« Felix riss mich aus meinen Gedanken.

»Wo bleiben deine Freunde?«, wechselte ich unvermittelt das Thema.

Das so selbstsichere Grinsen erlosch prompt auf Felix' Lippen. Verlegen fuhr er sich mit der Hand durchs Haar und blickte dabei zu Boden.

»Ich glaube, ich muss da etwas richtigstellen.«

Ein kleines Mädchen fuhr so energisch mit ihrem Roller über die Promenade, dass sie bereits mit zwei anderen Personen kollidiert war. Ihre Eltern riefen ihr aus der Entfernung Anweisungen zu. Doch diese verhallten ungehört in der Menge der Menschen.

»Ja?«

Ich konnte ihm ansehen, dass es ihm nicht leichtfiel, über das zu sprechen, was er mir beichten musste.

Allmählich wurde es dunkel. Die Lichterketten an der Promenade tauchten die Umgebung in ein warmes Licht. Die Luft war vom Geruch von Zuckerwatte und Popcorn erfüllt. Den Stand dazu konnte ich zwar nicht ausmachen, aber es roch sehr verführerisch.

»Das mit meinen alten Schulfreunden war … nur ein Vorwand, um mit dir auszugehen. Ich war mir nicht sicher, ob du mitgegangen wärst, wenn ich dich um ein Date gebeten hätte. Deshalb … die kleine Notlüge.«

Noch immer fuhr Felix sich verlegen mit der Hand durchs Haar. Den Blick hatte er inzwischen vom Boden in meine Richtung gehoben. Verunsichert sah er aus. Was ihn unglaublich süß machte. Dazu das verstrubbelte Haar und dieser sexy Dreitagebart …

Bevor ich abermals in meine ganz eigene Gedankenwelt abzudriften drohte, schüttelte ich leicht den Kopf.

Sogleich wirkte Felix besorgt. Offenbar hatte er meine Regung falsch gedeutet.

»Ich verzeihe dir.«

Dann reichte ich ihm die Hand.

Felix wirkte erleichtert, als er sie nahm. Das schiefe Grinsen stahl sich zurück auf seine Lippen, während er mich durchdringend ansah.

»Können wir dann reingehen?«, fragte ich und versuchte, mir dabei nicht anmerken zu lassen, wie sehr seine Berührung jeden Millimeter meines Körpers zum Kribbeln brachte. »Ich komme nämlich um vor Hunger.«

Felix lachte.

Mit einem »Ladies first« bedeutete er mir, vor ihm ins Restaurant zu gehen.

»Ein Tisch für zwei?«, fragte der Ober, und es klang wie die Erfüllung meiner Träume.

22

Mit einem Dauergrinsen auf den Lippen legte ich mich ins Bett und ließ den Abend Revue passieren, bevor ich einschlief.

Wenn ich eines bereute, dann die Tatsache, dass Felix sich vor knapp zwanzig Minuten von mir vor der Villa Sehnsucht verabschiedet hatte.

Wenn es nach mir gegangen wäre, dann hätte er durchaus mit nach oben kommen können. Wir waren schließlich keine Kinder mehr. Und das Knistern zwischen uns war so laut gewesen, dass nicht einmal Felix es hatte überhören können.

Dennoch war er gegangen. Ganz gentlemanlike. Was ihn fast schon wieder ein wenig ritterlich machte. Er wollte die Situation nicht ausnutzen, obwohl ich beinahe alles dafür gegeben hätte.

Aber hätte, wäre, könnte brachte mich in diesem Moment auch nicht weiter. Mir würde fürs Erste nur die Erinnerung an Felix bleiben. Wie gut, dass wir uns schon morgen wiedersahen.

Müde schlug ich die Augen zu und dachte daran, was heute passiert war. Felix als MacGyver von Rügen, Herr Oltmann, die Hochzeit, das Date mit Felix, das Bild.

Erst jetzt fiel mir wieder ein, dass das Foto aus Oma Elses Notizbuch verschwunden war. Gleich morgen würde ich es erneut suchen. Es stand zu befürchten, dass es meiner Großmutter sehr wichtig war. Und ich wollte ihr bei ihrer Rückkehr nicht sagen müssen, dass ich es verloren hatte.

Aber jetzt musste ich erst mal schlafen und träumen. Ganz viel träumen.

Mit einem Lächeln auf den Lippen erwachte ich am nächsten Morgen. Die Sonnenstrahlen stahlen sich bereits ins Zimmer und kitzelten mich an der Nase. Der Himmel war nahezu wolkenlos. Eine Möwe schrie in unmittelbarer Nähe meines Fensters. Bestimmt stritt sie sich gerade mit einer ihrer Artgenossen um Futter.

Prompt knurrte mein Magen verräterisch. Dabei hatte ich gestern Abend ausgezeichnet gegessen.

Zur Vorspeise gab es Gambas al ajillo, danach hatte ich das Störfilet, gebraten von den Müritzfischern, an Petersilienschaum mit geröstetem Chicorée, Orangenvinaigrette, Kartoffelstampf und Gremolata sin aglio gewählt. Zum Dessert bestellte ich schließlich eine Crème Brûlée, nachdem ich mich schweren Herzens gegen den New York Cheesecake entschieden hatte. Aber beides wäre nicht möglich gewesen. Allein schon deshalb nicht, weil ich bei meinem ersten Date mit Felix nicht verfressen wirken wollte. Das würde er früh genug merken.

Verschlafen streckte ich meine müden Glieder, während ich in Gedanken überschlug, was mich erwartete. Soweit ich das überschauen konnte, stand keine Hochzeit an. Auch gab es nur wenige Neuankömmlinge. Der Tag versprach, ruhig zu werden. Beste Voraussetzungen also, um endlich den Verlagsauftrag weiter voranzutreiben. Und wenn dann noch Zeit war, wollte ich gerne weitere Trockenblumensträuße binden.

Frau Nietnagel hatte mir schon berichtet, wie begeistert die Gäste im Blauen Salon von meinen Blumensträußen waren. Es gab sogar schon die ein oder andere Bestellung.

Besonders das Konzept der Nachhaltigkeit überzeugte.

Denn der Blumenstrauß, den die Gäste hier auf Rügen erwarben, würde ihnen auch zu Hause lange Freude bereiten.

Genau das Argument hatte damals bei mir gezogen, als ich meinen ersten Trockenblumenstrauß gekauft hatte. Seither stellte ich sie für Freunde und Familie selbst zusammen. Auf diese Weise hatte man immer ein schönes Geschenk von Dauer zu Hand. Und dabei konnte man ganz wunderbar variieren, so dass ein Trockenblumenstrauß in seiner Farbenvielfalt einem frischen Blumenstrauß in nichts nachstand.

Auf dem Weg zum Bad, nahm ich aus dem Augenwinkel etwas wahr, das nicht auf den Boden gehörte.

Anstatt also zu duschen, ging ich hinüber zur Tür, wo ein Brief lag, der dort gestern Abend ganz sicher noch nicht gelegen hatte.

»Für Else« stand darauf.

Und obwohl ich das Postgeheimnis für wahrungswürdig erachtete, öffnete ich das Kuvert schon im nächsten Augenblick. Denn ich erkannte Großtante Agnes' Schrift darauf.

Nervös zog ich an dem Papier, bis ich es endlich aus dem Umschlag herausbekam. Meine Finger zitterten leicht. Doch noch ehe ich den Brief las, entdeckte ich im Kuvert die Schwarz-Weiß-Aufnahme von Oma Else und Ivar, die ich bereits vermisst hatte. Großtante Agnes musste sie unten an der Rezeption entdeckt haben, als ich nicht da war.

Anstatt ins Bad, entschied ich, erst mal hinüber zu Großtante Agnes' Zimmer zu gehen. Ein ungutes Gefühl beschlich mich bei der ganzen Sache.

»Langsam wird das zur Gewohnheit.«

Felix stand mir grinsend gegenüber, kaum dass ich den Flur betreten hatte.

Ganz so als hätte er eine eingebaute Antenne dafür, tauchte

er immer dann auf, sobald ich in meinem Schlafshirt aus dem Zimmer ging.

Ohne auf seine Anspielung einzugehen, hielt ich den Brief in die Höhe, als wäre damit alles gesagt.

»Von wem ist der?«, fragte Felix mit leicht zusammengekniffenen Augen.

»Er ist von Agnes. Sie hat ihn Oma Else geschrieben«, erklärte ich Felix, ließ ihn einfach stehen und ging weiter zu ihr.

Felix folgte mir auf dem Fuße.

Ich klopfte einmal, ich klopfte zweimal. Nichts rührte sich. Das ungute Gefühl, das mich bereits beim Auffinden des Briefes befallen hatte, verstärkte sich weiter.

»Wir sollten reingehen und nachsehen«, beschloss Felix.

Er wollte gerade seinen Werkzeugkoffer holen, als ich die Türklinke nach unten drückte.

»Es ist offen«, stellte ich mit einer gewissen Beunruhigung fest.

Wenn die Tür nicht abgeschlossen war, warum hatte Großtante Agnes uns dann nicht geöffnet? Und wenn sie doch nicht da sein sollte, was sich nach einem ersten Blick ins Zimmer schnell bestätigte, stellte sich mir die Frage, warum und wohin sie so überstürzt aufgebrochen war, dass sie nicht mal die Zimmertür abschloss.

»Nichts«, bestätigte mir Felix mein untrügliches Gefühl.

Er hatte sich im Badezimmer umgesehen, während ich ihr Zimmer in Augenschein genommen hatte.

»Was steht in dem Brief?«, fragte Felix und deutete auf das Kuvert, das ich in Händen hielt. Vor lauter Panik darüber, dass Agnes mal wieder ausgebüxt war, hatte ich den vergessen. Womöglich hielt ich die Antwort auf die Frage, wohin sie gegangen sein könnte, bereits in Händen.

Fahrig faltete ich das Papier auseinander. Meine Hände zitterten mittlerweile wie Espenlaub, so dass Felix mir den Brief aus der Hand nahm und mir so hinstreckte, dass wir beide die Zeilen lesen konnten.

Binz, 20.2.1953

Meine liebe Else,
ich war dir in der Vergangenheit nicht immer die Schwester, die ich hätte sein sollen. Es tut mir von ganzem Herzen leid, dass ich Mutti von Ivar und dir erzählt habe. Aber ich war so eifersüchtig auf euer Glück, dass ich nicht weiter über mein Handeln nachgedacht habe. Das tut mir leid. Sehr sogar.
Nun ist daran nichts mehr zu ändern. Ich hoffe, dass Mutti ihr Versprechen hält und Vati nichts davon erzählt. Ivars Mutter hat das letzte Mal, als ich sie sah, auch ganz besorgt dreingesehen. Ich habe das Gefühl, dass sie etwas ahnt.
Else, ich hoffe, dass du mir verzeihen kannst, was ich dir angetan habe. Mutti wird sich bestimmt bald wieder beruhigen und deinen Hausarrest aufheben. Da bin ich mir ganz sicher.
Dann können du und Ivar wieder in die versteckte Bucht bei der Teufelsschlucht gehen. Davon habe ich ihr nämlich ganz sicher nichts erzählt. Das musst du mir glauben!
Deine dich liebende Schwester
Agnes

»Sieh dir das Datum an.« Das war das Erste, was ich Felix sagte.

»Es liegt wenige Tage vor der *Aktion Rose*«, stellte er fest.

»Das bedeutet, Agnes hat Else und Ivar um die letzten gemeinsamen Tage gebracht«, schlussfolgerte ich.

»Das wird für ordentlich Zwist zwischen den Schwestern gesorgt haben«, mutmaßte Felix und lag damit goldrichtig.

»Mein Vater hat mir erzählt, dass Else und Agnes große Startschwierigkeiten in Hamburg hatten. Das lag wohl auch daran, dass sie sich nicht besonders gut vertrugen. Er schob es auf den neuen Wohnort und die geänderten Lebensverhältnisse, aber wenn ich das hier«, ich hob den Brief, den mir Felix mittlerweile wieder überreicht hatte, wie zum Beweis in die Höhe, »so betrachte, dann sehe ich mindestens einen weiteren Grund, warum die beiden zumindest eine Zeitlang nicht gut aufeinander zu sprechen waren.«

Felix legte seine Stirn in Falten.

»Das ist ja alles schön und gut und klärt sicher auch ein paar Ungereimtheiten aus der Vergangenheit. Aber ... Wo ist Agnes?«

Das war eine berechtigte Frage.

Dummerweise hatte ich nicht mitbekommen, wann der Brief unter meinem Türschlitz hindurchgeschoben worden war. Gestern Abend gegen Mitternacht, als ich ins Bett gegangen war, lag er definitiv noch nicht da. Das stand außer Frage.

Aber mittlerweile war es bereits kurz vor acht Uhr am Morgen. Sie konnte in der Zwischenzeit überall hingegangen sein.

»Ich denke nicht, dass sie wieder beim Müther-Turm ist. Der wurde nämlich erst nach 1953 erbaut. Und wenn sie immer noch in den Erinnerungen aus dieser Zeit gefangen ist, dann müssen wir einen Ort suchen, den es damals schon gab. Wo die beiden gespielt haben, glücklich waren oder ...«

Hilflos blickte ich Felix an, weil mir die Ideen ausgingen.

»Agnes schreibt hier von einer Bucht, die niemand kennt. Kennst du die?«

Aber ich konnte nur verneinen. »Nein, ich weiß es leider

nicht … Moment! Warte! Großtante Agnes ist mit mir früher immer in Richtung Südstrand gegangen. Ich weiß nicht, ob sie den damit meint, aber als ich klein war, hat sie mir erzählt, dass sie früher dort mit Else war.«

»Einen Versuch ist es wert«, meinte Felix und machte sich sogleich auf den Weg.

»Warte! Ich muss mich erst umziehen«, erklärte ich, woraufhin Felix mich von oben bis unten musterte.

»Stimmt. Wir wollen ja nicht für Erregung öffentlichen Ärgernisses sorgen.«

Er prustete vor Lachen.

»Am Strand tragen die Frauen und Männer weit weniger als ich«, wehrte ich mich.

»Da hast du recht. Allerdings tragen die kein Peanuts-Shirt.«

Und damit war für Felix alles gesagt.

Anstatt meine Energie auf einen Streit mit Felix zu verschwenden, ging ich in mein Zimmer und machte mich fertig.

Keine zehn Minuten später stand ich abermals im Gang, wo Felix bereits auf mich wartete.

»Brauchst du morgens immer nur so wenig Zeit im Bad?«

Was genau bezweckte Felix mit der Frage? Wollte er damit abchecken, wie gut wir beide miteinander harmonierten? Oder ging es ihm lediglich darum, mir eine allgemeine Frage zu stellen, um mich ein wenig abzulenken?

»Besonders lange brauche ich nie, denke ich. Aber ich schau dabei, um ehrlich zu sein, nicht auf die Uhr.«

Was Felix nun jedoch tat.

»Ich habe unten dem Service Bescheid gegeben, dass wir unterwegs sind. Auch die Küche wurde informiert. Lass uns losgehen.«

Als wäre es das Natürlichste von der Welt, griff Felix nach meiner Hand. Hand in Hand gingen wir die Treppen hinunter. Jeder konnte uns sehen und sich dabei seinen Reim darauf machen.

Meiner lautete: Hand in Hand mit dir ins Glück, das verzückt! Oder so ähnlich. Vielleicht etwas zu kitschig, aber das waren eben die Worte meines Herzens. Und die wollten gehört werden. Wenn auch nur in meinem Inneren.

»Hast du was gesagt?«, fragte Felix, als wir die Lobby passierten und geradewegs auf den Ausgang zuhielten.

»Nein, nein! Alles gut«, erwiderte ich peinlich berührt und verdrängte den dämlichen Reim aus meinem Kopf, der plötzlich wie ein Ohrwurm in Endlosschleife durch meine Gehirnwindungen sauste.

»Lass uns die Räder nehmen«, schlug Felix vor.

Oma Else hatte, lange bevor es total angesagt war und als nachhaltig und innovativ galt, Fahrräder für die Gäste der Villa Sehnsucht angeschafft. Damit wurde ihnen der Transport ihrer eigenen Räder erspart – schließlich hatte nicht jeder eine gesonderte Vorrichtung am Auto – und sie konnten Rügen dennoch auf Rädern erkunden.

»Das ist eine sehr gute Idee«, pflichtete ich Felix bei, der im nächsten Moment aufsaß und in die Pedale trat.

Auf diese Weise würden wir wesentlich schneller zum Südstrand kommen.

Zu dieser frühen Morgenstunde waren die meisten Gäste des Seebads damit beschäftigt, sich fürs Frühstück fertig zu machen und zu überlegen, wie sie den heutigen Tag verbringen wollten. Die einen unternahmen womöglich eine Fahrt zu den Kreidefelsen oder in das benachbarte Seebad Sellin, um mehr von der Insel zu sehen. Wieder andere legten sich wie in den vergangenen Tagen an den Strand, schnappten sich ihr Buch und gingen ab und an ins Wasser, um sich ein wenig abzukühlen. Auch die kleinere Ostseeinsel Hiddensee, die autofrei war und auf der man herrlich baden und wandern konnte, war ein begehrtes Ausflugsziel, das mit der Fähre in kurzer Zeit erreicht werden konnte. Es war zwar schon etwas her, dass ich zuletzt dort gewesen war, aber das Sanddorneis, das ich bei der Eismanufaktur gegessen hatte, war mir nachhaltig im Gedächtnis geblieben.

Mein Magen knurrte abermals. Allerdings durfte der sich nach dem üppigen Drei-Gänge-Menü des gestrigen Abends wohl kaum beschweren.

Mühsam versuchte ich, mit Felix mitzuhalten. Der Mann war so viel sportlicher als ich. Ein Umstand, den ich bereits das ein oder andere Mal bemerkt hatte. Um nicht zu sagen: ständig. Aber das war jetzt nicht wichtig.

Schließlich waren wir auf einer Rettungsmission. Hoffentlich war Großtante Agnes dort, wo ich sie vermutete. Wenn nicht, konnte es Stunden dauern, bis wir sie auf der Insel fanden. Blieb nur zu hoffen, dass es ihr gutging. Aber daran, dass ihr womöglich etwas zugestoßen sein könnte, wollte ich nicht denken. Denn solange ich nicht dran dachte, war bestimmt auch nichts passiert.

»Alles gut bei dir?«, fragte Felix und blickte dabei über die Schulter nach hinten zu mir.

»Ja, danke.«

Ob das Bild von Oma Else und Ivar wohl etwas in Großtante Agnes getriggert hatte, so dass sie gedanklich in das Jahr 1953 zurückgereist war? Konnte ein Foto eine solche Macht haben?

Schon ärgerte ich mich über mich selbst, weil ich die Aufnahme so offen hatte rumliegen lassen und sie nicht wieder in das Notizbuch gesteckt hatte, wo sie hingehörte. Das alles hier wäre uns womöglich erspart geblieben und Großtante Agnes schliefe gemütlich in ihrem Bett. Allerdings brachte es nichts, sich an dieser Stelle Vorwürfe zu machen. Was passiert war, war passiert. Nun galt es, Schadensbegrenzung zu betreiben und so schnell wie nur möglich Großtante Agnes zu finden.

»Wir sind gleich da«, ermutigte mich Felix, weiter in die Pedale zu treten und bloß nicht nachzulassen.

Eins stand schon mal fest: Eine Frühsportlerin würde er nicht aus mir machen. Egal, wie lange ich im Bad benötigte. Ich hatte Prinzipien und die lauteten, erst das Frühstück, dann der Rest des Tages. Zumindest an normalen Tagen.

Felix sprang bereits von seinem Fahrrad. Wenige Sekunden nach ihm kam ich am Strandzugang 1 an, von wo aus wir an den Südstrand gelangten und hoffentlich eine Spur von Großtante Agnes fanden.

Felix und ich eilten nacheinander den schmalen Zugang entlang. Suchend fuhren meine Augen über den Strandabschnitt. Doch von Großtante Agnes war weit und breit nichts zu sehen.

Ein ungutes Gefühl beschlich mich. Hoffentlich kamen wir nicht zu spät.

Ein Golden Retriever lief auf uns zu. Was nicht weiter verwunderlich war, weil gleich neben dem Südstrand der Hundestrand lag. In seinem Maul trug er einen Ball, den wir offensichtlich für ihn werfen sollten. Felix tat ihm den Gefallen, während ich mich zu orientieren versuchte. Es war eine ganze Weile her, seit ich das letzte Mal hier gewesen war.

Das Meer und der Strand hatten sich kaum verändert. Und

auch die Möwen waren so diebisch wie eh und je. Die Häuser in unserem Rücken waren saniert worden. Ich kannte sie noch in einem Zustand, der am ehesten als *bedenklich* klassifiziert werden konnte.

Nach der Wende waren viele der alten Häuser, die zu der Bäderarchitektur gezählt werden konnten, in einem schrecklich maroden Zustand. Der Staat hatte kaum investiert, um die Bausubstanz zu erhalten. Zeitweise wurde befürchtet, sie würden die alten Häuser abreißen und eine Platte an die nächste reihen.

So weit war es zum Glück nie gekommen. Reichte schon, dass Prora Rügens Küste verschandelte. Auch wenn die Anlage inzwischen mit Cafés, Apartments und Ferienwohnungen gut genutzt wurde, war das geschichtliche Erbe doch markant.

Als kleines Mädchen hatte ich die Gebäude gesehen, und der riesige Kasten hatte richtiggehend beängstigend auf mich gewirkt. Ganz dicht hatte ich mich an Großtante Agnes gedrängt, die sich liebevoll und behutsam meiner annahm.

»Wir müssen sie finden.«

Mit geballten Fäusten fasste ich einen Entschluss, ehe ich den Weg einschlug, der zur Teufelsschlucht führte. Dort waren Großtante Agnes und ich oft hingegangen, als ich klein war.

»Warte!«, rief Felix mir nach, der kaum mit mir Schritt halten konnte.

Wie eine Wahnsinnige lief ich los, achtete nicht auf das Seitenstechen, das sich augenblicklich einstellte und schob auch den Gedanken an meine schmerzenden Lungenflügel beiseite.

Der Golden Retriever, der einen Heidenspaß witterte, rannte mit seinem Ball im Maul neben mir her und machte keine Anstalten, zu seinem Herrchen oder Frauchen zurückkehren zu wollen.

Nachdem wir die Fischräucherei Kuse und die Villa Halali passiert hatten, wurde der Strand deutlich schmaler. Zudem lagen viel mehr Steine auf dem Weg, was ein schnelles Vorankommen schier unmöglich machte.

Zu meiner Linken war das Meer, das rauschend auf uns zuhielt, rechts der dichter werdende Wald. Keine Menschenseele war weit und breit zu sehen.

Als der Golden Retriever kapierte, dass ich den Ball nicht werfen würde, ließ er ihn ins Wasser rollen und schnappte ihn sich gleich wieder. Schon im nächsten Moment war er erneut an meiner Seite. Offenbar war er einer von der neugierigen Sorte und wollte nichts verpassen.

In meiner Kindheit in Hamburg hatte ich mich nach einem Haustier gesehnt. Aber meine Eltern waren strikt dagegen gewesen, weil sie befürchteten, sich dann um das Tier kümmern zu müssen. Ich hatte sie bekniet, angefleht, Versprechungen gemacht. Doch das alles hatte nichts genützt. Das einzige Haustier, mit dem ich meine Zeit verbringen konnte, war Miss Moneypenny. Und die war schon immer etwas ... eigenwillig.

»Miss Moneypenny?«

Konnte es denn wirklich sein, dass die schwarze Katze mit der markanten weißen Färbung am Hals hier unten am Strand entlangspazierte? So weit entfernt von der Villa Sehnsucht?

Noch ehe ich zu ihr aufschließen konnte, hatte der Golden Retriever sie erreicht.

Ich befürchtete bereits das Schlimmste, als der Hund seine Vorderbeine im Sand ablegte und sein Hinterteil freudig durch die Luft kreisen ließ.

Eine Spielaufforderung an eine Katze? Echt jetzt, Goldie? Das hätte ich nicht erwartet.

»Ist das Miss Moneypenny?«, fragte Felix, der das Schauspiel mit einer Mischung aus Irritation und Faszination betrachtete.

»Ja, das ist sie. Siehst du ihren herablassenden Blick? Fehlt nur noch, dass sie sich gelangweilt die Pfote leckt, während der Hund vor ihr sein Bestes gibt.«

Felix lachte, als sie genau das tat.

»Du hast recht. Das ist Miss Moneypenny. Dann kann Agnes nicht weit sein. Oder was meinst du?«

Schulterzuckend stand ich da und sah mich um. Bislang deutete nichts darauf hin, dass meine Großtante ebenfalls hier unten am Wasser war.

Auf dem Weg hielt ich meine Augen nach Kleidungsstücken oder anderen ungewöhnlichen Dingen offen.

»Lass uns ein Stück weitergehen.«

Felix legte seine Hand einfühlsam auf meine Schulter. Ich legte meine auf seine und sah ihn eine ganze Weile an, ehe ich ihm schließlich zunickte.

Auch wenn ich mit jedem Meter, den wir zurücklegten, vom Schlimmsten ausging, musste ich jetzt stark bleiben und Agnes finden. Das war ich ihr schuldig.

Felix und ich liefen weiter. Der Golden Retriever folgte uns. Miss Moneypenny hängte sich ebenfalls an unseren Suchtrupp. Auch wenn sie sich deutlich anmerken ließ, wie albern sie den Hund mit dem Ball im Maul fand.

»Da vorne.«

Als wir um eine Bucht liefen, fiel mir gleich etwas ins Auge. Auf den Steinen lag etwas Rotes. Und bei genauerer Betrachtung handelte es sich dabei um einen menschlichen Körper, der einen roten Samtbademantel trug. Täuschend ähnlich dem, ohne den Großtante Agnes nie aus dem Haus ging.

Felix hielt in der Bewegung inne. Seine Atmung beschleunigte sich, kalter Schweiß stand von jetzt auf gleich auf seiner Stirn. Sein Gesicht wurde kreidebleich. Wie gebannt stierte er zu der Stelle, auf die ich gedeutet hatte.

»Felix?«, fragte ich, nachdem ich losgelaufen war, um nachzuschauen, wer dort lag. Und das, obwohl ich wegen des Bademantels bereits traurige Gewissheit hatte.

Mit jedem weiteren Meter, den ich mich der Person näherte, wichen Hoffnung und Besorgnis allumfänglicher Gewissheit.

»Felix, komm schnell! Es ist Großtante Agnes. Ich brauche deine Hilfe«, rief ich panisch, kaum dass ich bei ihr eintraf und mich neben sie auf den Boden fallen ließ.

Doch Felix stand noch immer reglos da und starrte in unsere Richtung, unfähig, auch nur einen Fuß vor den anderen zu setzen.

Der Hund stupste derweil den leblos wirkenden Körper an, als bestünde die Chance, er könnte ihm zumindest ein letztes Mal seinen vermaledeiten Ball werfen.

Miss Moneypenny dagegen fläzte sich eine Spur gelangweilt neben mich in den Sand und schien abzuwarten. Alles wie immer also.

Es dauerte einen Moment, bis ich es über mich brachte, Großtante Agnes anzufassen.

In ihrem roten Samtmantel lag sie vor mir im Sand. Ihr Kopf lag auf einem großen runden Kieselstein, der sich rötlich verfärbt hatte. Das musste Blut sein. Großtante Agnes' Blut.

Bei der Erkenntnis musste ich schlucken. Ansonsten sah sie aus, als würde sie schlafen. Ihr Gesicht war mir zugewandt.

Als ich es endlich über mich brachte, sie anzufassen, stellte ich fest, dass sie furchtbar kalt war.

»Felix!«, rief ich abermals.

Doch der schien nach wie vor nicht in der Lage zu sein, sich uns zu nähern, geschweige denn mich zu hören.

Das alles musste ihn schrecklich an den Unfall seiner Freundin erinnern, bei dem sie ihr Leben verlor. Es tat mir furchtbar leid, dass ausgerechnet ich ihn in diese Situation brachte, in der er das alles noch einmal am eigenen Leib durchleben musste. Allerdings war ich auf ihn angewiesen. Felix war Mediziner. Er wusste, was zu tun war. Zumindest hoffte ich das.

»Felix, bitte!«, flehte ich ihn an, während ich den Puls meiner Großtante zu fassen bekommen versuchte.

Der Golden Retriever, der inzwischen verstanden hatte, dass ihm im Moment niemand den Ball werfen würde, legte sich neben Miss Moneypenny auf den Sand. Die beiden begutachteten akribisch, was ich da tat.

Ich zückte mein Handy, um die 112 zu wählen. Fieberhaft wartete ich auf die ersten Töne in der Leitung, bis mir auffiel, dass ich keinen Empfang hatte.

Suchend hob ich meinen Arm in die Höhe. Nichts. Kein Netz.

Nun war Felix meine letzte Rettung.

Als er nach wie vor keine Anstalten machte, zu uns herüberzukommen, erhob ich mich von Großtante Agnes' Seite und ging zu ihm. Komme, was wolle, ich musste irgendwie zu ihm durchdringen und es schaffen, dass er sich Großtante Agnes annahm. Und das dringend.

Jede Minute, die sie länger auf dem kalten Boden lag und weiter auskühlte, war eine Minute zu viel.

Behutsam legte ich meine Hand auf Felix' Arm und versuchte vorsichtig, zu ihm durchzudringen, während er nach wie vor in einer Art Trance steckte.

Zunächst passierte nichts. Dann zuckte er leicht zusammen und sah mir unverwandt in die Augen.

»Wie geht es ihr?«, fragte er besorgt.

Mit der Hand fuhr er sich über die Schläfe.

»Ich weiß es nicht, Felix. Ich kann keinen Puls ertasten. Aber ich glaube nicht, dass sie … Sie darf einfach nicht …«

Noch bevor ich meinen Satz beenden konnte, kullerten mir die ersten Tränen über die Wangen. Ich hatte stark sein wollen, doch jetzt versagten meine Nerven.

»Hey«, sagte Felix und strich mir mit den Fingerspitzen die Tränen aus dem Gesicht. »Alles wird gut. Hörst du?«

Ich wusste nicht, ob er damit mir oder sich oder vielleicht sogar uns beiden Mut zusprechen wollte. Das war aber auch egal. Alles, was zählte, war, dass Felix sich nun endlich in Bewegung setzte, um nach Großtante Agnes zu schauen.

23

Mucksmäuschenstill saßen der Golden Retriever, den ich in der Zwischenzeit Max getauft hatte, Miss Moneypenny und ich in gebührendem Abstand im Sand neben Großtante Agnes.

Felix untersuchte sie.

Es war ihm nicht leichtgefallen, sich der Situation zu stellen. Nicht nur einmal hatte er »Ich kann das nicht« gerufen. Und doch hatte er sich der Herausforderung gestellt. Wofür ich ihm unendlich dankbar war.

»Du schaffst das, Felix«, ermutigte ich ihn ruhig, aber bestimmt.

Er sollte spüren, dass er nicht allein war. Gleichzeitig wollte ich ihm das Gefühl geben, dass ich an ihn glaubte. Er konnte das. Felix war ein guter Arzt. Ganz sicher.

Er warf mir einen durchdringenden Blick zu und deutete ein Lächeln an. Das musste für den Moment reichen.

»Ich spüre einen Puls. Sie lebt. Wir müssen sie jedoch so schnell wie möglich ins Krankenhaus bringen und sie versorgen. Sie ist unterkühlt. Außerdem hat sie eine Platzwunde am Kopf. Ihr Knöchel sieht verdreht aus. Genaueres kann erst in der Klinik festgestellt werden.«

Felix klang gefasst, während er seine Einschätzung mit mir teilte.

So gefasst, dass Max versucht war, ihm den Ball hinrollen zu lassen, damit Felix ihn wegwerfen konnte. Max beließ es jedoch dabei, als er Miss Moneypennys missbilligenden Blick auf sich spürte. Besser für ihn. Denn wenn etwas nicht nach ihrer Nase lief, konnte sie schon mal die Krallen ausfahren. Und das wollte Max ganz sicher nur ungern am eigenen Leib spüren.

»Oh, Gott sei Dank!«

Die Angst, die auch mich für den Moment gelähmt hatte, wich langsam von mir. Jetzt galt es zu handeln und dafür zu sorgen, dass Großtante Agnes schnell Hilfe bekam.

Wir würden sie von hier nicht allein wegbringen können. So viel stand schon mal fest.

»Mein Handy hat kein Netz«, erklärte ich Felix und hob es dabei demonstrativ in die Höhe.

»Dann wird es wohl das Beste sein, wenn du zurück zur Promenade gehst und es dort versuchst«, sagte er und klang dabei weit weniger gefasst als noch vor einigen Sekunden.

Ich konnte spüren, wie ihm die Tatsache, mit Agnes allein zurückzubleiben, furchtbar zusetzte. Sicher vermischten sich die Bilder von der leblos wirkenden Agnes mit denen von seiner Freundin.

Hin- und hergerissen stand ich da. Sollte ich losrennen und Felix seinem Schicksal überlassen? Oder wäre es nicht besser, wenn er ginge?

»Entschuldigen Sie, haben Sie einen Golden Retriever gesehen?«

Ein Mann in Shorts und einem einfachen weißen Shirt kam auf uns zugelaufen. Und ehe wir ihm antworten konnten, lief Max geradewegs auf ihn zu.

»Da steckst du ja, du Herumtreiber. Hab ich dir nicht schon hundertmal gesagt, dass du nicht mit jedem mitgehen darfst? Irgendwann nehmen die Leute dich mit nach Hause, weil sie dich so knuffig finden, du alter Flohsack.«

Während er das sagte, kraulte er Max so innig, dass ich

mich an Max' Stelle in meinem Tun bestätigt gefühlt hätte. Aber das war nur meine laienhafte Ansicht. Schließlich hatte ich nie selbst ein Haustier besessen, um das hinreichend beurteilen zu können.

»Entschuldigen Sie, haben Sie zufällig ein Handy dabei, das Netz hat?«, fragte ich den Mann, der nach wie vor so auf seinen Hund fokussiert war, dass ihm nicht mal aufgefallen war, dass ein leblos wirkender Körper nur wenige Schritte von ihm entfernt auf dem Boden lag.

»Oh, das müsste ich erst prüfen.«

Er ließ von seinem Hund ab und zog sein Handy aus der Hosentasche.

»Drei Balken! Was ist mit der Frau?«, sagte er schließlich, als er den Empfang überprüft hatte.

Das war schon mal ein gutes Zeichen. Ein sehr gutes sogar.

»Das ist meine Großtante Agnes. Sie ist gestürzt und hat sich am Kopf verletzt. Wir müssen sie schnellstmöglich ins Krankenhaus bringen. Allerdings hat mein Handy keinen Empfang«, fasste ich die Situation kurz zusammen.

Der Mann fuhr sich durch sein langes blondes Haar und überreichte mir dann sein Handy.

»Bitte, hier haben Sie mein Handy.«

Dankend nahm ich das Gerät entgegen und rief sogleich die 112 an.

Das Freizeichen in der Leitung beruhigte mich ungemein. Gleich würde jemand kommen, der sich Großtante Agnes annahm und dafür sorgte, dass es ihr schnell besser ging.

Jetzt würde alles gut werden. Es musste einfach.

Als eine Frauenstimme in der Leitung wissen wollte, was vorgefallen war, schilderte ich auch ihr die Situation und erklärte unsere Position.

Anschließend reichte ich dem Fremden sein Handy. Max hielt mir seine Schnauze mitsamt dem Ball hin. Also tat ich ihm diesen letzten Gefallen und warf ihn ins Wasser.

»Wenn ich noch irgendetwas für Sie tun kann …«, hob der Fremde an.

Doch ich winkte ab.

»Nein, nein. Sie haben uns schon geholfen. Sie können zurückkehren. Wir kommen hier klar«, behauptete ich mit besorgtem Blick auf Felix, der sich neben Agnes auf den Boden gesetzt hatte und dabei sehr abwesend wirkte.

»Gut, falls ich den Rettungsdienst oder den Notarzt vorne am Südstrand sehe, zeige ich ihnen den Weg«, bot er an.

»Das ist eine gute Idee«, bekräftigte ich ihn.

Max brachte den Ball aus dem Wasser zurück und schüttelte sich einmal vom Kopf bis zum Schwanz. Und das natürlich in meiner unmittelbaren Nähe.

»Tut mir leid!«, entschuldigte sich sein Herrchen, dann verabschiedeten sich die beiden von uns. Miss Moneypenny schaute gelangweilt auf, ehe sie sich genüsslich im Sand wälzte. Von Abschiedsschmerz keine Spur.

Als wir wieder allein waren, näherte ich mich vorsichtig Felix, der ganz offensichtlich mit seinen dunkelsten Dämonen rang.

»Felix, du kannst nichts für das, was damals passiert ist. Und Großtante Agnes lebt. Jeden Moment wird Hilfe eintreffen. Du wirst sehen, alles wird gut«, sprach ich ihm Mut zu, ohne zu wissen, ob meine Worte überhaupt bis zu ihm durchdrangen.

»Ich fühle mich genau so hilflos wie vor fünf Jahren. Wenn ich Agnes hier liegen sehe, dann ist alles wieder da. Annegrets verdrehter Körper. Das viele Blut. Und die lauten Schreie. Es dauerte eine ganze Weile, bis ich damals begriff, dass sie aus meinem Mund kamen.«

Ohne ihn zu unterbrechen, setzte ich mich neben ihn auf den Sand und hörte ihm zu. Der Moment war gekommen, sich seiner Vergangenheit zu stellen. Felix wusste das. Und ich wollte ihm beistehen, so gut ich das konnte.

Mit einer vergleichbaren Situation hatte ich mich in meinem ganzen Leben noch nicht auseinandersetzen müssen. Das war neu für mich. Dennoch spürte ich instinktiv, dass es jetzt mehr darum ging zuzuhören, anstatt Felix kluge Ratschläge mit auf den Weg zu geben.

»Es hört sich vielleicht merkwürdig an, aber ich habe das Gefühl, dass ich auf diese Weise Abschied von Annegret nehmen kann. Als würde sich der Kreis schließen. Weißt du, wie ich das meine?«

Ich nickte ihm aufmunternd zu, auch wenn ich mir nie anmaßen würde zu wissen, wie er sich fühlte.

»Du hast heute wie damals alles in deiner Macht Stehende getan, Felix. Wir sind nur Menschen. Egal, ob mit Medizinstudium oder ohne. Unsere Fähigkeiten sind begrenzt.«

Ich wusste nicht, ob es der richtige Zeitpunkt war, Felix damit zu konfrontieren.

Es gab Umstände im Leben, in denen wurde uns deutlich vor Augen geführt, dass wir nicht allmächtig waren. Und das war auch gut so. Allerdings war es in Felix' Fall eine besonders schmerzvolle Erfahrung, von der ich mir gewünscht hätte, sie wäre ihm erspart geblieben.

Felix öffnete seinen Mund und schloss ihn kurz darauf unverrichteter Dinge wieder. Er zögerte, überlegte, dann hob er zu sprechen an.

»Danke.«

Nur dieses eine Wort. Mehr war es nicht. Und es bedeutete mir dennoch alles.

Schon im nächsten Moment hörten wir eilige Schritte. Viele Schritte. Das musste die Hilfe sein, die wir gerufen hatten.

»Was ist passiert?«, fragte ein Mann, der auf seinem Shirt die Aufschrift *Notarzt* trug.

Felix informierte ihn fachmännisch. Dabei blieb er ganz ruhig und auf eine gute Art und Weise distanziert.

Vermutlich war genau das der Grund, warum er aufgehört hatte, als Arzt zu arbeiten. Er ließ die Fälle zu nah an sich heran und fand keinen Abstand. Das konnte mit Gewissheit niemand auf Dauer ertragen. Ich könnte es auf keinen Fall.

Der Notarzt gab Anweisungen an die Rettungsassistenten. Eine Bahre wurde geholt, um Großtante Agnes, die mittlerweile ansprechbar war, zum Rettungswagen zu bringen.

»Sie werden sehen, es wird Ihrer Großmutter schnell wieder bessergehen«, munterte mich eine der Rettungsassistentinnen auf.

Ich bedankte mich und stellte unseren Beziehungsstatus dabei nicht richtig. Für mich war Großtante Agnes immer die Großmutter gewesen, die ich nie hatte. Zwar hätte ich das so nie geäußert, da ich Oma Else nicht vor den Kopf stoßen wollte. Aber wenn wir ehrlich zueinander waren, dann wusste sie es. Ganz sicher sogar.

»Kann ich gleich in die Sana-Klinik hinterherfahren, um dort die Formalitäten zu klären?«, fragte ich mit Blick auf Großtante Agnes' reglosen Körper, der soeben abtransportiert wurde.

»Natürlich. Das ist kein Problem«, erwiderte die Rettungsassistentin.

Miss Moneypenny hatte es sich derweil nicht nehmen lassen, neben ihr auf die Bahre zu springen.

Der Notarzt, der sie verscheuchen wollte, spürte sogleich ihre Pranke. Daraufhin ließ man das Tier gewähren, nachdem ich erklärt hatte, dass das die Katze meiner Großtante war.

Ausnahmsweise, hieß es.

Und ich war dankbar dafür.

»Geht's wieder?«, fragte ich Felix, der seinem Kollegen nachsah.

Dann nickte er.

»Doch. Ja. Es ist nur … An die Tatsache, dass wir Menschen endlich sind, werde ich mich wohl nie gewöhnen können. Vielleicht hätte ich nie Medizin studieren dürfen. So habe ich jemand anderem den Studienplatz weggenommen.«

»Ich denke, dass dich deine Anteilnahme erst zu einem richtig guten Arzt macht«, sagte ich.

Felix sah mir daraufhin lange in die Augen. Dann beugte er sich ein Stück zu mir herunter und legte seine Lippen auf meine. Ganz vorsichtig, beinahe keusch.

»Danke.«

»Wofür?«

»Dass du für mich da warst, als ich zu taumeln begann und zeitweise nicht wusste, wie ich meine Panikattacke in den Griff bekommen sollte. Das war echt … Ich bin …«

Felix fuhr sich verlegen mit der Hand durchs Haar. Doch es gab keinen Grund, sich zu schämen. Er hatte alles richtig gemacht. Und letztlich waren wir nur Menschen. Jeder hatte etwas, das ihm Sorgen oder Kummer bereitete.

Felix hatte sich in die Arbeit als Hausmeister geflüchtet, um dieses schmerzvolle Kapitel seines Lebens auszublenden.

Zwar hatte er das eigentliche Problem so nicht in Angriff genommen, aber er hatte doch einen Weg gefunden, damit umzugehen. Zumindest für den Moment. Irgendwann würde er sich vielleicht Hilfe holen. Die Entscheidung darüber lag jedoch bei ihm.

Wie es ihm in einer ähnlichen Situation ergehen würde, konnte im Moment niemand sagen. Aber darum ging es auch nicht. Er hatte es geschafft. Und er würde es wieder schaffen. Das war alles, was zählte.

»Du bist ganz allein über dich hinausgewachsen, Felix. Ich war diejenige, die deine Hilfe brauchte.«

Felix zog mich an sich, sah mir fest in die Augen. Ich konnte sogar schon wieder sein schiefes Grinsen erahnen.

»Wenn ich überlege, dass du mich zu Beginn für einen Dieb gehalten hast und dir jetzt einfach so mein Herz klaust, dann …«

»Dann, was?«, hakte ich nach.

»Dann hätte ich alles genau so getan, wie ich es getan habe.«

24

»Was genau ist denn bitte hier los?«

War das soeben Oma Elses Stimme? Nein, ich musste mich täuschen. Die war doch noch auf Kur. Oder wo auch immer.

Neben mir erwachte Felix aus einem tiefen Schlaf und fuhr sich mit den Händen übers Gesicht.

Die gestrige Rettungsaktion von Großtante Agnes war so anstrengend gewesen, dass wir vor Übermüdung beide in meinem Bett eingeschlafen waren.

Jemand zog die Vorhänge auf, so dass die Sonnenstrahlen augenblicklich ungehindert das Zimmer mit ihrer Wärme und Helligkeit fluteten.

Verschlafen versuchte ich, meine Augen aufzumachen. Die gleißende Sonne hinderte mich jedoch daran. Erst als ich meine Augen mit meinen Händen abschirmte, gelang es mir, sie zu öffnen.

»Guten Morgen, Lotte.«

Die Stimme, von der ich mir dachte, sie wäre meiner Phantasie entsprungen, stand unmittelbar vor mir. Also, nicht die Stimme. Vielmehr Oma Else, zu der sie gehörte.

»Oma Else?«, fragte ich ungläubig und rieb mir die Augen, als säße der Schlaf darin noch fest.

»Na, wer denn sonst?«

Okay, das war Oma Else, wie sie leibte und lebte. Es bestand kein Zweifel.

»W-was m-machst du d-denn da?«, fragte ich ungläubig.

»Ich konnte dich gestern nicht erreichen. Und als ich dann

endlich jemanden an den Hörer bekam, hieß es, Agnes hätte einen Unfall gehabt. Ich bin so schnell ich konnte hergekommen. Wie geht es ihr? Was ist passiert?«

Oma Else setzte sich auf die Bettkante und sah mich eindringlich an.

»Ach, und über die Sache mit Felix wird noch zu reden sein.«

»Felix und ich haben nicht ...« Musste ich mich wie ein Teenager dafür rechtfertigen, weil ein Junge in meinem Bett lag?

Dabei war rein gar nichts passiert. Wir waren lediglich eng umschlungen eingeschlafen, weil wir beide so müde waren. Nicht einmal zu Abend hatten wir gegessen.

»Erst Agnes«, stoppte Oma Else mich mitten im Satz und setzte damit Prioritäten.

Ich richtete mich auf, während Felix neben mir sich aus dem Bett erhob, einen Gruß grummelte, seine Klamotten zusammensuchte und im Bad verschwand.

»Vor ein paar Tagen ist eine Schwarz-Weiß-Aufnahme aus deinem Notizbuch herausgefallen. Sie zeigte einen jungen Mann und ... dich. Ihr wirkt darauf sehr vertraut. Großtante Agnes hat in den letzten Tagen wieder so oft in der Vergangenheit verweilt und mir von einem Ivar erzählt. Ich nehme an, dass er der Junge auf dem Foto ist.«

Oma Else sah mich mit großen Augen an, wagte jedoch nicht, mich zu unterbrechen.

»Das Bild lag später unten an der Rezeption. Großtante Agnes muss es irgendwie entdeckt haben. Und gestern früh lag dann dieser Brief in meinem Zimmer.«

Ich reichte Oma Else das Kuvert, das neben mir auf dem Nachttisch lag.

Oma Else öffnete es und zog den Brief heraus. In sich gekehrt las sie die Zeilen ihrer Schwester, die an sie gerichtet waren.

»Ach, Agnes!«

Besorgt presste Oma Else den Brief an die Brust.

»Das ist doch alles so unglaublich lange her. Wir waren damals noch Kinder. Und Kinder machen Dummheiten. Das gehört dazu.«

Felix stahl sich gerade in Oma Elses Rücken aus dem Raum. Er signalisierte mir, dass er sich bei mir melden würde und warf mir eine Kusshand zu.

Oma Else realisierte, dass in ihrem Rücken etwas vor sich ging. Sicher grinste ich so dämlich wie ein Honigkuchenpferd. Doch bis sie sich umdrehte, um sich zu vergewissern, war Felix längst aus dem Zimmer verschwunden.

Zur Antwort deutete ich aufs Datum.

»Das war einige Tage vor der *Aktion Rose*. Ivar und du, ihr hattet danach keine Chance mehr, euch zu sehen, geschweige denn, voneinander zu verabschieden. Das muss schrecklich gewesen sein«, mutmaßte ich.

»Schrecklich?«, echote Oma Else und wirkte dabei äußerst verbittert. »Schrecklich ist gar kein Ausdruck dafür, wie das damals war. Ich habe an einem Tag nicht nur Ivar, sondern mein Zuhause, meine Freunde, meine Wurzeln verloren. Alles, was ich bis dahin gekannt habe, was meine Welt ausgemacht hat, war von heut auf morgen weg. Es war nicht nur schrecklich, Lotte. Es war der schlimmste Tag in meinem Leben. Und wenn ich ehrlich bin, habe ich mich bis heute nicht davon erholt.«

Oma Else so zerbrechlich zu erleben war neu für mich. Im ersten Moment wusste ich nicht, wie ich darauf reagieren sollte. Schließich war sie immer die Starke in der Familie gewesen, die wusste, wie alles lief und stets eine Lösung für welches Problem auch immer bereithielt.

»Ich kann nicht ansatzweise nachempfinden, wie das damals gewesen sein muss. Man liest von Vertreibung und Enteignung und lernt all diese Dinge in der Schule. Aber das Gefühl, wie das in jenen Tagen war, kann dir nur jemand mitgeben, der selbst betroffen ist.«

Oma Else schien über meine Worte nachzudenken.

»Ich mache dir und deiner Generation keinen Vorwurf, Lotte. Die Zeiten waren schlimm. Sie haben mich zu der gemacht, die ich heute bin. Wäre ich so stark, wenn das mit der *Aktion Rose* nicht passiert wäre? Ich weiß es nicht. Ich weiß auch nicht, was für ein Mensch ich geworden wäre, wenn wir nicht Hals über Kopf hätten fliehen und alles zurücklassen müssen. Vielleicht wäre ich eine sanftmütigere Mutter und Großmutter geworden. Vielleicht hätte die Angst, die Menschen, die ich liebe, ein weiteres Mal in meinem Leben zu verlieren, mich nicht ständig gelähmt. Ich weiß es nicht, Lotte. Niemand weiß, wie das Schicksal verlaufen wäre, wenn ein paar Weichen anders gestellt worden wären.«

Anstatt etwas zu erwidern, legte ich meine Hand auf ihre. Die Berührung schien sie aus ihren Gedanken zu reißen. Denn bis vor wenigen Sekunden war ihr Blick noch wie verschleiert.

»Wie geht es Agnes? Sie ist nicht in ihrem Zimmer.« Oma Else sprang abrupt von der Vergangenheit in die Gegenwart.

»Sie ist im Krankenhaus.«

Kaum dass ich meinen Satz beendet hatte, stand sie mit Schwung auf.

»Was ist passiert? Wir müssen sofort zu ihr. Sie braucht mich.«

»Beruhige dich. Es geht ihr so weit gut. Sie hat sich bei einem Ausflug zur Teufelsschlucht eine Platzwunde an der Stirn und einen angebrochenen Knöchel zugezogen. Es wird alles wieder gut. Die Ärzte wollten sie über Nacht zur Beobachtung im Krankenhaus behalten, um ein Schädel-Hirn-Trauma auszuschließen.«

Felix hatte mir alles erklärt. Seine Kollegen in der Notaufnahme waren supergestresst. Offenbar hatten sie in der Sommersaison enorm viele Patienten, die sich beim Baden verletzten. Dazu zählten im Besonderen die Berührungen mit der gelben Nesselqualle, Feuerqualle genannt, und der Ohrenqualle. Auch wenn die Quallen nicht giftig waren, konnte ein Kontakt mit den Tentakeln durchaus schmerzhaft sein.

»Aber was wollte sie denn dort?«, fragte Oma Else.

Ich deutete abermals auf den Brief.

»Vermutlich dachte sie, du könntest dort mit Ivar sein. Ich weiß es nicht. Sie hat noch nicht mit uns gesprochen.«

»Uns?«, hakte Oma Else nach.

Ich nickte.

»Ja, Felix war dabei. Er hat mir geholfen.«

Oma Else hob ihre Brauen ungläubig in die Höhe.

»Felix war dabei?«, wiederholte sie.

»Er war mir eine große Hilfe. Ohne ihn hätte ich das sicher nicht geschafft.«

»Aber er …«, hob sie an und verstummte dann wieder.

Schließlich wusste sie nicht, dass ich mittlerweile im Bilde war, was Felix' Vergangenheit betraf.

»Annegrets Todestag war vor wenigen Tagen«, erklärte ich.

»Er hat dir von ihr erzählt?«

Ich nickte.

»Darauf kannst du dir was einbilden. Für gewöhnlich spricht er nicht darüber.«

»Ich habe mich in ihm getäuscht.«

Oma Else sah mich an und lachte.

»Weil du ihn zu Beginn für einen Dieb gehalten hast?«

»Auch.«

»Inwiefern denn noch?«

Oma Else blieb beharrlich.

»Felix hat immer den Eindruck auf mich gemacht, als fiele ihm alles total leicht. Er hat gestrahlt, gelacht und ständig so ein dämliches Lied gepfiffen. Seine gute Laune war für die meisten ansteckend. Ich fand sie zu Beginn dagegen ziemlich nervig.«

Oma Else überlegte.

»In dieser Hinsicht sind Felix und ich gar nicht mal so verschieden. Er hatte ebenso wie ich ein traumatisches Erlebnis, mit dem er heute zu leben versucht. Jeder findet da seinen eigenen Weg. Und ich finde, er macht sich ganz vorzüglich.«

»Hast du ihn je ermutigt, wieder als Arzt zu arbeiten?«

Diese Frage brannte mir schon eine Weile unter den Nägeln.

Oma Else seufzte.

»Nein, das habe ich nicht. Es ist sein Leben. Und Menschen, die einem ständig mit guten Ratschlägen kommen, kann man irgendwann nicht besonders gut leiden. Ich wollte aber, dass er mich leiden kann. Ich kann ihn nämlich auch gut leiden. Außerdem ist er ein wirklich guter Hausmeister. Ich werde also einen Teufel tun und meinem besten Mann Flausen in den Kopf setzen. So weit kommt's noch.«

Kopfschüttelnd und lachend stand sie neben dem Bett.

»Großtante Agnes scheint sich nach wie vor schlimme Vorwürfe zu machen, wegen der Dinge, die damals passiert sind. Sie gibt sich die Schuld, dass Ivar und du nicht die Chance hattet, die letzten Tage, die euch blieben, miteinander zu verbringen.«

Oma Else sah zum Fenster hinaus und wirkte, als wäre sie in der Zeit zurückgereist.

»Mein Vater hatte sich damals mit der Volkspolizei angelegt und nicht wahrhaben wollen, was längst beschlossene Sache war. Er war im Krieg, hat dieses Land, das er so liebte, verteidigt und musste feststellen, dass das, was er bereit war, für seine Heimat zu geben, nichts mehr zählte, sobald sich das Regime änderte. Die Folge war, dass wir die Insel in einer Nacht-und-Nebelaktion verlassen mussten, da zu befürchten stand, dass Vati von der Volkspolizei verhaftet und nach Bautzen gebracht worden wäre. Das konnten wir unter gar keinen Umständen riskieren. Von dort hörte man Schreckliches. Und er war ja ohnehin durch die russische Gefangenschaft schon so entkräftet und anfällig. Also haben wir das Nötigste zusammengepackt und sind nach Hamburg zu Bertha, einer Schwester meines Vaters, geflüchtet. Es war keine gute Zeit. Sie hat uns immer wieder merken lassen, dass sie nicht damit gerechnet hat, uns alle auf einmal bei sich unterbringen zu müssen. Aber wir hatten damals keine Möglichkeit, sie darüber zu informieren, dass wir unterwegs waren.«

Sie seufzte.

»Der Start war schwer. Vati hat das nicht verkraftet, dass man ihm die Villa Sehnsucht weggenommen hat. Bis zu seinem letzten Atemzug hat er davon gesprochen, wie ihm die Volkspolizei sein Eigentum genommen hat. Er hat gelitten, geweint, geschrien und getrauert. Und ich war eifersüchtig auf ihn. Schrecklich eifersüchtig. Denn Vati konnte all seine

Gefühle zeigen, ohne Gefahr zu laufen, dafür verurteilt zu werden. Ich musste meine Trauer, meine Angst, meine Hoffnung, meine Verzweiflung mit mir allein ausmachen. Wenn irgendjemand herausgefunden hätte, wie sehr ich mich nach dem sowjetischen Jungen sehnte, dann hätte ich mein blaues Wunder erlebt. Und darauf durfte ich es nicht ankommen lassen.«

»Agnes war da.«

Oma Else wandte den Blick vom Fenster ab und sah mich an.

»Ja, sie war da. Aber wir waren jung. Während sie schon immer in ihrer ganz eigenen Welt lebte, wollte ich endlich, dass mein Herz nicht mehr so weh tat. Sobald ich Agnes nur ansah, war der Schmerz wieder da. Ich … ich habe mich ihr gegenüber in dieser Zeit furchtbar falsch verhalten. Wir hätten zusammenhalten müssen. Aber ich konnte es nicht. Es war zu schwer.«

Tränen flossen über Oma Elses Gesicht. Ich konnte mich nicht daran erinnern, wann ich sie jemals hatte weinen sehen. Das musste eine Ewigkeit her sein.

»Hast du deshalb so schnell geheiratet?«, wagte ich einen Vorstoß, von dem ich nicht wusste, ob er besonders klug war.

Oma Else nickte.

»Tante Bertha war furchtbar. Und das war noch milde ausgedrückt. Sie schikanierte Mutti, wo immer es nur ging. Und Vati ließ es zu. Er war so sehr damit beschäftigt, sich selbst zu bemitleiden, dass er für nichts und niemanden mehr Energie hatte. Arbeit fand er auch keine. Zumindest nicht dauerhaft. Also waren wir auf Tante Bertha angewiesen. Ich ertrug das irgendwann nicht mehr. Also fing ich nach der Schule eine Lehre an. Hotelfachfrau. Dabei lernte ich deinen Großvater kennen und lieben. Dennoch war unsere Hochzeit überstürzt. Wir hätten ein bisschen warten sollen. Aber damals waren die Zeiten anders. Man konnte nicht einfach erst mal zusammenwohnen und schauen, ob man sich dauerhaft vertrug, das hätten meine Eltern nie und nimmer geduldet.«

Achselzuckend saß sie da.

»Heißt das, du hättest Opa sonst vielleicht nicht geheiratet?«

Das war eine Offenbarung, auf die ich lieber verzichtet hätte.

»Doch. Ich denke schon. Wir haben uns geliebt.«

»Und Ivar?«

Oma Else senkte ihren Blick, legte ihre Hände ineinander und sah darauf, als stünde dort die Antwort auf meine Frage.

»Ich habe lange versucht, ihn zu vergessen. Eine Zeitlang ist mir das ganz gut gelungen. Auch wenn vergessen vielmehr verdrängen bedeutete. Als dein Großvater starb, war ich allein. Agnes war bei mir. Das schon. Aber ich spürte wieder diese Sehnsucht in mir und fragte mich immer öfter, was wohl gewesen wäre, wenn die Enteignung Ivar und mich nicht getrennt hätte.«

Dann überlegte sie kurz, sah zwischen ihren Händen und mir hin und her.

»Ich bin nicht ganz ehrlich zu dir gewesen, Lotte. Es war nicht erst in der Zeit nach dem Tod deines Großvaters, dass ich an Ivar dachte. Als ich gerade mit deinem Vater schwanger war, stand er eines Tages vor meiner Wohnungstür. Keine Ahnung, wie er meine Adresse herausfand und in den Westen kommen konnte. Er muss einiges dafür auf sich genommen haben. Als er mich sah, war er einfach glücklich, mich gefunden zu haben. Bis er erkannte, dass ich verheiratet war und ein Kind erwartete. Ivar hat auf dem Absatz kehrtgemacht. Er wusste, dass es nicht der richtige Zeitpunkt war, für unsere Liebe zu kämpfen. Er wusste, dass ich Walter nicht verlassen und mit ihm eine neue Zukunft beginnen konnte. So war das damals nicht. Wir waren keine mutigen emanzipierten Frauen. Wir trugen zwar kein Korsett mehr, aber es fühlte sich noch immer so an, als läge es uns auf der Haut und würde uns Tag für Tag ein wenig mehr die Luft zum Atmen abschnüren.«

»Hast du Ivar jetzt getroffen?«, fragte ich behutsam.

Oma Else nickte.

»Ivar lebt in seiner Heimat Estland. Genauer gesagt in Tallinn. Die Stadt hat eine wunderschöne Altstadt. Ich bereue es zutiefst, dass ich so lange gewartet habe, bis ich sie mir angeschaut habe. Jetzt bin ich alt und das Kopfsteinpflaster mein Feind«, erklärte sie ausweichend und lachte dabei, als wollte sie ihre wahren Gefühle überspielen.

»Und Ivar?«, bohrte ich vorsichtig weiter.

»Wir haben uns in Tallinn getroffen. Er ist dort auf das Kreuzfahrtschiff zugestiegen, mit dem ich bereits ab Kiel unterwegs war. Und er ist mit nach Binz gekommen. Nach all den Jahren.«

»Du meinst, er ist hier?«

Sprachlos sah ich sie an.

Allein beim Gedanken daran, dass meine Großmutter ihre Jugendliebe wiedergefunden und mit in die Villa Sehnsucht gebracht hatte, überzog eine Gänsehaut meinen Körper. Das war hollywoodreif. Wobei die sich in Hollywood eine solch bewegende Lovestory gar nicht ausdenken könnten. Die schrieb nur das Leben selbst. Und zwar hier an der Ostsee.

Oma Else nickte.

»Er ruht sich in einem der freien Zimmer aus. Die Reise war sehr anstrengend für ihn. Er ist nicht mehr der Jüngste, musst du wissen.«

Bei Oma Elses Worten musste ich kichern. Schließlich war sie auch nicht mehr die Jüngste. Aber sie wäre die Letzte, die das offen zugeben würde. Und so fit, wie sie war, konnte man fast meinen, dass sie deutlich jünger wäre.

»Und nun?«

Was würde die Zukunft den beiden bringen?

»Ivars Frau ist vor einem halben Jahr gestorben. Er hat sie gepflegt, als sie bettlägerig wurde. Sie zu verlassen wäre ihm dabei nie in den Sinn gekommen. Jetzt ist er ungebunden. Seine beiden Kinder sind erwachsen und arbeiten im Ausland. Er ist allein. Und hat Zeit. Ich würde sagen, das sind die besten Voraussetzungen, um sich wieder ein bisschen näher kennenzulernen. Was meinst du?«

»Es klingt nach einem guten Plan«, bestätigte ich ihr.

»Hattet ihr denn vorher Kontakt?«, fragte ich vorsichtig.

Oma Else wiegte den Kopf leicht zur einen, dann zur anderen Seite.

»Eher sporadisch. Ich respektierte seine Frau und Ivars Wunsch, für sie da sein zu wollen. Es schien mir nicht richtig, mich zu sehr in das Leben der beiden zu drängen. Apropos drängen, ich würde dir später gerne Ivar vorstellen und etwas mit dir besprechen. Hast du denn Zeit für uns?«

»Aber sicher doch«, erwiderte ich ein wenig perplex.

Worüber würde Oma Else mit mir sprechen wollen?

Oma Else lächelte milde.

»Sehr schön. Dann werde ich jetzt mal zu Agnes ins Krankenhaus fahren und nachsehen, ob sie etwas braucht. Die Ärmste wird sich dort schrecklich verloren vorkommen. Das letzte Mal, als sie im Krankenhaus war, hat sie ihren Blinddarm rausbekommen. Das ist eine Ewigkeit her.«

Ich erhob mich ebenfalls aus den Federn.

»Soll ich mitkommen?«

Oma Else winkte ab.

»Bleib du besser hier. Jemand muss ein Auge auf alles haben, während ich weg bin. Und wenn du mich fragst, solltest du dringend mit Felix sprechen. Die erste Liebesnacht ist etwas ganz Besonderes.«

Augenzwinkernd lief sie zur Tür.

»Wir haben nicht ...«, wand ich abermals ein.

Doch Oma Else war bereits auf den Flur hinaus entschwunden.

25

»Haben Sie kurz Zeit? Zwei unserer Gäste möchten dringend mit Ihnen sprechen.«

Die vergangenen Stunden an der Rezeption waren nicht sonderlich abwechslungsreich gewesen. Dennoch hoffte ich bei Frau Nietnagels Erscheinen, es möge nicht wieder etwas passiert sein.

»Worum geht es denn?«

Beunruhigt versuchte ich, von ihrem Gesicht abzulesen, was mich erwartete. Die letzten drei Wochen hatten mich gelehrt, dass hinter jeder Lösung meist zwei neue Probleme lauerten.

Trotzdem hatte ich Binz und die Villa Sehnsucht ganz fest in mein Herz geschlossen. Es waren nicht mehr nur die Kindheitserinnerungen aus den vielen schönen Sommerferien, die ich hier mit meinen Eltern verbracht hatte, sondern auch die neuen Erinnerungen, die ich gerade im Begriff war zu schaffen.

Ich liebte es, früh am Morgen aufzustehen und einen Spaziergang am Strand zu machen, während die meisten Gäste und Einheimischen noch schliefen. Ich liebte die Vorstellung, auch nach meiner Vertretungszeit für Oma Else auf der Insel zu bleiben und einen Neuanfang zu wagen.

Hamburg war mir in der letzten Zeit zu eng geworden. Mir hatte die Luft zum Atmen gefehlt. Und das nicht nur wegen der Trennung von Johannes. Eine Großstadt war viel unpersönlicher als das verhältnismäßig kleine Binz auf Rügen, in dem sich viele der Bewohner kannten und die Gäste oftmals schon seit so vielen Jahren kamen, dass man auch sie kannte. Hier konnte ich frei atmen und mich treiben lassen.

Trotzdem, oder gerade deswegen, machte ich mich mit Bedacht an die Materie heran.

»Genaues haben sie mir leider nicht gesagt«, wich Frau Nietnagel aus und führte mich sogleich zum Blauen Salon.

Mit angehaltenem Atem folgte ich ihr. Zielsicher steuerte sie einen der ersten Tische an. Es war erst früher Nachmittag. Die meisten Gäste kamen erst später zum Afternoon Tea.

»Hallo, mein Name ist Lotte Steltner. Was kann ich für Sie tun?«

Zwei Damen mittleren Alters schauten lächelnd in meine Richtung. Was mich augenblicklich hoffen ließ, das Treffen würde womöglich doch einen guten Verlauf nehmen. Die beiden Damen sahen sich täuschend ähnlich. Fast wie Zwillinge.

»Frau Steltner, hätten Sie kurz Zeit, sich zu uns an den Tisch zu setzen? Wir würden gerne mit Ihnen über die wunderschönen Trockenblumensträuße sprechen. Frau Nietnagel hat uns erzählt, dass Sie diese selbst binden.«

»Luise, du bist mal wieder schrecklich nachlässig. Sollten wir uns nicht erst mal vorstellen, bevor wir mit der Tür ins Haus fallen?«

Luise lachte.

»Du hast recht, Clara. Das war sehr unhöflich von mir. Aber ich kann es kaum erwarten, was Frau Steltner zu unserem Vorschlag sagen wird.«

Clara strahlte wie ein kleines Kind, das jeden Moment seine Hand ins Bonbonglas stecken und sich etwas aussuchen durfte.

»Nun, wir sind Luise und Clara Bredekamp. Wir haben ein

kleines Label aufgebaut, bei dem es um nachhaltige Geschenkideen geht. Und Ihre Sträuße, Frau Steltner, sind uns dabei sofort ins Auge gefallen.«

»D-das freut mich«, stotterte ich ein wenig unbeholfen.

Mit allem hatte ich gerechnet. Nur nicht damit, dass sich jemand ernsthaft für meine Trockenblumensträuße interessieren könnte. Das war ein unbeschreibliches Gefühl.

Die beiden Schwestern tauschten Blicke.

»Wir fragen uns, ob es Ihnen wohl möglich wäre, uns ein paar Ihrer Sträuße zu überlassen. Wir würden sie sehr gerne in unserem Shop anbieten. Die Nachfrage ist da. Das kann ich schon mal verraten.«

»Meinen Sie wirklich?«

Noch immer schien mir die Unterhaltung wie ein Traum. Es war doch nicht möglich, dass die beiden Frauen hier zum Afternoon Tea kamen und mich jetzt baten, ihnen einige meiner Sträuße zu übergeben. Oder? Das war doch verrückt.

Luise nickte bestätigend.

»Zu Beginn bräuchten wir wöchentlich vermutlich um die fünfzig Sträuße. Das wird sich aber je nach Saison und Bekanntheitsgrad steigern.«

Ohne dass es die Damen sehen konnten, kniff ich mir in den Unterarm. Aua! Das war kein Traum. Die beiden saßen mir gegenüber und sahen mich erwartungsvoll an.

»Ähm, ja. Gerne. Das klingt wunderbar.«

Im ersten Moment wusste ich nicht, was ich zu dem Angebot sagen sollte. Es kam mir so unwirklich vor, dass ich sie beinahe gefragt hätte, ob sie sich einen Scherz mit mir erlaubten. Da ich allerdings keine Kamera ausmachen konnte, ging ich davon aus, dass ihr Interesse ernst gemeint war.

Ihr Vorschlag überrumpelte mich förmlich. Und das im

positiven Sinne. Es war schön, so viel Anerkennung für meine Kreativität zu erhalten. Was mich unmittelbar daran erinnerte, dass ich die Bestellung des Hamburger Verlags endlich fertigstellen musste. Aber das würde sicher kein Problem werden, jetzt, da Oma Else zurück war und die Führung des Hauses wieder übernehmen würde.

Clara und Luise sahen sich freudig an.

»Wie schön! Wir müssen jetzt leider weiter zu einem Termin. Hier haben Sie unsere Visitenkarte. Haben Sie vielleicht auch Ihre Kontaktdaten für uns? Dann würden wir uns möglichst zeitnah bei Ihnen melden«, erklärte Luise.

Clara betrachtete den Strauß, der auf dem Tisch stand, mitsamt der Vase von allen Seiten genau. Ein freudiges Lächeln umspielte dabei ihre Lippen.

»Aber sicher doch.«

In meiner Hosentasche hatte ich Papier und Stift zur Hand. Dort kritzelte ich sogleich alle nötigen und unnötigen Daten von mir drauf. Man wusste ja nie, was alles gebraucht wurde.

Luise nahm den Zettel mit einem Lächeln entgegen.

»Vielen Dank, liebe Frau Steltner.« Dann reichte sie mir ihre Hand. »Wir freuen uns schon wahnsinnig auf die Zusammenarbeit mit Ihnen.«

Clara und Luise erhoben sich von ihren Plätzen.

»Nehmen Sie den Strauß doch bitte mit.«

Clara ließ sich nicht lange bitten.

»So kann ich mir später sicher sein, dass dieses Gespräch wirklich stattgefunden hat«, offenbarte ich meine Gedanken.

Beide lachten.

»Und Sie werden schon bald von uns hören.«

Damit verabschiedeten sie sich von mir und gingen mitsamt dem Trockenblumenstrauß zur Tür hinaus.

26

»Da steckst du. Ich hab dich schon überall gesucht.«

Felix klang leicht vorwurfsvoll, als er mich in der Küche der Villa Sehnsucht fand.

»Isst du da etwa einen Schokopudding?«

»Zur Feier des Tages wollte ich mir etwas gönnen«, erwiderte ich.

Felix kratzte sich am Hinterkopf.

»Jetzt, da deine Großmutter zurück ist, bist du sicher froh, denn dann kannst du ja demnächst wieder nach Hamburg fahren.«

»Nach Hamburg? Oh, ja. Klar. Ich kann es kaum erwarten«, behauptete ich, obwohl ich diesbezüglich ganz anderer Meinung war.

In Hamburg war ich allein. Niemand wartete auf mich in meiner Eppendorfer Wohnung.

Natürlich würde ich mich freuen, Yara wiederzusehen und mit ihr eine Runde um die Außenalster zu drehen, einen Cappuccino in unserem Lieblingscafé Alsterglück zu trinken und mit ihr ausführlich über alles zu plaudern, was in den letzten Wochen vorgefallen war. Doch, ganz sicher sogar. Aber sonst …

»Dachte ich mir schon.«

Felix klang irgendwie unterkühlt. Was war denn mit dem los?

»Ich muss dann auch mal weiter.«

»Warte mal!« Ich stellte den Pudding beiseite und hielt Felix zurück.

»Ist etwas passiert?«

Gerade noch schwebte ich nach dem Angebot der beiden Bredekamp-Schwestern auf Wolke sieben und konnte mir nicht vorstellen, wie ich so viel Glück verdient hatte. Und nun holte mich das Leben ohne Vorwarnung zurück auf den Boden.

»Na ja, es wäre schade, wenn wir uns dann nicht mehr sehen könnten.«

Daher wehte der Wind. Ich war gerade wahrlich ein wenig begriffsstutzig gewesen.

»Höre ich da so etwas wie Bedauern in deiner Stimme?«

Felix setzte sich zu mir an den Tisch, an dem die Küchencrew ihre Besprechungen abhielt, zusammen aß oder neue Konzepte entwickelte.

»Fändest du es etwa nicht schade, wenn sich unsere Wege wieder trennen würden?«

Felix sah mich durchdringend an, während er mir diese Frage stellte.

»Doch. Sehr sogar. Aber, wie du schon sagtest, Oma Else ist zurück. Sie leitet die Villa Sehnsucht und es gibt für mich hier nichts mehr zu tun. Schließlich war ich lediglich ihre Urlaubsvertretung. Und nicht mal eine besonders gute.«

»Du hast das verdammt gut gemacht, Lotte. Jeder, der etwas anderes behauptet, lügt.«

Felix sagte das mit so viel Inbrunst, dass ich gewillt war, ihm zu glauben.

»Ich hätte mich in der ein oder anderen Situation deutlich souveräner zeigen müssen. Es ärgert mich fast, dass ich oft regelrecht panisch wurde, wenn ich mit Dingen konfrontiert wurde, auf die ich nicht vorbereitet war«, gestand ich ihm ein.

»Ein Hotel zu leiten bedeutet, sich jeden Tag neuen Herausforderungen zu stellen. Kein Tag ist wie der andere. Das macht es sehr abwechslungsreich und dann wieder enorm stressig. Aber du hast deine Aufgaben bravourös gemeistert. Ich wüsste niemanden, der das besser hinbekommen hätte.«

Bei Felix' Worten errötete ich spürbar.

»Okay, genug *fishing for compliments*. Ich denke, ich sollte nach Oma Else Ausschau halten und sie fragen, ob sie mich noch braucht. Ivar ist mit ihr nach Binz gekommen. Die beiden werden sicher Zeit füreinander brauchen.«

»Der Junge von der Schwarz-Weiß-Aufnahme?«, fragte Felix.

Ich nickte.

»Nur, dass aus dem Jungen ein alter Mann geworden ist.«

Wir lachten.

»Lotte, ich ... ich will nicht, dass du gehst.«

Felix nahm meine Hände, während er das sagte.

Mein Herz rutschte mir bei seinen Worten in die Hose.

Dann war ihm das zwischen uns also doch wichtig und nicht nur eine Ablenkung, um auf andere Gedanken zu kommen?

»Ich auch nicht«, offenbarte ich ihm.

Ein Lächeln huschte über seine Lippen, doch er wirkte enorm angespannt.

»Dann bleib!«, bat er fast schon flehentlich und strich mir dabei eine Haarsträhne hinters Ohr.

Wir beide wussten, dass es nicht so einfach war. Schließlich hatte ich auf Rügen keine eigene Wohnung, geschweige denn eine verlässliche Perspektive.

Das Trockenblumengeschäft hörte sich verlockend an. Aber das musste sich etablieren, was Zeit brauchte. Und reich würde ich damit sicher nicht werden. Dennoch freute ich mich nach wie vor über die Wahnsinnsmöglichkeit, die mir die Bredekamp-Schwestern boten.

»Wir finden einen Weg«, versicherte ich Felix, auch wenn ich selbst nicht wusste, wie dieser aussehen könnte.

Eins wusste ich jedoch ganz genau: Dass ich es gerne mit Felix versuchen wollte. Nicht nur das. Da war etwas zwischen uns. Und ich spürte das drängende Bedürfnis, diesem Gefühl nachzuspüren.

»Ich muss leider weiter.«

Auf Felix' Arbeitshandy ging eine neue Nachricht ein.

»Weißt du eigentlich, dass Oberschuldirektor a. D. Lingen heute Morgen abgereist ist?«

Ich schüttelte den Kopf.

»Nein, das ist mir entgangen.«

»War die Abreise geplant oder vorzeitig?«, hakte ich mit einem flauen Gefühl im Magen nach.

»Die Sache mit dem Wasser konnten wir klären.«

Bei seinen Worten hörte ich interessiert auf.

»Wie denn das?«, hakte ich nach.

Felix lachte.

»Ich habe ihm einen Wasserkocher aufs Zimmer gestellt. Danach war er selig und hat mir aus der Hand gefressen. Daran kann es also nicht liegen.«

Augenzwinkernd erhob er sich vom Stuhl, stibitzte einen Löffel Schokopudding und ging dann wieder seiner Arbeit nach.

Schon von weitem konnte ich Oma Else zurück an ihrer Rezeption sehen. Sie telefonierte, setzte dabei ein scharfsinniges Gesicht auf und gab soeben einem neuen Gast die Schlüssel mit einem Lächeln über die Theke. Alles wie immer.

Nie zuvor war mir aufgefallen, mit welcher Leichtigkeit sie ihren Job machte. Es gab sicher nicht viele Herausforderungen, die Oma Else an die Grenzen brachten. Ich konnte mir nicht eine vorstellen.

»Oh, Lotte, da bist du ja.«

Oma Elses Tonfall klang ungeduldig und gleichzeitig freudig.

Hatte ich etwas verpasst?

»Ich war bei Agnes im Krankenhaus und habe sie gleich mitgenommen. Sie ruht sich oben in ihrem Zimmer aus. Der angebrochene Knöchel führt dazu, dass sie im Bett liegen muss. Dennoch sollten wir ein Auge auf sie haben. Du weißt, wie sie sein kann.«

Während sie das sagte, nahm sie ihre Handtasche unter dem Tresen hervor, warf ihr Handy und eine Packung Taschentücher hinein und schloss sie wieder.

»Ansonsten sind heute keine weiteren An- oder Abreisen geplant.«

»Was hast du vor?«, fragte ich sie, als sie mit einem roten Lippenstift ihre Lippen nachzog. Deshalb hing also der kleine Spiegel direkt neben dem Bildschirm des Computers.

»Ivar und ich wollen ein wenig spazieren gehen. Ich will ihm das Binz von heute zeigen und mit ihm über das von früher plaudern.«

Ein freudiges Lächeln stahl sich auf ihre Lippen.

»Das klingt nach einem guten Plan. Soll ich für die Zeit eurer Abwesenheit die Rezeption übernehmen?«

»Deshalb wollte ich mit dir reden, mein Kind.« Mit Blick auf ihre Armbanduhr meinte sie dann: »Wir müssten das allerdings verschieben. Ich habe Herrn Schlüter übrigens für morgen eingeladen. Er wird gegen achtzehn Uhr hier eintreffen. So, jetzt muss ich aber, Lotte, mein Kind. Bis später.«

Dann drückte sie mir eilig einen Kuss auf die Wange und war schon auf dem Weg nach oben ins erste Obergeschoß, um ihren Ivar abzuholen.

Bislang hatte sie uns nicht einander vorgestellt. Das würde sie spätestens heute Abend nachholen. Da war ich mir sicher.

Doch eine Frage drängte sich mir nun förmlich auf: Weshalb hatte sie ihren Anwalt eingeladen? Was gab es für wichtige Neuigkeiten, für die die Anwesenheit eines Anwalts notwendig war?

Sie würde doch nicht etwa …? Nein, Oma Else würde sicher nie so weit gehen, ihre Villa Sehnsucht zu verkaufen. Das war ihr Lebenswerk. Sie hatte einen Großteil ihrer Energie in dieses Hotel gesteckt und aus ihm das gemacht, was es heute war – eines der renommiertesten und bestgebuchten Hotels der Bäderarchitektur hier am Binzer Strand.

Eine gewisse Unruhe erfasste mich, während ich dem Gedanken nachhing.

Oma Else hatte sich ein wenig Liebesglück in ihrem Leben mehr als verdient. Es war wunderbar, dass sie auf ihre alten Tage noch Ivar, ihre Jugendliebe, wiedergefunden hatte und nun mit ihm gemeinsam ihre Zeit verbringen konnte.

Wir standen in unserem Leben immer wieder Situationen gegenüber, in denen wir uns für oder gegen etwas entscheiden mussten. Und wenn die Entscheidung meiner Großmutter nun gegen die Villa Sehnsucht fiel, wäre ich die Letzte, die sie dafür verurteilen würde. Dennoch blutete mir allein beim Gedanken daran das Herz.

Denn hier in diesem Haus hatte ich so viele schöne und denkwürdige Erlebnisse gehabt, die ich untrennbar mit dem

Hotel verband. Und das nicht nur in der Vergangenheit, sondern auch in den letzten drei Wochen. Die Vorstellung, ich könnte in Zukunft nicht immer hierher zurückkehren, wenn mir der Sinn danach stand, war furchtbar. Ein wenig, als würde man mich meiner Wurzeln berauben. Der alten und der neuen.

»Frau Steltner, Sie machen aber ein betrübtes Gesicht«, stellte Herr Oltmann fest, der soeben wie der sprichwörtliche Geist aus der Flasche vor mir an der Rezeption auftauchte.

»Alles gut. Ich war nur in Gedanken«, wiegelte ich ab.

»Wenn ich etwas für Sie tun kann, dann zögern Sie nicht, es mir zu sagen. Ich bin noch immer ganz gerührt, mit wie viel Aufwand Felix und Sie nach mir gesucht haben. Wären Sie nicht gewesen, ich hätte mich den Veränderungen, die nun auf mich warten, sicher nicht so bereitwillig gestellt.« Er zog ein Taschentuch hervor und wischte sich die kleinen Schweißtropfen ab, die sich auf seiner Stirn gebildet hatten. »Es ist nicht einfach, als alter Mann mit den jungen Leuten mitzuhalten. Manche Ansichten kommen mir äußerst merkwürdig vor. Und doch scheint das, was Sie sagen, Hand und Fuß zu haben. Ich muss mich in das alles erst einfinden. Aber ich tue mein Bestes, um genau das zu schaffen.«

Herr Oltmann und ich waren in der Vergangenheit zwar nicht unbedingt die besten Freunde gewesen, aber ich schätzte ihn als Koch sehr. Nun zu hören, wie offen er seinem Team und den anstehenden Veränderungen gegenüber war, freute mich über die Maßen. Besonders erleichtert blickte ich auf das zunächst eher angespannte Verhältnis zu Frau Menckwitz. Aber auch da schienen sich die Wogen mittlerweile geglättet zu haben.

Und Herr Oltmann hatte recht. Es war einfach, die Segel

zu streichen. Dagegen musste man mutig sein, wenn man sich neuen Herausforderungen stellte.

War ich mutig genug, um meiner Großmutter zu sagen, dass sie die Villa Sehnsucht unter gar keinen Umständen verkaufen durfte? Schließlich war sie nicht mehr die Jüngste, auch wenn sie tatkräftig und agil wirkte. Stand es mir zu, sie von einem Verkauf abzuhalten? Sollte ich nicht vielmehr darauf drängen, dass sie genau das tat? Auch sie wurde nicht jünger und die Aufgaben weniger.

Hin- und hergerissen zwischen dem Wunsch, meine Großmutter ihr Glück genießen zu lassen und die Villa Sehnsucht im Familienbesitz zu behalten, verabschiedete ich mich von Herrn Oltmann und gab Frau Nietnagel Bescheid, dass ich mir kurz die Beine am Strand vertreten wollte.

Die Ereignisse der vergangenen vierundzwanzig Stunden waren mit der Heftigkeit eines Sturms mit Windstärke 10 über mich hinweggeweht. Bisher hatte ich keine Chance gehabt, innezuhalten und allem nachzuspüren.

Die verschwundene Großtante in der Teufelsschlucht, Felix, der in meinem Bett geschlafen und mich in seinen Armen gehalten hatte, Oma Else, die plötzlich im Zimmer war, noch ehe ich wach war, die Bredekamp-Schwestern mit ihrem Angebot und nun Oma Else, die irgendetwas im Schilde führte, von dem ich nicht wusste, wie ich dazu stand.

In meinem Kopf schwirrte und glimmte es. Meine Synapsen glühten.

Da ich mich dringend mit jemandem über alles austauschen musste, wählte ich Yaras Nummer. Dabei ging ich in Richtung Ausgang, um ungestört telefonieren zu können.

Gerade als ich jedoch zur Tür hinauswollte, drängte sich jemand hinein und wir stießen unsanft zusammen.

»Aua!«, jammerte ich und rieb mir mit der freien Hand die Stirn.

Mit der anderen hielt ich das Handy am Ohr. Es tutete. Nein, es klingelte. Komisch. Wo kam das denn plötzlich her? War das nicht Yaras Klingelton?

»Überraschung!«, rief daraufhin mein Gegenüber und fiel mir um den Hals.

»Yara?«, fragte ich überrascht, weil ich es nicht glauben konnte, sie hier zu sehen. »Bist du es wirklich?«

»Live und in Farbe«, erklärte sie und drückte gleich fester zu, so dass ich nicht der Versuchung erlag, es könnte sich bei ihr um eine Fata Morgana handeln.

Als ich sie noch immer verwundert anstarrte, nahm sie ihr Handy zur Hand und nahm mein Gespräch entgegen.

»Lotte, wie schön von dir zu hören. Was macht die Villa Sehnsucht und wie geht es dem mir nach wie vor völlig unbekannten Felix, der inzwischen sicher dein Herz für sich erobern konnte?«

Als ich klein war, gab es eine Sendung im Ersten, die *Herzblatt* hieß. Eine Sprecherin mit Namen Susi, die nie jemand zu Gesicht bekommen hatte, fasste mit ihrer einzigartigen Stimme die Vorzüge des jeweiligen Kandidaten zusammen. Kurz und prägnant. Aber dafür mit einer Stimme, die säuselnder nicht hätte sein können.

»Es ist ... kompliziert«, sagte ich und beendete dann das Telefonat.

Was in der Zwischenzeit alles passiert war, würde ich Yara nun, da sie schon mal da war, viel lieber von Angesicht zu Angesicht erzählen.

Wir stellten ihren Koffer ab, und marschierten gleich hinunter an den Strand und liefen am Wasser entlang in Richtung Südstrand, da ich dort weniger Touristen erwartete als in unmittelbarer Nähe zur Villa Sehnsucht.

Einige der Saunawagen waren in Gebrauch. Das Wetter ließ ein wenig zu wünschen übrig. Ein Wind pfiff über die Insel, den der Wetterbericht nicht angekündigt hatte. Dennoch versuchten alle, das Beste daraus zu machen. Den Kindern sah man die Enttäuschung über den Wetterumschwung nicht an.

Nach wie vor bauten sie an ihren Burgen, ärgerten ihre Geschwister oder taten sich mit anderen zusammen, um Volleyball oder Fußball zu spielen.

Yara lauschte interessiert meinen Worten, während mein Weg mich immer weiter von der Promenade wegführte.

»Und du befürchtest jetzt, dass deine Großmutter die Villa Sehnsucht verkaufen möchte. Sehe ich das richtig?«

Ich nickte. Das hatte meine Freundin sehr treffend zusammengefasst.

»So ist es, ja«, bestätigte ich ihr.

»Ich kann total gut nachempfinden, warum dich das beunruhigt. Ich wüsste nicht, wie ich mich in einer ähnlichen Situation verhalten würde. Aber so hart es sich anhört, du wirst abwarten müssen, was sie dir heute Abend zu sagen hat. Und falls sie das Hotel verkaufen will, steht ihr das zu. Es ist ihre Villa Sehnsucht. Sie hat sich in den ganzen Jahren um alles gekümmert, ohne euch auch nur einmal um Hilfe zu bitten.«

Da hatte Yara recht. Bis zu ihrer Urlaubsvertretung hatte Oma Else nie signalisiert, dass sie uns brauchte. Alle Entscheidungen, anfallende Renovierungsarbeiten, Investitionen und Personalveränderungen hatte sie allein mit sich ausgemacht. Die Vorstellung war schrecklich. Ich könnte mir nicht vorstellen, so große Entscheidungen ganz allein zu treffen, ohne mich vorher zumindest mit jemandem zu beratschlagen.

Gerade in einem Austausch bestand doch die Möglichkeit, das Für und Wider abzuwägen und vielleicht sogar eine neue Sicht auf die Dinge zu gewinnen.

»Ich weiß ehrlich nicht, wie sie das in all den Jahren geschafft hat. Sie muss Nerven aus Stahl haben. Anders kann ich mir das nicht erklären.«

Yara lachte. »Deine Großmutter stammt einfach aus einer ganz anderen Zeit. Und ich denke, es gab viele Jahre in ihrem Leben, in denen sie nichts entscheiden durfte. Und das ist komplett gegen ihr Naturell.«

Auch in diesem Punkt musste ich Yara recht geben.

»Und nun kommen wir zu dem wirklich wichtigen Thema: deiner ersten gemeinsamen Nacht mit Felix.«

Bei Yaras Worten verdrehte ich genervt die Augen. Schon bereute ich es, dass ich ihr davon geschrieben hatte.

»Da gibt es nicht viel zu erzählen. Nach Großtante Agnes' Rettungsaktion sind wir beide vor Übermüdung in meinem Bett eingeschlafen.«

Dass wir dabei eng aneinander geschmiegt dalagen und die ganze Nacht in dieser Stellung verbrachten, erwähnte ich besser nicht.

Allerdings spürte ich allein beim Gedanken daran wieder dieses wohlige Gefühl tief in mir drinnen. Und wenn ich ehrlich zu mir selbst war, dann wollte ich keine Nacht mehr ohne ihn schlafen.

Aber wie sollte das funktionieren? Ich musste zurück nach Hamburg, während Felix hierblieb. Würde er als Hausmeister bei einem eventuellen Verkauf bleiben können? Oder ging er zurück in seinen ursprünglichen Beruf, jetzt, da er sich der Situation mit Großtante Agnes gestellt hatte?

Mein Kopf schwirrte schon wieder.

»Hast du schon mal überlegt, deiner Großmutter Hilfe anzubieten? Ich meine, deine beruflichen Aussichten sind nicht gesichert. Von deiner finanziellen Lage möchte ich gar nicht erst anfangen. Wäre es denn nicht für alle leichter, wenn du noch ein wenig hierbleibst, um ihr unter die Arme zu greifen? Vielleicht überlegt sie sich das dann mit dem Verkauf. Und außerdem könntest du in der Zwischenzeit Felix besser kennenlernen und nachspüren, ob das etwas von Dauer sein könnte.«

Der Einwand war nicht von der Hand zu weisen. Allerdings kannte ich Oma Else sehr gut.

»Wenn meine Großmutter einen Plan gemacht hat, dann rückt sie nur äußerst selten davon ab. Und da sie für morgen ihren Anwalt eingeladen hat, befürchte ich, dass alles in Sachen Verkauf bereits in die Wege geleitet wurde.«

Ich seufzte. »Was gibt es bei dir überhaupt Neues?«, wechselte ich unvermittelt das Thema, da ich ein schlechtes Gewissen bekam, denn unsere Unterhaltung drehte sich mal wieder nur um mich und meine Probleme.

Nicht, dass ich hoffte, Yara hätte auch welche. Aber jeder Mensch hatte Redebedarf.

»Alles gut so weit.«

Da war er wieder. Dieser ausweichende Unterton in Yaras Stimme, den sie für gewöhnlich nur hatte, wenn sie etwas vor mir verbarg.

»Wie geht es Kai? Was machen die Hochzeitsvorbereitungen?«, bohrte ich weiter, da ich einen Verdacht hegte.

»Es geht voran. Es ist noch einiges zu tun. Aber das wird schon.«

»Und du bist sicher, dass du mir nicht sagen willst, was dir auf dem Herzen liegt?«

Ein lauter Seufzer entwich ihrer Kehle, woraufhin ich entschied, dass es an der Zeit war, sich ein schattiges Plätzchen oben an der Promenade zu suchen und ganz in Ruhe zu reden.

Hier unten am Strand wurde es zunehmend trubeliger.

Dass wir oberhalb des Strandausgangs eine Bank fanden, war Schicksal.

»Kai hat teilweise ein wenig merkwürdige Vorstellungen, was die Hochzeit anbelangt. Er will beispielsweise klassische Musik spielen lassen. Zum Essen fände ich das ja im Hintergrund noch ganz nett. Aber am Abend will ich tanzen. Und das sicher nicht auf Mozart oder Beethoven, wenn du verstehst, was ich meine.«

Das klang tatsächlich komisch.

»Hat er dir auch einen Grund genannt, warum er das gerne so hätte? Ich wusste bis eben nicht mal, dass er Klassik mag.«

»Da sind wir schon zu zweit. Bei seinen Eltern auf der Hochzeit war das wohl auch so. Es wäre eine Art Tradition bei den Langenhorns, und damit ist für Kai alles gesagt. Manchmal habe ich das Gefühl, er will die Hochzeit um der Hochzeit willen, um Aufsehen zu erregen und ich bin nur schmuckes Beiwerk. Vielleicht liegen mittlerweile auch einfach nur meine Nerven blank. Das soll in so mancher Planungsphase passieren.«

Wem versuchte Yara, da Mut zuzusprechen? Sich oder mir?

»Ich denke, du solltest auf deinem Standpunkt beharren. Es ist nicht nur Kais gesellschaftliches Spektakel, was ihr da im nächsten Sommer feiern wollt, sondern vor allem eure

Hochzeit. Da sollte jeder gleichberechtigt seine Wünsche und Bedürfnisse einbringen, finde ich.«

»Ach, Lotte, du hast mir so gefehlt. Wir müssen dringend mal wieder einen Mädelsabend machen. Nur du und ich.«

»Das klingt herrlich«, pflichtete ich ihr bei.

»Was hältst du davon, wenn wir aus dem Mädelsabend einen Ausflug zu den Kreidefelsen machen? Gleich morgen früh. Aber jetzt suchen wir dir erst mal ein schönes Zimmer in der Villa Sehnsucht. Am besten mit Blick aufs Meer. Das ist nämlich für jede Art von Beschwerden die beste Medizin.«

27

Nachdem ich für Yara das ehemalige Zimmer des Oberschuldirektors a. D. Lingen hatte herrichten lassen, verabschiedete ich mich von ihr. Das Gespräch mit Oma Else stand noch an, und meine Freundin war ohnehin müde von der Anreise.

Mit einem mulmigen Gefühl im Magen ging ich hinunter zur Lobby und sah mich nach Oma Else um. Auf den ersten Blick konnte ich sie jedoch nirgends entdecken. Vielleicht war sie mit Ivar unterwegs.

Felix kreuzte meinen Weg.

»Du siehst aus, als hättest du viel zu wenig zu tun. Möchtest du mir bei der Reparatur eines Boilers zur Hand gehen? Ich könnte dir dabei Dinge zeigen, von denen du bisher noch nicht mal etwas gehört hast.«

Vielsagend zwinkerte Felix mir zu.

Es war schön zu sehen, dass er seinen Lebensmut wiedergefunden hatte und sich dem Alltag nach der Sache mit Großtante Agnes wieder stellte.

»Hast du zufällig meine Großmutter gesehen?« Auf die Spitze wegen meiner vermeintlichen Untätigkeit ging ich erst gar nicht ein. Inzwischen gefielen mir diese kleinen Neckereien zwischen uns sogar ganz gut. Es war nicht so, dass ich mich danach sehnte, aber mittlerweile kam ich gut damit zurecht und hatte auch nicht mehr das Gefühl, Felix wollte mich nur vorführen, so wie es Johannes in einer ähnlichen Konstellation vermutlich getan hätte.

»Die war vor einer halben Stunde noch in der Küche, um

die neue Köchin zu begrüßen. Inzwischen kann sie allerdings überall sein. Du kennst sie«, sagte er schulterzuckend.

»Mist!«, erwiderte ich.

»Gehe ich recht in der Annahme, dass du dann keinen größeren Wert darauf legst, in die hohe Kunst der Boilerreparatur eingewiesen zu werden?«

Felix schmunzelte verführerisch, als hätte er mir soeben ein unmoralisches Angebot gemacht.

»Leider, ja. Aber nur, weil Oma Else mit mir sprechen möchte. Sonst natürlich immer gerne«, flötete ich zurück.

»Wenn dem so ist, dann finden wir in naher Zukunft sicher schon bald wieder einen Boiler, der reparaturbedürftig ist. Mach dir darüber mal keine Sorgen.«

Dann zwinkerte er mir zum Abschied vielsagend zu und war im nächsten Moment aus meinem Sichtfeld verschwunden.

»Da steckst du, mein Lottchen. Ich habe dich oben in deinem Zimmer gesucht.« Oma Else stand plötzlich hinter mir.

»Und ich dachte, du wärst unten«, entgegnete ich und wandte mich zu ihr um.

Doch sie war nicht allein.

»Darf ich dir Ivar vorstellen?«, sagte sie feierlich und lächelte dabei so freudig, dass mir dabei das Herz aufging.

»Es ist mir eine Freude, Sie endlich kennenzulernen«, begrüßte mich Ivar und reichte mir die Hand.

Ein wenig perplex darüber, dass er unsere Sprache sprach, nahm ich sie und schüttelte sie fest.

»Es ist mir auch eine Freude, Sie kennenzulernen«, begrüßte ich ihn ein wenig verzögert.

»So, nachdem das geklärt wäre, suchen wir uns ein nettes Plätzchen im Haus und setzen uns zusammen, um ein wenig zu plaudern. Wo wäre denn ... Ach, ich weiß, wir gehen in den Wintergarten. Da ist bei gutem Wetter erfahrungsgemäß wenig los.«

Da konnte ich Oma Else anhand meiner dreiwöchigen Erfahrung nur zustimmen. Bislang hatte ich dort nur ein einziges Mal eine Skatrunde beobachtet, die es allerdings faustdick hinter den Ohren hatte. Aber das war ein anderes Thema.

»Frau Nietnagel, würden Sie uns bitte drei Tassen Tee in den Wintergarten bringen? Und ein wenig Gebäck, wenn es denn noch welches gibt. Ich habe Lust auf einen Afternoon Tea am Abend«, säuselte sie.

»Sehr wohl«, erwiderte Frau Nietnagel und machte sich auf den Weg in Richtung Küche.

»Oder hättet ihr lieber bereits zu Abend gegessen?«, fragte sie Ivar und mich.

»Nein, nein, meine Teuerste. Deine Wahl ist ganz vortrefflich«, erklärte Ivar und wirkte dabei wie aus der Zeit entfallen.

Wer sprach denn heute noch so? Allerdings fand ich es sehr süß. Und Oma Else schmolz bei seinen Worten förmlich dahin.

Im Wintergarten verrückte Oma Else ein paar Stühle und den Tisch so, dass er mittig zum Fenster stand. Es sollte offenbar alles perfekt sein. Wofür auch immer.

Nachdem Frau Nietnagel den Tee gebracht und sich wieder zurückgezogen hatte, begann Oma Else zu sprechen.

Mir war derweil abwechselnd heiß und kalt, weil ich nicht wusste, wie ich gleich auf ihre Ankündigung, die Villa Sehnsucht verkaufen zu wollen, reagieren würde.

»Nun, meine liebe Lotte, du kennst mich. Ich rede nie gerne lange um den heißen Brei herum. Das ist einfach nicht meine Art. Also werde ich gleich auf den Grund dieser Unterhaltung zu sprechen kommen.«

Jetzt war es also so weit.

»Ich werde älter, liebe Lotte. Und auch wenn ich den Alltag bislang gut zu meistern wusste, möchte ich mich in Zukunft ein wenig mehr auf die schönen Dinge des Lebens konzentrieren.«

Dabei legte sie ihre Hand auf die von Ivar. Dieser sah sie dabei so verliebt an wie ein Teenager.

Es war rührend, die beiden dabei zu beobachten, wie liebevoll sie miteinander umgingen. Wie schön, wenn man auch im hohen Alter noch einen zweiten Frühling erleben durfte!

»Das kann ich verstehen«, pflichtete ich ihr bei.

»Und weil ich meine Villa Sehnsucht nur in den besten Händen wissen will, habe ich vor, sie dir zu überschreiben. Natürlich nur, wenn du das möchtest und wenn es dein freier Wille ist. Aber eins sei bereits vorangestellt: Ich weiß, dass du es kannst.«

»Ich soll was?« Völlig überrascht lehnte ich mich zurück und wusste nicht wohin mit meinen Händen. »Nein, das kann ich nicht. Ich dachte, du ... Nein, das geht auf gar keinen Fall. Du kennst mich, ich würde Fehler machen. Viele Fehler. Und das Haus ... Es ... Ich ...«

Mit allem hatte ich gerechnet, nur nicht damit, dass Oma Else auf die Idee kommen könnte, mir die Hotelleitung der Villa Sehnsucht zu übertragen.

»Schon als du klein warst, hast du dieses Haus geliebt. Wie oft haben wir uns nachts auf eine heiße Schokolade in der Küche getroffen? Du bist die Einzige, Lotte, der ich mein Vermächtnis anvertrauen möchte. Und dafür muss man nicht perfekt sein, mein Kind. Man muss das Herz am rechten Fleck haben. Und das hast du. Das hast du ganz sicher.«

Oma Else erhob sich von ihrem Platz und strich mir mit ihrer Hand zärtlich über die Wange.

Erst jetzt bemerkte ich, dass sich einzelne Tränen aus meinen Augen gelöst hatten und über meine Wangen kullerten.

Noch vor wenigen Minuten war ich mir sicher, Oma Else würde die Villa Sehnsucht verkaufen. Nun zu hören, dass sie mir das Hotel vermachte, war unglaublich.

Ich musste träumen.

»Du sagst ja gar nichts, meine Lotte«, sagte Oma Else.

»Hat es dir die Sprache verschlagen? Kannst du dir denn vorstellen, dieses mächtige Erbe anzutreten?«, fragte mich Ivar, der sich bislang zurückgehalten hatte.

Oma Else warf ihm vernichtende Blicke zu.

»Was denn?«

»Bei dir klingt es, als wäre es eine Bürde, die Villa Sehnsucht zu leiten.«

»Das ganz sicher nicht, meine Teuerste. Aber ich weiß, wie viel Herzblut, Energie und Arbeit von dir in diesem Haus steckt.«

Ivar hatte es perfekt zusammengefasst. Das hier war ein Lebenswerk und nicht irgendein Hotel, das ich übernehmen sollte. Die Tatsache flößte mir Respekt ein.

»Ich weiß zu schätzen, wie viel Vertrauen du mir entgegenbringst, Oma Else. Aber ich würde gerne eine Nacht darüber schlafen, auch wenn ich die Villa Sehnsucht in den vergangenen drei Wochen so sehr in mein Herz geschlossen habe, dass ich mich nur ungern von ihr trennen möchte.«

»Natürlich, meine Lotte. Schlaf eine Nacht darüber. Das klingt nach einem vernünftigen Plan.«

Oma Else lächelte zuversichtlich und tätschelte dabei erneut Ivars Hand.

»Ich danke dir für dein Verständnis. Und natürlich auch für das Vertrauen. Nie im Leben hätte ich gedacht, dass du deine Villa Sehnsucht je aus der Hand geben würdest. Das ist … Mit dem Gedanken muss ich mich erst mal auseinandersetzen. Und mit der Frage, ob ich dauerhaft auf Rügen bleiben möchte«, offenbarte ich.

»Es gibt für alles im Leben eine Zeit. Vielleicht ist nun die Zeit für Rügen gekommen. Wer weiß …«, philosophierte Oma Else.

»Eins sollst du jedoch wissen, meine Lotte. Ich bin dir auch nicht böse, wenn du das Erbe ausschlägst. Aber ich bin mir ganz sicher, dass niemand besser die Stimmung und den Esprit des Hauses aufrechterhalten kann. Du bist die perfekte Nachfolgerin für mich, meine Lotte. Und auch wenn ich es dir in der Vergangenheit nicht allzu oft gesagt habe: Ich liebe dich. Aus tiefstem Herzen.«

Nun kullerten auch bei Oma Else die Tränen über die Wangen. Während Ivar ihr ein Taschentuch reichte, erhob ich mich von meinem Platz und nahm meine Großmutter ganz fest in die Arme.

Es tat so gut, sie zu spüren und zu wissen, wie viel Vertrauen sie in mich setzte. Aber Vertrauen konnte auch eine Bürde sein. War ich dem Erbe gewachsen? Oder sollte ich es besser ausschlagen, damit sich ein anderer mit mehr Erfahrung darum kümmern konnte?

Fragen über Fragen, die mich in der heutigen Nacht nicht schlafen lassen würden. Mal wieder.

28

Am nächsten Morgen fühlte ich mich so gerädert, als wäre ich mit Yara noch mal auf Wacken, einem Heavy Metal Open Air Festival knapp eine Stunde von Hamburg entfernt, gewesen. Dabei hatten wir uns nach dem einen desaströsen Mal, damals waren wir gerade achtzehn Jahre, entschlossen, nie wieder dorthin zu fahren. Denn eigentlich war es gar nicht unsere Musikrichtung. Wir hatten nur cool sein wollen, weil alle nach Wacken fuhren. Im Endeffekt war es laut, es gab schreckliche Musik und die hygienischen Zustände erinnerten an die des Mittelalters.

Im Bad stellte ich mich unter die kalte Dusche. Oma Else hatte mit Ivar ein eigenes Zimmer genommen, so dass mir ihre Wohnung nach wie vor zur Verfügung stand. Wenn ich wollte, sogar dauerhaft.

Während ich versuchte, wach zu werden, grübelte mein Kopf schon wieder über den gestrigen Abend und das Gespräch mit Oma Else nach.

Sollte ich wirklich so mutig sein und ein Hotel mit so langer Tradition übernehmen? Was, wenn ich den Anforderungen nicht genügte? Wenn die Urlauber unzufrieden mit mir und meinen Ideen waren?

Es gab so viele Dinge, die ich falsch machen konnte.

Kopfschüttelnd stand ich da, schaltete das Wasser aus und nahm mir ein Handtuch, um mich abzutrocknen. In knapp dreißig Minuten wollte ich mit Yara zu den Kreidefelsen fahren. Trotz all der Aufregung, die gerade in meinem

Leben herrschte, war es die perfekte Abwechslung, mit meiner besten Freundin einen Ausflug zu machen. Ganz so, als wären wir zwei Touristinnen, die den Tag auf der Insel Rügen genießen wollten und sich dafür zwei Tickets für die zweieinhalbstündige Fahrt mit der MS Cap Arkona gekauft hatten.

Fast war ich ein wenig aufgeregt. Es war lange her, dass ich mir das UNESCO Weltnaturerbe vom Wasser aus angesehen hatte. Das musste noch mit meinen Eltern zusammen gewesen sein.

Allerdings konnte ich mich sehr gut daran erinnern, wie sehr mich die beiden großen Kreidefelsen, Viktoriasicht und Königsstuhl, beeindruckt hatten. Außerdem war von der damaligen Rundfahrt bei mir hängengeblieben, dass die Kreidefelsen nur so gut zu sehen waren, da durch die regelmäßigen Abgänge ein Bewuchs unmöglich war.

Es war an der Zeit, dieses Rügener Wahrzeichen gemeinsam mit Yara zu bestaunen. Und einen Schlachtplan zu entwerfen, wie ich auf Oma Elses Angebot reagieren sollte.

»Da hätte ich im ersten Moment auch nicht wirklich gewusst, was ich sagen soll«, erklärte Yara, nachdem ich ihr von dem gestrigen Gespräch mit Oma Else und ihrem Angebot erzählt hatte.

»Einerseits fühle ich mich total geehrt. Nie im Leben hätte ich damit gerechnet, dass sie es ausgerechnet mir anbieten würde und dann das. Aber andererseits ist das auch ganz schön viel Verantwortung, die ich da bekommen würde. Nicht nur für das Haus, sondern auch für die Gäste und die Angestellten. Werde ich das überhaupt können? Ich habe keine Ausbildung in diesem Bereich. Alles, was ich in den letzten drei Wochen getan habe, war eher intuitiv als von langer Hand geplant«, gestand ich ihr ein.

Yara nickte verstehend.

»Aber manchmal ist Intuition genau das Richtige. Vor allem dann, wenn man mit Menschen zusammenarbeitet. Ich kann mir dich gut als Hotelchefin vorstellen, Lotte. Du hast dieses gewisse Etwas, bleibst immer nett und freundlich und lässt dich nicht so leicht von nörgelnden Gästen aus der Ruhe bringen.«

Augenblicklich hatte ich bei Yaras Worten Oberschuldirektor a. D. Lingen vor meinem geistigen Auge.

»Dann würdest du das Erbe antreten?«, fragte ich meine beste Freundin, während wir Kurs auf die Kreidefelsen nahmen.

Die Fahrt um zehn Uhr war nicht ausgebucht, so dass wir Platz auf dem Aussichtsdeck gefunden hatten. Wir waren sogar ziemlich für uns in unserem Eck und wir konnten offen miteinander reden.

»Ich denke schon«, erwiderte Yara und wirkte dabei irgendwie abwesend.

»Wärst du mir denn böse, wenn ich hier auf der Insel bliebe?«

Ich ahnte, was gerade in meiner Freundin vorging. Schließlich würde sie mir auch sehr fehlen. Hamburg und Rügen lagen eben nicht so nahe beieinander, dass man am Abend mal eben einen Cocktail zusammen trinken konnte. Alles musste geplant werden. Die Spontaneität war damit dahin. Aber das würden wir doch sicher schaffen. Oder?

»Böse? Nein, auf gar keinen Fall. Ich befürchte eher, dass du böse auf mich sein wirst.«

»Das verstehe ich nicht.«

Yara seufzte.

»Als ich dir gestern von den Hochzeitsvorbereitungen erzählt habe, war ich nicht ganz ehrlich zu dir. Es gibt einen weiteren Punkt, über den Kai und ich uns in die Wolle gekriegt haben.«

Der Seegang nahm zu, war aber noch erträglich. Als Kind hatte ich mich schon das ein oder andere Mal über die Reling erbrochen. Zum Glück konnte ich mittlerweile ganz gut mit den Wellen umgehen.

»Okay, und worum ging es dabei?«, hakte ich nach und befürchtete, in dieser Angelegenheit eine gewisse Rolle zu spielen.

»Um dich.«

Bingo.

»Um mich? Inwieweit? Möchte Kai nicht, dass ich deine Trauzeugin bin?«

Yara winkte ab.

»Nein, nein, das ist nicht das Thema. Da würde er sich auch nie einmischen.«

Da war ich mir jedoch nicht ganz so sicher.

»Worum geht es dann?« Ich blieb beharrlich, während alle Farbe aus Yaras Gesicht verschwand.

Da ich aber wusste, dass sie keine Probleme mit Schifffahrten hatte, seit wir mit der Schulklasse zur Abschlussfahrt nach London von Calais nach Dover mit dem Schiff gefahren waren und dabei so hohen Wellengang hatten, dass sich die Hälfte der Klasse übergeben musste.

»Kai hat Johannes eingeladen.«

Nun war die Bombe geplatzt.

»Oh!« Mehr fiel mir nicht dazu ein.

Die Tatsache, Johannes spätestens bei Yaras Hochzeit

wiederzusehen, musste ich erst mal verdauen. Dann jedoch dachte ich darüber nach, wie ich mich in den vergangenen Wochen entwickelt hatte und, wie selten ich nur noch Johannes' Stimme in meinem Hinterkopf hörte.

Es war zu Ende. Wir beide hatten uns getrennt. Und ich hatte mich in der Zwischenzeit auch emotional von ihm gelöst. Und das nicht nur wegen Felix. Wobei er sicher einen großen Teil dazu beigetragen hatte, dass mein Selbstwertgefühl in den vergangenen Wochen stärker geworden war.

»Es ist okay für mich, wenn er kommt«, sagte ich also mit so viel Selbstbewusstsein, wie ich in diesem Moment aufbringen konnte.

»Bist du dir sicher?«

Yara sah mich vollkommen überrascht an.

Ich nickte.

»Ganz sicher sogar«, bestätigte ich ihr. »Ich bin über ihn hinweg.«

Yara fiel mir um den Hals.

»Das sind ja wundervolle Neuigkeiten.«

»Das finde ich auch«, befand ich, da ich mir bis dato noch keine Gedanken darüber gemacht hatte.

Der Kapitän machte eine Durchsage, dass wir uns den Kreidefelsen, von denen erst gestern wieder ein Stück abgebrochen und im Meer versunken war, näherten.

Veränderungen gab es augenscheinlich nicht nur in der Küche der Villa Sehnsucht, sondern auch in der Natur. Ständig. Und immerzu.

Dass auch ich auf dem besten Weg war, mich zu verändern, stand dabei außer Frage. Wohin mich der Weg allerdings hinführen würde, würde sich erst zeigen müssen.

29

Mit jeder Minute, mit der sich die Zeit auf achtzehn Uhr zubewegte, wurde ich nervöser.

Von Oma Else und Ivar war nach wie vor nichts zu sehen. Ihr Anwalt, Herr Schlüter, war noch nicht eingetroffen. Zumindest lag Großtante Agnes oben in ihrem Bett und schlief.

Yara hatte sich in der Zwischenzeit wieder nach Hamburg verabschiedet. Doch ich war ihr so dankbar, da sie genau im richtigen Moment auf die Insel gekommen war. Als hätte sie gespürt, dass ich sie und ihren Rat dringend benötigte.

Mit meinen Nägeln tippte ich ungeduldig auf das Mahagoniholz des Rezeptionstresens.

»Hast du eine Ahnung, was deine Großmutter von mir wollen könnte?«

Felix hob einen weißen Zettel in die Höhe.

»Ihr Anwalt kommt jeden Augenblick. Sie will uns was mitteilen. Es geht um die Villa Sehnsucht.«

Felix sah mich durchdringend an. Seine Augen waren zu schmalen Schlitzen zusammengezogen, während sich auf seiner Stirn tiefe Falten abzeichneten.

»Woran denkst du? Hat sie Andeutungen gemacht?«

Nickend stand ich da, während ich abermals über das gestrige Gespräch mit Oma Else und Ivar nachdachte.

»Sie will mehr Zeit mit Ivar verbringen, was nicht neben den Verpflichtungen für die Villa Sehnsucht möglich ist.« Ich seufzte. »Sie lässt mir offen, ob ich das Haus übernehmen möchte oder ob sie es verkaufen soll.«

Nun war es raus.

»Du meinst allen Ernstes, Frau Steltner senior gibt ihre Villa Sehnsucht auf?«, platzte es viel zu laut aus Felix heraus.

Besorgt blickte ich mich zu allen Seiten hin um. Ich wollte nicht, dass die Angestellten sich Sorgen machten, ehe alles in trockenen Tüchern war.

»Psst! Nicht so laut«, unterbrach ich ihn und legte meinen Zeigefinger mahnend an meine Lippen.

Felix bedeutete mir, dass er verstand und hob abwehrend seine Hände in die Höhe.

»Wirst du das Hotel denn übernehmen?«

Da war sie wieder: Die Frage aller Fragen, die mich schon heute Nacht nicht hatte schlafen lassen.

»Habe ich das richtig gehört?«, fragte Frau Nietnagel, die soeben aus dem Speisesaal geschritten kam.

»Nein!«, antworteten Felix und ich wie aus einem Munde.

»Ist ja schon gut.«

Erschrocken fuhr sie zurück.

»Sie haben sich verhört«, blieb ich beharrlich.

»Es gibt nichts, worüber es sich zu tratschen lohnt«, sprach Felix eindringlich auf sie ein, woraufhin Frau Nietnagel genervt mit den Augen rollte.

»Also gibt es morgen doch Zander?«, fragte sie irritiert.

»Zander?«, riefen Felix und ich abermals wie aus einem Munde.

»Sie wissen schon. Der Fisch«, half sie uns auf die Sprünge.

Als wir sie nach wie vor mit großen Augen ansahen, brachte sie ein wenig Licht ins Dunkel.

»Herr Oltmann hat da gerade etwas zu Frau Menckwitz gesagt, was ich nicht ganz verstehen konnte. Da die beiden nicht weit von euch wegstanden, dachte ich, ihr hättet es gehört.«

Es ging also gar nicht um Felix' Äußerung. Was für eine Erleichterung!

»Nein, das haben wir leider nicht«, erklärte Felix.

»Ist auch egal. Ich gehe den beiden schnell nach und frage sie direkt. Sonst passiert mir das wie bei diesem blöden Flüsterpostspiel, und am Ende kommt ein ganz anderes Ergebnis raus, als anfangs auf den Weg geschickt wurde.«

Kaum dass Frau Nietnagel verschwunden war, hallte Oma Elses Stimme durch die Lobby.

»Lotte? Felix? Kommt ihr? Wir setzen uns im Blauen Salon zusammen. Dort haben wir unsere Ruhe, und es ist gemütlicher.«

Sie klang froh, ja beinahe euphorisch.

Felix sprach mir mit seinem Blick Mut zu, das Richtige zu tun und an mich zu glauben. Mein Puls beschleunigte sich von null auf hundert in unter zwei Sekunden. Das war neuer Rekord.

Felix, der spürte, wie angespannt ich war, nahm wie selbstverständlich meine Hand in seine.

»Kommt rein, ihr Lieben. Herr Schlüter sollte jeden Augenblick da sein.«

Felix und ich setzten uns auf zwei ausladende Chesterfield-Sessel und warteten wie gebannt darauf, was nun gleich folgen würde.

»Ich möchte die Gelegenheit gerne nutzen, um dir, lieber Felix, Ivar vorzustellen.«

Als wir den Raum betraten, war er nirgends zu sehen. Erst jetzt bemerkte ich ihn hinter der Theke neben der Kaffeemaschine, die Felix kürzlich repariert hatte.

»Ivar, mein Lieber, kommst du zu uns?«

Als Ivar seinen Namen hörte, hob er die Hand zum Gruß

in die Höhe. Dann kam er mitsamt einer vollen Kaffeetasse zu uns an den Tisch, stellte diese ab und reichte zunächst mir und dann Felix die Hand.

»Mein Name ist Ivar und es freut mich, Ihre Bekanntschaft zu machen.«

Im ersten Moment war Felix, ähnlich wie ich am gestrigen Abend, verblüfft darüber, dass er Deutsch sprach. Schließlich kam Ivar aus Estland. Dann erst realisierte Felix, dass Ivar ja in Binz gelebt hatte und während dieser Zeit auch die Sprache erlernt hatte.

»Ganz meinerseits. Ich bin Felix«, stellte er sich förmlich vor, stand auf und nahm seine dargebotene Hand entgegen.

»Nun, da wir uns jetzt alle miteinander bekanntgemacht haben, wollte ich euch mitteilen, dass ich eine Pflegekraft für Agnes engagiert habe. Es war eine Zumutung, liebe Lotte, dich neben der Hotelleitung auch mit der Betreuung deiner Großtante zu betrauen. Vor allem, da sie in letzter Zeit des Öfteren ihrer eigenen Wege gegangen ist. Das war vor deiner Ankunft definitiv nicht so schlimm. Sonst hätte ich schon vorher geschaut, dass wir Unterstützung für Agnes bekommen. Frau Engelmann wird morgen hier eintreffen. Gerade rechtzeitig, bevor Ivar und ich uns für einen längeren Aufenthalt nach Estland verabschieden.«

Oma Else lächelte ihre Jugendliebe glücklich an, während Ivar bekräftigend seine Hand auf ihre legte.

»Sie wollen gleich wieder weg?«, fragte Felix.

»Ivar möchte mir seine Heimat zeigen.«

»Sie weiß noch nichts davon, dass ich mein Haus renovieren möchte und dazu ihre Hilfe benötige«, erklärte Ivar mit einem Lächeln auf den schmalen Lippen.

Er war ein hochgewachsener, gutaussehender Mann mit

knittriger Haut um Augen und Mund. Er musste in seinem Leben viel gelacht haben.

Trotz des hohen Alters wirkten seine blauen Augen nicht wässrig, sondern leuchteten. Sie hatten in all den Jahren nicht an Strahlkraft eingebüßt. Schon auf der Schwarz-Weiß-Aufnahme waren sie mir aufgefallen.

Wann immer er zu Oma Else schaute, konnte man sehen, mit wie viel Liebe er sie ansah. Das rührte mich fast zu Tränen.

»Und ich freue mich wahnsinnig darauf, einem echten Afternoon Tea in einem kleinen estnischen Hotel beizuwohnen, das eine Engländerin führt, die der Liebe wegen nach Tallinn ausgewandert ist. Die Reservierung dafür liegt mir bereits vor.«

Wann hatte sie das nur alles geplant?, schoss es mir augenblicklich durch den Kopf.

»Ah, da ist ja auch schon Herr Schlüter. Pünktlich auf die Minute. Auf Sie ist wahrlich Verlass.«

Herr Schlüter war ein untersetzter Mann Ende fünfzig mit schütterem Haupthaar und einem Faible für ausgefallene Brillen. Das Exemplar heute hätte auch Elton John gefallen und war mit seinem Gestell, das an ein Zebra erinnerte, für Binz vielleicht eine Spur zu extravagant. Aber jeder wie er mochte.

Bislang war mir der Mann nur von seinem Namen her bekannt. Alles, was Oma Else mit ihm zu regeln hatte, tat sie für gewöhnlich allein. Es war neu, dass ich der Unterredung beiwohnen sollte.

»Herr Schlüter, haben Sie die Papiere mitgebracht?«, fragte Oma Else.

»Aber selbstverständlich«, erwiderte er mit einer solchen Selbstsicherheit in der Stimme, dass es fast schon einem Frevel glich, ihn überhaupt danach zu fragen.

Oma Else bedankte sich bei ihm, ehe sie sich uns zuwandte. Ivar legte seine Hand auf ihre. Er spürte, dass die Situation angespannt war. Auch Felix hielt meine Hand nach wie vor.

»Liebe Lotte …«

Als Oma Else zu reden begann, stockte mir der Atem. Nun würde das Unvermeidliche folgen. Aber was hatte ich erwartet? Dass sie das Hotel leiten würde, bis sie zu alt dafür war? Wenn ich sie mir so ansah, würde dieser Tag vermutlich nie kommen.

»Ich bin alt. Schrecklich alt. Mein Körper ist zwar ganz ordentlich in Schuss, aber mir fällt einiges nicht mehr so leicht wie früher. Und, wenn man ein gewisses Alter erreicht hat, dann fragt man sich, was das Leben noch für einen bereithält.«

Sie sah zu Ivar und lächelte ihn verliebt wie ein Teenager an.

»Als Ivar und ich planten, uns wiederzusehen, da war es mehr eine fixe Idee. Doch je länger wir darüber sprachen, desto sicherer waren wir, dass wir uns sehen mussten. Es ging nicht anders.«

»Und wir wollen nun den Rest der Zeit, die uns bleibt, gerne zusammenverbringen«, vollendete Ivar ihren Gedanken.

»Ja, das hast du schön gesagt, mein Lieber«, pflichtete sie ihm bei und tätschelte ihm dabei die Hand.

»Um auf den Punkt zu kommen, Lotte, ich kann diesen neuen Lebensabschnitt nur angehen, wenn ich Dinge, die mir wichtig sind, in guten Händen weiß.«

Gleich würde sie mich nach meiner Entscheidung fragen. Gleich würde sie mir erklären, dass sie einen guten Käufer für das Haus gefunden hatte, der bereit war, alles so fortzuführen, wie es war, wenn ich das Erbe ausschlagen sollte. Nur mit dem Unterschied, dass sie nicht mehr in der Villa Sehnsucht sein würde und damit ganz viel Esprit, Geborgenheit und Heimat verschwinden würden.

Innerlich rang ich mit den Tränen. Ich gönnte meiner Großmutter diesen Befreiungsschlag und den Neuanfang von Herzen. Also musste ich jetzt stark sein und durfte mich nicht allzu sehr an meine sentimentalen Erinnerungen klammern.

Das war ich ihr und mir schuldig.

»Liebe Lotte, hast du denn eine Entscheidung treffen können? Ich weiß, ich habe dir nicht besonders viel Zeit zum Nachdenken gelassen, mein Kind. Aber in meinen fast neunzig Jahren bin ich zu der Einsicht gekommen, dass es nichts bringt, Entscheidungen auf die lange Bank zu schieben. Dadurch werden sie nicht richtiger oder schlechter. Erst wenn man sieht, was daraus wurde, kann man ein Urteil darüber fällen. Ich verstehe deinen Entschluss, und ich werde ihn respektieren«, sprach sie mir Mut zu.

Bevor ich antwortete, schaute ich Felix an. Dann ließ ich seine Hand los und nahm die meiner Großmutter. »Ich möchte die Villa Sehnsucht gerne übernehmen und danke dir für dein Vertrauen. Es wird schwer werden, dein Erbe anzutreten, aber ich werde alles tun, damit das Hotel auch in Zukunft das alte Flair verströmt, für das es so geliebt wird.« Ich atmete tief aus, das war geschafft.

»Oh, Lotte, ich bin so froh, dass du die Hotelleitung übernehmen willst.«

Ivar und sie sahen sich an und wirkten erleichtert. Offenbar hatte dieser Punkt beiden ordentlich zugesetzt.

»Ich vermache dir das Haus, meine Lotte, aus ganz egoistischen Gründen. Das gebe ich offen zu. Und ich hoffe, du kannst mir das irgendwann verzeihen. Aber ich will es in den besten Händen wissen. Und das sind deine, meine Lotte. Das sind deine Hände.«

»Ich werde alles tun, damit ich dein Erbe so fortführen kann«, antwortete ich, ein wenig überfordert von der Situation.

»Du wirst von allen ganz viel Hilfe bekommen.«

Als Oma Else das sagte, blickte sie zu Felix.

»Auch wenn ich mir gut vorstellen kann, dass Felix in naher Zukunft wieder seiner Berufung folgen wird, ist er ein treuer Bursche. Er lässt dich und die Villa nicht im Stich.«

Dann lächelte sie.

»Schon als du zur Tür rein bist und Felix einen Dieb geschimpft hast, war da dieses Leuchten in euren Augen.«

Während sie das sagte, blickte sie zu Ivar, der ihr einen Luftkuss zuwarf und an seinem Kaffee nippte.

»Ich bin schrecklich unhöflich. Möchte jemand einen Kaffee?«

Herr Schlüter hob die Hand.

»Ich, bitte. Mein Tag war grauenvoll. Zwei Scheidungen und ein Ehevertrag, bei dem ich mich bei dem Gezanke der beiden Fast-Eheleute frage, ob er überhaupt eine Anwendung finden wird.«

Seufzend nahm er die Tasse entgegen, die Ivar ihm sogleich reichte.

»Wie fühlt es sich an, dieses Erbe anzutreten?«, fragte mich Ivar sodann.

»Angsteinflößend, aufregend und irgendwie auch gut. Ich habe das Gefühl, endlich anzukommen.«

Dabei blickte ich zu Felix.

»Es ist vor allem Oma Elses Liebe, die ich in jeder Ecke dieses Hauses spüre. Die Vorstellung, du hättest das Haus verkauft … Das hätte mich sehr traurig gemacht. Einerseits bin ich froh, dass die Villa Sehnsucht im Familienbesitz bleibt. Andererseits bin ich mir unsicher, ob ich deinen Ansprüchen gerecht werden kann.«

Oma Else legte ihre Hand auf meinen Schoß.

»Das Gute an so einem Erbe, liebe Lotte, ist, dass man damit tun und lassen kann, was man möchte. Nur um eins bitte ich dich.«

»Ja?«, fragte ich gespannt, was noch alles auf mich hereinprasseln würde.

»Ich hätte gerne ein Zimmer, in dem Ivar und ich absteigen können, wenn wir auf der Durchreise sind. Eines der kleineren genügt uns. Meinst du, das wäre möglich?«

»Sollen wir das schriftlich festhalten?«, schlug Herr Schlüter vor.

Doch Oma Else winkte ab.

»Lottes Zusage reicht mir vollkommen.«

»Ja, natürlich. Du bist hier immer willkommen, Oma Else.«

»Dann nimmst du dein Erbe also an?«, fragte sie mit freudiger Stimme.

»Bleibt mir denn eine andere Wahl?«, stellte ich ihr die Gegenfrage.

»Ich denke nicht«, erwiderte sie, ehe sie mich in ihre Arme zog.

»Und kann ich mich denn auf dich verlassen, Felix? Bist du für Lotte da, wenn sie dich braucht?«

Da Felix sich in meinem Rücken befand, konnte ich nicht sehen, was für einen Gesichtsausdruck er aufgesetzt hatte.

»Ich werde immer für Lotte da sein. Das verspreche ich Ihnen!«

»Mein Junge, ich denke, es ist an der Zeit, dass du mich

auch Oma Else nennst. Die Familie tut das so. Und du bist in meinen Augen gerade auf dem besten Wege, ein Teil davon zu werden.«

Oma Else löste sich bei ihren Worten aus unserer Umarmung.

»Ich bin für dich da, Lotte. Immer!«

Dankbar küsste ich ihn auf den Mund.

»Da das nun alles so weit geklärt zu sein scheint, würde ich vorschlagen, wir gehen zu den Formalitäten über, die wir dann an den Notar weiterleiten können, damit dieser die Schenkung notariell beurkunden kann.«

Oma Else seufzte bei den Worten ihres Rechtsanwalts.

»Ich dachte, Sie wollten morgen auf Reisen gehen«, ermahnte Herr Schlüter sie.

»Sie haben ja recht, mein Guter. Es ist nur so, dass ich mich nie besonders für diesen ganzen Papierkram erwärmen konnte. Er gehört dazu und ist unabdingbar. Aber wirklich glücklich macht er mich nicht.«

Nun war es an Herrn Schlüter zu seufzen.

»Na gut, weil Sie es sind, die Kurzversion. Aber weiß Ihre Enkelin Bescheid darüber, dass sie nicht nur das Haus und das Grundstück drum herum erbt, sondern sich auch dazu verpflichtet, Agnes, Ihre Schwester, zu betreuen und sich um … Moment! Miss Moneypenny zu kümmern? Wer um alles in der Welt ist Miss Moneypenny?«, fragte Herr Schlüter mit gerunzelter Stirn.

Oma Else und ich sahen uns an und lachten.

»Ein kleiner Hausgeist auf vier Samtpfoten, ohne den die Villa Sehnsucht nicht das Haus wäre, das es ist. Hab ich recht, ihr Lieben?«

Felix, ich und sogar Ivar stimmten Oma Else zu, während

Herr Schlüter nach wie vor nicht so recht wusste, um wen es sich bei Miss Moneypenny handelte.

»Lotte?«, fragte mich Oma Else nach einigen Minuten ein wenig nachdenklicher. »Bist du mir sehr böse, dass ich deinen weiteren Lebensweg vorbestimme?«

Offenbar beschlich sie ein schlechtes Gewissen.

»Böse?«, wiederholte ich.

Sie nickte.

»Nein, ich bin dir nicht böse. Ich bin dir sogar sehr dankbar. Du glaubst an mich und erklärst meine kleinen Fehler zu meinen Stärken. Ich bin unsagbar glücklich, dass die Villa Sehnsucht nicht verkauft wird. Und ich bin dankbar für die Liebe, die du mir schenkst.«

»Ach, Lotte, mein Herz, du schaffst es, dass ich zu weinen beginne.«

Ivar reichte ihr ein Taschentuch.

»Ich habe hier ein Tablett mit Sektgläsern«, erklärte Frau Nietnagel, als sie zur Tür hereinkam.

»Offenbar gibt es was zu feiern«, stellte sie fest.

»O ja! Das gibt es. Kommen Sie doch zu uns herüber. Und nehmen Sie sich auch ein Glas. Hören Sie?«

Frau Nietnagel wirkte wie vom Donner gerührt.

»Was feiern wir denn?«, fragte sie mit leiser Stimme vorsichtig nach, als wir alle unser Glas in Händen hielten und feierlich in die Runde schauten.

»Wir feiern einen Neuanfang, alles das, was war, und die Liebe«, erklärte Oma Else.

»Ganz besonders die Liebe«, bekräftigte ich sie.

»Auf die Liebe!«, rief Felix und prostete uns zu.

»Auf die Liebe!«, erwiderten wir Übrigen.

Epilog

Zehn Monate später

»Frau Steltner, was halten Sie von der Crème? Ich habe sie extra für den heutigen Geburtstag von Frau Steltner senior zubereitet. Sie hat einen ganz leichten Pistaziengeschmack. So wie Frau Steltner senior ihn mag. Die Crème habe ich auch schon in der dreistöckigen Torte verwendet. Das wird der Hingucker der heutigen Feierlichkeiten«, erklärte mir Herr Oltmann fast schon euphorisch.

Ich probierte die mir dargebotene Süßspeise, um Herrn Oltmann eine Freude zu bereiten. Eigentlich hatte ich noch unzählige Posten auf meiner To-do-Liste zu erledigen, so dass ich es mir nicht leisten konnte, irgendwo haltzumachen.

»Das schmeckt … gar nicht mal so gut, Herr Oltmann. Haben Sie womöglich Salz mit Zucker verwechselt?«

Noch während ich das fragte, eilte ich zum Wasserhahn an der Spüle, schnappte mir eines der Gläser, das sich darüber in einem Hängeschrank befand und füllte es schnell mit Wasser. Sturzbachartig ließ ich die Flüssigkeit meine Kehle hinuntersausen. Der salzige Geschmack kratzte im Hals und ich musste husten.

»Salz? Das ist unmöglich«, erklärte Herr Oltmann und probierte jetzt ebenfalls von seiner Crème.

Prompt stand er neben mir, nahm sich auch ein Glas und trank es in einem Zug leer.

»Eine Katastrophe«, jammerte er.

Ich klopfte ihm aufmunternd auf die Schulter und redete ihm gut zu. Es blieb genügend Zeit, eine Alternative herzustellen. Und auf ein Wunder zu hoffen. Denn der heutige Tag hatte sich bisher nicht von seiner besten Seite gezeigt.

Oma Elses schwarzes Notizbuch war verschwunden, Großtante Agnes wollte nicht baden, Felix musste im Krankenhaus eine zusätzliche Schicht für seinen Kollegen übernehmen und die Blumen, die ich für die Bredekamp-Schwestern getrocknet hatte, waren mir größtenteils zerbröselt.

»Wie konnte das nur passieren?«, fragte sich Herr Oltmann und blickte dabei betreten in die Rührschüssel.

In den zehn Monaten, in denen ich nun die Leitung der Villa Sehnsucht innehatte, hatte ich schon einiges erlebt. Warum etwas passierte, war meist nicht die eigentliche Frage. Denn dass es passiert war, war meist ein Fakt und damit unwiderruflich. Nein, es galt Lösungen für all die kleinen und großen Probleme des Alltags zu finden und sie anzugehen. Am besten gleich und ohne Umschweife.

Auf dem Weg zur Rezeption traf ich Frau Lemke in der Lobby.

»Frau Lemke, ist das Zimmer für meine Großmutter und ihren Gast vorbereitet?«

Oma Else und Ivar waren nun knapp zehn Monate in Estland gewesen. Zehn Monate. Das musste man sich mal auf der Zunge zergehen lassen.

Zunächst hatte ich geglaubt, die Zeit würde nie vergehen. Und nun war sie doch mehr oder minder gerast, ohne haltzumachen. Verrückt!

Aber es war auch einiges zu tun gewesen in den vergangenen Monaten.

Während es in der Sommersaison wieder darum ging, das volle Haus zu managen, hatte ich in den Wintermonaten viel Zeit gehabt, mein Trockenblumenstraußprojekt voranzutreiben. Die Bredekamp-Schwestern und ich hatten uns nach reiflicher Überlegung für drei unterschiedliche Sträuße entschieden. Sie verkauften sich richtig gut und etablierten sich nach und nach in ihrem Geschäft.

Als in der Villa Sehnsucht weniger los war, konnte ich problemlos an diesem neuen Business arbeiten und mich in meiner Kreativität verlieren. Doch nun galt es wieder, die Segel zu setzen und die MS Villa Sehnsucht in die nächste Saison zu manövrieren. Ganz einfach würde es nicht werden.

»Noch nicht ganz«, erwiderte Frau Lemke kleinlaut und lächelte dabei verlegen.

Kein gutes Zeichen.

»Was ist passiert?«, hakte ich direkt nach.

Die Zeit lief mir davon.

»Im Bad tropft der Wasserhahn.«

Zu dumm, dass Felix ihn nicht reparieren konnte, ehe die beiden eintrafen. Bislang war es sogar fraglich, ob er überhaupt dazu kommen würde, wenn Oma Else und Ivar nach all der Zeit das erste Mal wieder in Binz ankamen.

Ein wenig traurig hatte ich seinen Schichtwechsel zur Kenntnis genommen. Aber daran war nicht zu rütteln. Außerdem unterstützte ich Felix dabei, sein Leben als Arzt im Sana-Krankenhaus und als Hausmeister in der Villa Sehnsucht zu meistern.

Er schlug sich wirklich tapfer. Und nach so mancher Nachtschicht brachte er mir sogar frische Croissants vom Bäcker mit aufgebrühtem Kaffee ans Bett.

Knapp zwei Monate nachdem Oma Else mir das Hotel

überschrieben hatte, waren Felix und ich zusammengezogen. Er hatte eine wunderschöne Drei-Zimmer-Wohnung im ersten Stock in Zirkow, was auf halber Strecke zwischen Bergen, wo sich die Klinik befand, und Binz lag.

Anfangs war ich mir nicht sicher, ob es eine gute Idee war, so schnell zusammenzuziehen. Zu groß war meine Sorge, Felix könnte das Chaos stören, das ich überall hinterließ.

Doch das Gegenteil war der Fall gewesen. Während Johannes sich an meiner Unordnung immer gestört hatte, schien Felix genau das an mir zu lieben. Dafür liebte ich ihn nur umso mehr.

»Okay. Das kriegen wir später hin. Ansonsten ist alles vorbereitet?« Frau Lemke nickte eifrig, bevor sie sich wieder auf den Weg machte.

Zurück an der Rezeption nahm ich mir ein Bonbon aus der Schublade und versuchte, damit den salzigen Geschmack aus dem Mund zu bekommen.

»Frau Steltner? Kann ich Sie kurz stören?«

Frau Nietnagel kam mit einer Liste auf mich zu. Einer langen Liste.

»Sind das die heutigen Gäste für den Afternoon Tea?«, fragte ich interessiert.

Sie nickte. »So ist es. Allerdings wurde der Geburtstag von Frau Steltner senior bei der Planung vergessen. Es ist kein Tisch frei.«

Auch das noch.

»Dann werden wir improvisieren oder darauf hoffen, dass jemand kurzfristig absagt«, erwiderte ich.

Frau Nietnagel wiegte den Kopf leicht zur einen, dann zur anderen Seite.

Für gewöhnlich kamen für den Afternoon Tea kaum Absagen rein. Aber heute war so ein chaotischer Tag. Was war da schon gewöhnlich?

Mein Handy klingelte und Frau Nietnagel verabschiedete sich von mir.

»Lotte Steltner. Hallo?«

»Ach, wie schön von Ihnen zu hören, Frau Steltner. Hier spricht Frau Bundschuh. Sie erinnern sich?«

Es dauerte einen Moment, bis bei mir der Groschen fiel. Schließlich hatte ich vor dem Abheben nicht auf das Display geachtet und den Anruf nur schnell entgegengenommen, damit das Klingeln meines Handys nicht durchs Haus dröhnte.

»Hallo, Frau Bundschuh, natürlich erinnere ich mich. Gibt es Probleme mit meinen Anfertigungen? Hat irgendetwas nicht geklappt?«

Beunruhigt lauschte ich in die Leitung. Es war schon eine ganze Weile her, dass ich meine Arbeiten für den Hamburger Verlag fertiggestellt hatte. Wenn ich nun noch Änderungen vornehmen musste, müsste ich mich erst mal wieder in die Materie einarbeiten.

Denn als Graphikdesignerin arbeitete ich schon seit der Übernahme des Hotels nicht mehr. Mir fehlte schlichtweg die Zeit. Außerdem liebte ich all das andere Chaos in meinem Leben momentan viel mehr.

»Nein, nein. Es ist alles bestens. Wir hätten einen neuen Auftrag für Sie. Ich hoffe, Sie können ihn übernehmen.«

Einerseits fühlte ich mich geschmeichelt, dass Frau Bundschuh mich zwecks der Vergabe eines neuen Auftrags kontaktierte. Andererseits wusste ich aber auch, dass ich vernünftig sein und ihr absagen musste. Kein leichtes Unterfangen, wenn man versuchte, immer jedem gerecht zu werden.

Zum Glück verstand sie es und wünschte mir alles Gute für meinen weiteren Lebensweg.

»Lotte, mein Kind, wie schön, dich zu sehen.«

Wie aus dem Nichts tauchte Oma Else in der Lobby auf und steuerte dabei geradewegs auf mich zu. Zu dumm, dass Frau Lemke just in diesem Moment einen Wagen mit schmutziger Bettwäsche aus dem Aufzug schob.

Rums!

»Oma Else?«, fragte ich besorgt und lief in Windeseile auf sie zu.

Ivar, der nach ihr ins Hotel gekommen war, rannte ebenfalls los.

»Frau Steltner?«, fragte Frau Lemke besorgt und kniete sich neben sie auf den Boden.

»Es geht schon. Mir ist nichts passiert«, erwiderte Oma Else und rappelte sich wieder auf.

Ivar bot ihr seine Hand, die sie dankend annahm, während ich noch immer den Atem anhielt. Erst als sie auf ihren Füßen stand und den Anschein machte, unverletzt zu sein, atmete ich erleichtert auf und nahm sie ganz fest in die Arme. Sie und Ivar.

»Wie schön, dass ihr wieder da seid«, begrüßte ich sie.

Frau Lemke schob ihren Wagen weiter und sah dabei betreten drein. Das Letzte, was sie wollte, war, ihre ehemalige Chefin beim Betreten des Hauses über den Haufen zu fahren.

»Wir freuen uns auch, wieder bei euch in der Villa Sehnsucht zu sein. Eine Reise ist schön und gut. Aber wirklich zu Hause fühlt man sich nur dort, wo man seine Lieben weiß und Wurzeln schlagen kann. Aber genug von mir. Wo ist Felix?«

Suchend blickte sich meine Großmutter um.

»Der muss im Krankenhaus eine Extraschicht machen und …«

»… konnte soeben früher gehen.«

Mit diesen Worten betrat Felix die Lobby. Sein schiefes Grinsen lag ihm trotz der Nachtschicht auf den Lippen. Er strahlte mit der Sonne über Binz um die Wette und schien Energie für zwei zu haben.

»Felix!«, rief Oma Else und ließ sich von ihm fest in den Arm nehmen.

Dabei zwinkerte er mir vielsagend über ihre Schulter hinweg zu.

»Sie hat euch schrecklich vermisst«, sagte Ivar flüsternd in meine Richtung, damit Oma Else es nicht hören konnte.

»Und wir haben euch vermisst«, bestätigte ich ihm.

»Lasst uns alle raus in den Garten gehen und Kuchen essen. Ich will meinen Geburtstag draußen feiern. Das Wetter ist so schön. Es gibt doch Kuchen. Oder?«

Siedend heiß fiel mir ein, dass ich meiner Großmutter nicht mal gratuliert hatte.

»Alles, alles Liebe und Gute zum Geburtstag, Oma Else«, holte ich mein Versäumnis schnell nach.

Oma Else lächelte übers ganze Gesicht.

»Die Pistazien-Crème-Torte steht für sie bereit«, hörte ich Herrn Oltmann sagen.

Ich konnte nur hoffen, dass diesmal bei der Rezeptur alles gutgegangen war. Der salzige Geschmack lag mir noch immer schwer auf der Zunge.

»Holst du Agnes?«, bat ich Felix.

Doch dieser schüttelte den Kopf und deutete zur Treppe.

»Was ist denn das für ein Aufruhr? Ist Adenauer etwa Kanzler geworden? Oder geht's endlich zum Hochzeitskleiderkauf? Zeit wird's ja langsam, mein Lottchen.«

Oma Else eilte zu ihrer Schwester und nahm sie in den

Arm. Offenbar war sie doch noch baden gegangen. Natürlich mit ihrem Morgenmantel. Das Wasser tropfte nur so von ihr herunter.

Felix küsste mich auf die Schläfe und legte seine Hand auf meinen Rücken, streichelte sanft darüber, während ich nicht wusste, ob ich lachen oder weinen sollte.

Ich lehnte meinen Kopf an seine Schulter und sah mir die kleine Familie an, die ich da hatte. Es tat so gut, ein Teil von ihnen zu sein. Auch wenn sie mich regelmäßig an den Rand des Wahnsinns trieben.

Und als würde dieser Gedanke gerade auch Miss Moneypenny aufgehen, strich sie schnurrend um meine Beine und ließ sich das Köpfchen kraulen.

Ende

So geht es weiter in der Villa Sehnsucht …

Mila Summers

Meeresleuchten in der Villa Sehnsucht

Ein Rügen-Roman

Leseprobe

1

Positiv zu denken bedeutet nicht, dass man immer glücklich und zufrieden sein muss. Es bedeutet, dass man auch an schweren Tagen weiß, dass es wieder bessere Tage geben wird. Mit diesem Sinnspruch eines unbekannten Yogi auf den Lippen ging ich auf die Villa Sehnsucht zu.

»Yara, bist du das wirklich? Kneif mich mal einer. Das kann doch nicht sein. Was machst du denn hier?«

Kaum dass ich die schneeweiße Villa Sehnsucht, ein Haus der Bäderarchitektur an der Binzer Promenade auf Rügen, betreten hatte, stürmte auch schon meine beste Freundin Lotte aus der Lobby des Hotels auf mich zu. Dann nahm sie mich freudestrahlend so fest in die Arme, dass mir fast die Luft wegblieb. Das alles passierte so schnell, dass ich gar nicht wusste, wie mir geschah.

Als sie mich wieder losließ, leuchteten ihre blauen Augen mit der Sonne über dem Meer in meinem Rücken um die Wette, während sie mich so herzlich anlächelte, dass ich gar nicht anders konnte, als es zu erwidern.

»Na, ich dachte mir, ich komme dich mal wieder hier in deinem Hotel besuchen, nachdem wir uns zuletzt vor Monaten gesehen haben. Außerdem: Meer geht immer. Oder?«, versuchte ich mich an einem Scherz, um meine Angespanntheit zu überspielen.

Denn im Grunde war ich zu Lotte gekommen, da ich keinen anderen Ausweg gesehen und dringend aus Hamburg weggemusst hatte.

»Na, die Überraschung ist dir geglückt. Ich freue mich wahnsinnig, dass du zu mir auf die Insel gekommen bist. Kommt Kai auch?«, fragte sie, während sie suchend über meine Schulter sah.

»Ach, du kennst doch Kai. Der hat in seiner Kanzlei so viel zu tun, dass er nicht alles stehen und liegen lassen kann, um spontan mit mir zu verreisen. Also dachte ich mir, ich komme allein.«

Lotte legte ihren Arm um meine Schultern und zog mich in den Blauen Salon. Für gewöhnlich wurde der Blaue Salon erst am Nachmittag zum Afternoon Tea geöffnet, in dem köstliche Kuchen, Torten, Macarons und vieles mehr angeboten wurden. Alles selbstverständlich täglich frisch in der eigenen Küche zubereitet. Dazu wurde Kaffee und Tee gereicht, in den Sommermonaten auch hausgemachter Mango-Hibiskus- und Zitroneneistee.

Als kleines Mädchen war ich ständig in der Küche meines Elternhauses, hatte mit meiner Mutter und meiner Großmutter gebacken und später auch viel gekocht. Wenn es nach mir gegangen wäre, dann hätte ich meine Liebe zum Kochen und zu gutem Essen gerne zum Beruf gemacht. Meine Eltern waren jedoch strikt dagegen, denn weder waren die Arbeitszeiten familienfreundlich noch die Gehälter erstrebenswert. Also hatte ich mich in eine Ausbildung zur Steuerfachangestellten geflüchtet, nur um später als Yoga-Lehrerin zu arbeiten.

Das Leben ging schon seltsame Wege.

Lotte bedeutete mir, an einem der freien Tische Platz zu nehmen, nachdem sie Svea Treffkorn, der Rezeptionistin, Bescheid gegeben hatte, dass sie nicht gestört werden wolle.

»Na, nun erzähl mal. Wie lange bleibst du? Hast du überhaupt Zeit für einen Urlaub? Schließlich heiratest du in drei

Wochen. Das ist alles so aufregend. Felix hat sich sogar extra einen Anzug gekauft. Kannst du ihn dir darin vorstellen?« Sie lachte und schüttelte amüsiert den Kopf.

Felix war Lottes Freund. Die beiden arbeiteten in der Villa Sehnsucht, wo sie sich im vergangenen Jahr kennen- und lieben gelernt hatten, nachdem Lottes Großmutter spontan zur Kur fahren musste und Lotte die Leitung des Hotels übernahm. Tatsächlich hatte sich Else Steltner allerdings mit ihrer Jugendliebe Ivar in Estland getroffen und nach ihrer Rückkehr die Leitung der Villa Sehnsucht endgültig ihrer Enkeltochter, nämlich Lotte, anvertraut. Felix arbeitete seither sowohl als Hausmeister für das Hotel als auch als Arzt im Sana-Krankenhaus in Bergen.

»Aktuell laufen keine Kurse, da ich mir vor der Hochzeit nicht zu viel Stress machen wollte, also kann ich ein bisschen länger bleiben. Natürlich nur, wenn du ein Zimmer für mich hast. Ich hoffe, ich bereite dir keine Umstände. Vielleicht hätte ich mich doch besser vor meiner Ankunft bei dir gemeldet.« Sofort meldete sich mein schlechtes Gewissen, wenn ich an diese spontane Aktion dachte.

Lotte legte ihre Hände auf meine.

»Selbstverständlich habe ich ein Zimmer für dich, Yara. Im April ist die Villa Sehnsucht selten ausgebucht. Du kannst aber auch zu Felix und mir in die Wohnung kommen. Ganz wie du möchtest.«

Lotte freute sich aufrichtig über meinen Besuch. Sie schien mir abgekauft zu haben, dass ich mal eben alles und jeden in Hamburg stehen und liegen gelassen hatte, um kurz vor meiner Hochzeit ein paar Tage auf Rügen zu verbringen.

Aber Lotte hatte auch nicht mitbekommen, wie sehr Kai und ich uns in den letzten Wochen gestritten hatten. Sie wusste nichts davon, dass der Drang, schnellstmöglich Reißaus zu nehmen, mit jedem Tag, den die Hochzeit näher rückte, stärker wurde.

Als Kai gestern Abend in einem Zwei-Sterne-Restaurant ausflippte, weil ihm das Fleisch zu sehr durch war, war das der Tropfen, der das Fass zum Überlaufen brachte. Ohne lange Erklärungen war ich aufgestanden, hatte meine Tasche geschnappt und war nach draußen in die frühlingshafte Hamburger Nacht verschwunden. Zu Hause hatte ich wahllos Klamotten in den Koffer geworfen, mir eine Zugverbindung nach Binz für den kommenden Morgen rausgesucht und mein Handy ausgestellt.

Zwar befürchtete ich, Kai könnte zu mir kommen und Sturm läuten, doch zum Glück blieb alles ruhig.

Seit dem Zwischenfall im Restaurant hatte ich nichts mehr von ihm gehört. Was vermutlich daran lag, dass ich mein Handy nach wie vor nicht angeschaltet hatte.

Ich wollte mir gar nicht ausmalen, was Kai dazu sagte, dass ich Hals über Kopf aus Hamburg abgehauen und nach Rügen geflüchtet war.

»Ich würde lieber im Hotel bleiben. Dann störe ich Felix und dich nicht in der Wohnung und kann am Morgen gleich am Strand spazieren und schwimmen gehen.«

Lotte nickte verständnisvoll.

»Das ist kein Problem. Da ich ohnehin jeden Tag hier bin, sehen wir uns so oder so. Aber erzähl: Wie läuft es mit der Hochzeit? Sind alle Vorbereitungen abgeschlossen oder muss noch etwas erledigt werden? Ich habe schon ein ganz schlechtes Gewissen, weil ich dir nicht mehr helfen kann. Und das, obwohl ich deine Trauzeugin bin. Aber Hamburg ist dann doch zu weit weg.« Entschuldigend senkte Lotte den Blick.

»Mach dir deshalb mal keine Sorgen. Es ist alles organisiert. Kai und ich hatten sogar schon die letzte Anprobe unserer Hochzeitskleidung. Mein Kleid musste ein wenig enger gemacht werden. Kannst du dir das vorstellen? Aber die Schneiderin sagte, dass sei bei den meisten Bräuten so. Und du bist eine wunderbare Trauzeugin. Die Einladungskarten und Tischkarten, die du erstellt hast, sind so wunderschön, wie ich mir das vorgestellt habe. Es ist einfach wunderbar, dich als Freundin zu haben. Und das nicht nur, weil du so eine erstklassige Graphikdesignerin bist.«

Bei meinen Worten wurde meine Kehle eng und ich spürte Tränen aufsteigen.

Lotte, deren Augen ebenfalls wässrig schimmerten, zog mich abermals in ihre Arme.

»Das hab ich doch gerne gemacht, liebe Yara.«

»Oh, was ist denn hier los? Ist etwas passiert? Wird es wieder einen Angriff geben? Muss ich in den Luftschutzbunker gehen?«

Lottes Großtante Agnes stand plötzlich in der Tür und schaute bestürzt in unsere Richtung. Um ihre Beine schlich ihre schwarze Katze Miss Moneypenny und machte einen schrecklich gelangweilten Eindruck.

»Nein, nein. Es ist alles bestens, Großtante Agnes. Mach dir keine Sorgen. Yara ist zu uns auf die Insel gekommen, um uns zu besuchen. Ist das nicht toll?«

Agnes kam mit ihrer Katze im Schlepptau zu uns an den Tisch.

»Yara?« Sie überlegte laut und sah mich dabei prüfend von allen Seiten an, während sie ihren Zeigefinger auf die Unterlippe legte.

Lottes Großtante litt an Demenz, hatte aber oft ungewöhnlich klare Momente, in denen sie alle überraschte. Dennoch hatte sie Lotte im vergangenen Jahr ziemlich auf Trab gehalten. Zum Glück half ihr nun eine Betreuerin, die sich um sie kümmerte und dafür sorgte, dass sie nicht wieder in ihrem roten Samtbademantel, den sie zu jeder Tages- und Nachtzeit trug, badete oder das Hotel auf eigene Faust verließ.

»Ach, jetzt weiß ich. Wir haben uns beim Jungmädelbund kennengelernt, richtig? Ich fand das ja immer schrecklich fad dort. Und dann immer diese blöden Parolen, die kneifenden Uniformen und das ewige Fahnenschwingen.«

»Yara ist meine Freundin aus Hamburg, Großtante Agnes«, stellte Lotte richtig.

»Die, die diesen aalglatten Schnöselanwalt heiraten will?«

Bei ihren Worten konnte ich mir ein Lachen nicht verkneifen. Denn damit hatte sie Kai ziemlich genau beschrieben.

»Großtante Agnes!«, rief Lotte empört, um sie zu bremsen.

»Was denn? Man wird doch noch die Wahrheit sagen dürfen«, erwiderte sie, verschränkte die Arme vor der Brust und reckte dabei demonstrativ das Kinn in die Höhe.

Miss Moneypenny lag eingerollt wie ein Knäuel zu ihren Füßen und schlief. Offenbar langweilte unsere Unterhaltung sie schrecklich.

»Entschuldige bitte«, sagte Lotte an mich gewandt und brachte Agnes nach oben in ihr Zimmer.

Als sie zurück war, seufzte sie leise.

»Großtante Agnes ist manchmal sehr direkt. Ich entschuldige mich noch mal für ihr Verhalten. Aber sie trägt ihr Herz auf der Zunge. Und so sehr ich mich auch bemühe, ich werde sie kaum davon überzeugen können, nicht alles laut auszusprechen, was sie denkt.«

Ich winkte ab.

»Mach dir keine Gedanken, Lotte. Ich weiß selbst, wie Kai ist. Aber er hat auch gute Seiten.«

An die konnte ich mich zwar kaum erinnern, doch ich versuchte es zumindest immer wieder. Schließlich wollte ich den aalglatten Schnöselanwalt, wie Agnes ihn bezeichnet hatte, in wenigen Wochen heiraten. Oder?

Sosehr ich mich bemühte, mich auf Kais andere, bessere Seiten zu konzentrieren – es wollte mir schlichtweg nicht gelingen. Ständig wanderten meine Gedanken in das Hamburger Restaurant, in dem er sich gestern furchtbar danebenbenommen und wie ein arroganter Snob verhalten hatte. Es war für mich unvorstellbar, jemals wieder dieses Lokal zu betreten.

Und so ging es mir mittlerweile leider mit einigen Einrichtungen in Hamburg. Im Miniaturwunderland in der Speicherstadt hatte er sich so laut über einige Landschaften und Szenen geäußert, dass ich mich regelrecht geschämt hatte. In der Hamburger Kunsthalle lief es nicht viel besser, Kai ließ kein gutes Haar an der Ausstellung, dabei wurden die größten Impressionisten ausgestellt. Die Werke seien unbedeutend und der Eintrittspreis überteuert, wie er befand.

»Frau Steltner, ich bräuchte Sie an der Rezeption. Offenbar liegt für eine der Ferienwohnungen eine Doppelbuchung vor. Das sollten wir uns am besten gleich mal ansehen und besprechen, wie wir da verfahren wollen. Dummerweise sind zwei Stammgäste betroffen, Dr. Lingen und Frau Weber.«

Svea Treffkorn, die Rezeptionistin, trug ihre Haare zu einem festen Knoten im Nacken gebunden, was ihr ein elitäres und strenges Aussehen verlieh.

Auch wenn ich wusste, dass Lotte große Stücke auf sie hielt, war ich mir klar, dass Lotte und sie nicht unterschiedlicher sein könnten. Während meine Freundin als Hotelchefin besonders mit ihrer offenen herzlichen Art punkten konnte, musste sich Frau Treffkorn um den reibungslosen Ablauf des Tagesgeschäfts kümmern. So ergänzten sich die beiden Frauen perfekt.

»Ich komme gleich«, beeilte sich Lotte zu sagen.

»Entschuldige bitte, Yara, aber die Pflicht ruft. Ein Hotel zu leiten ist manchmal schwieriger, als einen Sack Flöhe zu hüten. Wenn ich Svea nicht hätte ... Oma Else hat mir schon bei meiner Ankunft im letzten Jahr gesagt, was Svea für ein Glücksgriff ist. Und sie hat recht behalten. Um wie vieles leichter das alles im letzten Jahr doch gewesen wäre, wenn sie sich nicht um ihre Tochter hätte kümmern müssen und danach ihren Jahresurlaub genommen hätte.«

Lotte zuckte bei ihren Überlegungen mit den Schultern und stand auf.

»Vielleicht wären Felix und du euch dann aber nicht nähergekommen. Wer weiß?«, gab ich zu bedenken.

Lotte lächelte.

»Auch wieder wahr. Alles hat sein Gutes, denke ich. Manchmal dauert es nur ein bisschen länger, das festzustellen. Was meinst du?«

Bei Lottes Worten fragte ich mich unwillkürlich, was gut daran war, dass Kai sich gestern im Restaurant so furchtbar danebenbenommen hatte. Noch fehlte mir die Weitsicht, das Positive darin zu sehen. Aber vielleicht würde die Einsicht kommen.

Jetzt wollte ich erst mal so richtig auf Rügen ankommen, ein wenig Zeit für mich haben und über alles in Ruhe nachdenken. Dann würde ich weitersehen.

»Kommst du, Yara? Ich zeige dir gleich dein Zimmer.«

2

Die erste Nacht in der Villa Sehnsucht verbrachte ich mehr oder weniger schlaflos. Ständig kreisten meine Gedanken um Kai und unsere Beziehung. Und als das Karussell einfach nicht stehen bleiben wollte, stand ich kurzerhand um kurz nach fünf Uhr am frühen Morgen auf, um einen langen Strandspaziergang zu machen.

Nachdem ich mir meine Jeans und den dicken Pullover übergezogen hatte, schnappte ich mir meine Jacke an der Garderobe. Zwar waren die Temperaturen tagsüber schon frühlingshaft, in der Nacht war es allerdings noch recht kalt.

Auf leisen Sohlen stahl ich mich aus meinem Zimmer, ging die mit Teppich ausgelegten Treppen nach unten in die Lobby und hielt geradewegs auf den Ausgang zu.

Als ich draußen ankam, nahm ich einen tiefen Atemzug, schloss die Augen für einen Moment und ging über die Promenade an den Strand.

Wie erwartet war er menschenleer, ich hatte den Strand und das Meer ganz für mich allein. Und obwohl die Sonne erst in knapp einer Stunde aufgehen würde, fühlte ich mich nicht unwohl in der Dunkelheit. Ganz im Gegenteil. Es kam mir fast vor, als legte sich die Morgendämmerung wie ein Mantel schützend um mich.

Ohne darüber nachzudenken, ging ich zur Seebrücke, die ein ganzes Stück vom Hotel entfernt lag. Das Rauschen des Meeres war das Einzige, das ich hörte. Sogar die Möwen schienen noch zu schlafen. Nichts von wegen früher Vogel und so.

Nach einigen Metern musste ich ein Gähnen unterdrücken, die Müdigkeit versuchte, mich zu übermannen. Doch die Vorstellung, mich wieder ins Bett zu legen, nur um erneut im Gedankenkarussell gefangen zu sein, erschien mir wenig verheißungsvoll. Also ging ich weiter und bemühte mich, nicht ständig an Kai und unsere Beziehung zu denken, sondern mich an meiner Umgebung zu erfreuen.

Und so wie ich gingen auch meine Gedanken auf Wanderschaft. Ich musste wieder daran denken, wie behütet ich aufgewachsen war. Als Einzelkind richteten meine Eltern den Fokus von Kindesbeinen an voll und ganz auf mich. Es war ihre Entscheidung, welches Gymnasium ich besuchen sollte und sie redeten mir auch mit Erfolg meinen Berufswunsch zur Köchin aus. Ob mir deshalb Kais Auftreten in dem Restaurant so gegen den Strich gegangen war? Weil ich wusste, wie viel Liebe und Passion die Köchinnen und Köche in ihre Kreationen legten? So wie ich es am liebsten selbst getan hätte?

Aber wieso länger über die Vergangenheit nachdenken, sie lag hinter mir und konnte nicht mehr geändert werden. Eine Ausbildung zur Köchin hatte ich zwar nicht absolviert, aber über Umwege doch noch eine berufliche Erfüllung gefunden.

Meinen Eltern hatte ich erst sehr spät erzählt, dass ich mich mit einem eigenen Yoga-Studio selbständig machen wollte. Wie erwartet hatten sie die Hände über dem Kopf zusammengeschlagen und mich beschworen, meinen Entschluss zu überdenken. Doch sosehr sie auch gegen meine Pläne waren, ich hielt an meinem Traum fest und bereute ihn nicht einen Tag.

Rückblickend betrachtet kam es mir vor, als hätte ich mich nur allzu gerne auf den Rat meiner Eltern verlassen, um mir selbst keine Gedanken darüber machen zu müssen, welchen Weg ich im Leben einschlagen sollte. Es war bequem und niemand konnte mir etwas vorwerfen. Schließlich wussten Eltern doch, was für das eigene Kind gut war, oder nicht?

Als ich ihnen nach der Eröffnung des Yoga-Studios Kai vorstellte, waren sie um einiges versöhnlicher. Er war genau der Schwiegersohn, den sie sich für mich gewünscht hatten, was mir schon bei unserem ersten Aufeinandertreffen in der kleinen Studentenkneipe, in die Lotte mich mitgenommen hatte, klar war. Ob ich deshalb wohl gleich ein gutes Gefühl hatte? Weil ich wusste, meine Eltern würden Kai mögen? Nicht wie Jakob, meinen ersten Freund, der mit seiner schwarzen Lederjacke, dem Motorrad und den unzähligen Tattoos leider so gar nicht von meinen Eltern akzeptiert worden war. Daher hatte ich mich an jenem Abend in der Kneipe beruhigt zurückgelehnt und mich darüber gefreut, dass meine Eltern sich keine Sorgen um mich und meine Zukunft machen mussten. Ein Rechtsanwalt als Ehemann, der zudem noch zu einer der einflussreichsten Familien Hamburgs gehörte, war in ihren Augen so etwas wie ein Sechser im Lotto.

Und auch ich hatte mich sehr darüber gefreut, dass zwischen uns vieren alles so harmonisch ablief. Sosehr, dass ich mich über Kais spitze Bemerkungen und sein Fehlverhalten in so manchen Situationen nicht geärgert hatte. Schließlich verstand er sich gut mit meinen Eltern. Und diese gaben mir das Gefühl, dass ich sie mit dem kultivierten, gebildeten Mann an meiner Seite nicht enttäuscht hatte.

Was aber, wenn ich mich selbst täuschte? Wenn ich nicht auf Dauer mit Kai zusammen sein konnte, weil ich seine narzisstische Art nicht länger ertrug?

Seufzend blieb ich stehen, zog meine Schuhe und die Socken

aus und vergrub meine Füße im kalten Sand, wie um mich selbst zu spüren.

Als die ersten zaghaften Sonnenstrahlen die Morgendämmerung durchbrachen, setzte ich mich in den Sand und beobachtete das Naturschauspiel, ganz für mich allein.

Kleine Wellen umspülten meine Füße. Das Wasser war so kalt, dass ich mir nicht vorstellen konnte, darin zu schwimmen. Aber es war trotzdem schön, hier zu sein. Am Meer. Auf Rügen. Bei Lotte, meiner besten Freundin.

Dummerweise hatte ich es jedoch noch nicht über mich gebracht, Lotte den wahren Grund für mein Kommen zu offenbaren. Als ich in der Villa Sehnsucht war und sie mich sofort fest in die Arme nahm, wollte ich ihr die Wiedersehensfreude nicht mit meinen Problemen verderben.

Außerdem bestand noch immer Hoffnung. Kai und ich, wir konnten das wieder hinkriegen, wenn wir ehrlich und offen miteinander waren.

Ich spürte deutlich, dass ich aus meiner Komfortzone herauskommen musste, wenn ich etwas verändern wollte. Und das wollte ich ganz dringend. Dazu zählte auch, mit Kai zu reden und ihm klarzumachen, dass ich seine Ausbrüche nicht weiter dulden würde. Egal, ob in der Öffentlichkeit oder im Privaten. Wenn ihm unsere Beziehung wichtig war, dann würde auch er merken, dass wir an uns arbeiten mussten.

Gleichzeitig fragte ich mich, wie sehr ich Kai wirklich liebte. Als wir uns auf der Uniparty kennenlernten, hatte Kai sich sehr viel Mühe gegeben, meine Aufmerksamkeit auf sich zu ziehen. Er ließ nicht locker, bis ich ihm meine Handynummer gegeben und ihm versprochen hatte, dass wir uns wiedersehen würden.

Doch kaum hatte er, was er wollte, schien er sich in unserer Beziehung zu langweilen. Er war ein Jäger. Auch wenn er sich nicht nach anderen Frauen umsah, jedenfalls nicht, soweit ich das beurteilen konnte. Vielleicht hatte sein aufbrausendes Wesen etwas damit zu tun, dass er sich in unserer Beziehung nicht mehr wohl fühlte?

Die Erkenntnis traf mich mit der Wucht eines Vierzigtonners. Doch es half nichts, ich musste mich den Fakten stellen. Denn so, wie es gerade zwischen uns lief, litten wir beide. Die Frage war nur, ob wir auch beide bereit waren, etwas zu verändern.

Abermals schloss ich meine Augen, während der neue Tag bedächtig voranschritt und die Natur nach und nach zum Leben erwachte. Möwen kreisten über mir am Himmel, manche von ihnen landeten ganz in meiner Nähe am Strand auf der Suche nach einem geeigneten Frühstück, nur um festzustellen, dass die Leckerbissen woanders warteten. Vereinzelt passierten Jogger und Wanderer den Strandabschnitt, den ich bisher für mich allein gehabt hatte, nahmen jedoch keine Notiz von mir. Was mir sehr recht war.

Auch wenn ich wusste, dass sich etwas in meinem Leben ändern musste, wollte ich mich in den kommenden Tagen hier bei Lotte etwas ablenken. Ich würde mir eine Aufgabe suchen. Vielleicht konnte ich für ihre Gäste morgens oder abends eine Yoga-Stunde anbieten. Oder aber ich griff ihr anderweitig im Haus unter die Arme. Erst gestern hatte sie mir gesagt, dass es in einem Hotel immer etwas zu tun gab. Daran würde ich sie erinnern, wenn ich sie bat, mich ein wenig einzuspannen. Mir würde schon eine Ausrede einfallen, warum ich nicht nur auf der faulen Haut liegen wollte.

Langsam aber sicher kroch die Kälte in meine Glieder. Ich

zog meine Socken und Schuhe über und stand auf. Dann klopfte ich mir den Sand von der Hose und ging zurück ins Hotel, wo Lotte in der Zwischenzeit sicher schon angekommen war.

Die Villa Sehnsucht war ein wunderschönes Haus der Bäderarchitektur und ein ganz besonderes Schmuckstück hier an der Binzer Promenade. Es erfüllte mich mit Stolz, mit der Eigentümerin, nämlich mit Lotte, befreundet zu sein. Voller Dankbarkeit für diesen wunderbaren Ort ging ich an der freistehenden Badewanne im Vorgarten vorbei, die bereits mit Frühlingsblumen bepflanzt war und ein besonderer Hingucker war, den man sogar von der Promenade aus bewundern konnte.

Im Frühstücksraum brannte Licht, die ersten Gäste hatten sich bereits dort eingefunden. Die Tageszeitung lag aus und es duftete nach frisch aufgebrühtem Kaffee.

Freudig blickte ich der friedvollen und ruhigen Atmosphäre entgegen, als ich Lotte am Rezeptionstresen mit Frau Treffkorn und einem Mann in Kochmontur wild diskutieren sah. Offenbar war selbst hier nicht alles eitel Sonnenschein.

Langsam näherte ich mich dem Trio, unsicher, ob es besser wäre, zu verschwinden oder meiner Freundin Schützenhilfe zu leisten. Noch konnte ich nicht einschätzen, worum es ging, fing ich doch nur vereinzelte Gesprächsfetzen auf, die keinen Aufschluss brachten.

»... Das ist zu eng getaktet. Wir haben dafür keine Kapazitäten«, sagte der Mann, der mit dem Rücken zu mir stand, gerade.

Weder seine Stimme noch seine Statur kamen mir bekannt vor. Er musste neu sein.

Zwar hatte Lotte mir gesagt, dass sie für die Küche fähige

Fachkräfte suchte, allerdings hatte sie mir nicht erzählt, dass sie in der Zwischenzeit offensichtlich fündig geworden war.

»Und wenn wir diesen Termin etwas später ansetzen?«, fragte Frau Treffkorn gerade, während ich Lottes gerunzelte Stirn bemerkte.

»Das ist ein Firmenjubiläum. Die haben darauf bestanden, dass es um vierzehn Uhr Kaffee und Kuchen gibt«, erklärte Lotte geschäftig.

Noch vor wenigen Monaten war sie nicht sicher gewesen, ob sie in der Lage wäre, ein Hotel zu führen. Doch wenn ich mir meine beste Freundin so ansah, dann hatte sie nicht nur das Zeug dazu, sondern strahlte auch die Souveränität aus, die eine solche Position erforderte. Sie machte sich wirklich gut und war weit über sich hinausgewachsen.

Es erfüllte mich mit Stolz, sie so unabhängig und glücklich zu erleben. Offenbar war die Leitung der Villa Sehnsucht genau das, was sie in ihrem Leben gebraucht hatte. Und Felix. Den besonders.

»Kann ich irgendwie helfen?«, fragte ich, als ich bei ihnen stand.

Lotte warf mir ein dankbares Lächeln zu.

»Wer sind Sie?«, fragte hingegen der neue Koch, während er mich mit seinen dunklen Augen vorwurfsvoll anblitzte.

Die Ernsthaftigkeit in seinem Gesicht war sowohl leidenschaftlich als auch endgültig. Ich wagte es nicht, noch ein Wort an die Truppe zu richten, so genervt blickte er mich an.

»Das ist Yara Buchmeister, meine beste Freundin«, erklärte Lotte. »Sie ist gestern aus Hamburg angekommen und wird einige Zeit Gast hier in unserer Villa Sehnsucht sein. Außerdem ist sie eine begnadete Köchin«, schwärmte Lotte.

»Haben Sie eine Ausbildung in dem Bereich? Oder wie wollen Sie uns helfen?«

Kaum dass Lotte geendet hatte, ergriff der Mann abermals das Wort, ohne sich mir zuerst vorzustellen.

Besonders nett fand ich den Typ nicht. Auch wenn sein dunkler Bart und die wachsamen dunklen Augen in gewisser Hinsicht anziehend waren. Vielleicht versuchte ich, mich aber auch nur von Kai und meiner bevorstehenden Hochzeit abzulenken, und gab mich deshalb diesem merkwürdigen Gedanken hin.

»Nein, ich habe den Beruf nie erlernt, koche aber sehr gerne und würde die Küche der Villa Sehnsucht sehr gerne unterstützen, wenn Sie ...«

»Dann tut es mir leid, Ihnen eine Absage erteilen zu müssen. Mit Hobbyköchinnen, denen wir erst mal alles erklären müssen, können wir uns in der kommenden arbeitsintensiven Zeit nicht auch noch beschäftigen.« Dann wandte er sich von mir ab und richtete das Wort an Lotte. »Dafür werden Sie sicher Verständnis haben, Frau Steltner.«

»Ich finde Yaras Vorschlag gut, Herr Fenneke. Wie Sie selbst unlängst festgestellt haben, drängt die Zeit. Wir müssen zusehen, dass wir eine Hochzeit, ein Firmenjubiläum und eine unerwartete Trauerfeier unter einen Hut bekommen. Das ist wahrlich viel. Und da ich der Küchencrew auf die Schnelle keine andere Entlastung bieten kann, schließlich sind es bis zum Samstag nur noch zwei Tage, bin ich mehr als dankbar, dass Yara sich angeboten hat, uns zu helfen.«

Ohne seine Antwort abzuwarten, blickte sie lächelnd in meine Richtung und blinzelte mir sodann verschwörerisch zu.

»Sehr gerne«, erwiderte ich.

»Damit wäre das geklärt«, sagte Lotte, schlug ihr schwarzes Buch zu und verabschiedete sich schon im nächsten Moment zu einem wichtigen Termin.

Neben der Leitung des Hotels hatte sie noch eine Kooperation für zwei Hamburger Schwestern, für die sie Trockenblumensträuße fertigte. Das war ihr ganz persönlicher Ausgleich zum stressigen Hotelalltag. Und ich war froh gewesen, dass sie ihn hatte. Ob die beiden Bereiche allerdings dauerhaft miteinander vereinbar waren, musste die Zeit zeigen.

Als das Telefon klingelte, nahm Frau Treffkorn den Anruf entgegen.

Herr Fenneke blickte mich nach wie vor abschätzig an und seine Lippen waren fest aufeinandergepresst, seine ganze Haltung zeigte seine Missbilligung und den Argwohn mir gegenüber.

Ein Schaudern lief mir über den Rücken, während ich seinem Blick standhielt und mich ganz auf mich und meine Fähigkeiten konzentrierte. Es gab keinen Grund, mich von diesem Mann einschüchtern zu lassen. Schon gar nicht, wenn es darum ging, meiner Freundin und ihrer Villa Sehnsucht zu helfen. Dieser eingebildete Fatzke musste wohl oder übel damit leben, dass ihm und der übrigen Küchencrew eine Hobbyköchin zur Hand ging.

»Sie sollten sich das noch mal gut überlegen. In der Küche herrscht ein rauer Ton. Ich bin mir nicht sicher, ob Sie der Herausforderung gewachsen sind. Außerdem sind die drei Events am Samstag so aufwendig, dass jeder genau wissen muss, was er zu tun hat. Wir haben keine Zeit für lange Erklärungen, Frau Buchmeister.«

Ich spürte, dass er mich mit seinen Worten einschüchtern wollte. Seine natürliche Autorität war so dominant, als zog er eine Schutzmauer um sich hoch, die ich nicht durchdringen konnte, durchdringen sollte.

Doch von seinem Gehabe ließ ich mich nicht einschüchtern.

Den Abend mit Kai im Restaurant fest vor Augen, ballte ich meine Hände zu Fäusten, suchte mir einen festen Stand und bot meinem Gegenüber die Stirn.

»Dann sollten wir wohl besser in die Küche gehen und anfangen. Finden Sie nicht auch, Herr Fenneke?«

Und noch ehe ich sehen konnte, wie er auf meine Worte reagierte, eilte ich an ihm vorbei in Richtung Küche.

Ein Schmunzeln lag mir auf den Lippen, als ich vor ihm die Küche betrat und seinen leicht verdatterten Blick bemerkte, als er schließlich neben mir stand. Offenbar hatte er nicht damit gerechnet, dass ich an meinem Plan festhalten würde.

»Wo soll ich anfangen?«, fragte ich, nachdem ich mir wie selbstverständlich eine Schürze aus dem Schrank geholt hatte.

Schließlich hatte ich im vergangenen Herbst erst der Küchencrew über die Schulter blicken dürfen. Aber da Herr Fenneke zu dem Zeitpunkt noch kein Teil des Teams war und ich keine Notwendigkeit sah, ihn diesbezüglich aufzuklären, weidete ich mich weiter an seinem irritierten Gesichtsausdruck.

»Na, schön, Frau Buchmeister. Sie können Zwiebeln schälen. Fünf Kilo sollten für den Anfang genügen. Ach, und herzlich willkommen im Küchenteam der Villa Sehnsucht.«

Damit wandte er sich mit einem süffisanten Grinsen auf den Lippen von mir ab und ging an seinen Arbeitsplatz.

Wenn er glaubte, mich auf diese Weise zu verunsichern oder mir gar die Freude am Kochen zu nehmen, dann hatte er sich geschnitten. Ich würde so viel Leidenschaft und Liebe in meine Arbeit stecken, dass sogar ein Herr Fenneke das anerkennen musste.

Das Spiel konnte beginnen. Oder sollte ich eher von Zwiebeln reden, die geschält werden mussten?

Mila Summers
Meeresleuchten in der Villa Sehnsucht
Ein Rügen-Roman

ISBN 978-3-596-71003-4
Erscheint am 26.02.2025

Patricia Koelle
Das Licht in deiner Stimme
Roman
Band 03297

Die tiefen Wellen des Meeres.
Die leise Stimme der Sehnsucht.
Die langsame Rückkehr zu dir.

Tiryn wächst an der Küste Floridas auf. Wenn sie Kummer hat, lauscht sie am liebsten den Geschichten ihres Großvaters Nicholas von seiner Heimat, dem schmalen Land an der fernen Ostsee. Bald wünscht sich Tiryn nichts sehnlicher, als dorthin zu reisen. Doch ist es ihre eigene Sehnsucht oder die ihres Großvaters? Und wie wird man sie in Ahrenshoop empfangen, wo Nicholas als Verräter gilt? Das Meer selbst und ein Fremder mit hellen Augen, den sie am Strand trifft, drängen sie zu einer Entscheidung …

fi 03297 / 1

Patricia Koelle

Der Horizont in deinen Augen

Roman

Band 03298

Sehnsucht nach mehr Meer!

Die junge Architektin Ylvi erfährt beim Tod ihrer Mutter ein lange gehütetes Geheimnis. Sie will sich ihrer Herkunft stellen, doch dazu muss sie zurück in das Land ihrer gescheiterten Ehe und ihrer verlorenen Liebe, nach der sie sich immer noch sehnt. Auf den Spuren ihrer Vergangenheit reist sie nach Ahrenshoop an der Ostsee. Ein kleines Bernsteinschiff weist ihr den Weg …

Der krönende Abschlussband der Ostsee-Trilogie:
nach ›Das Meer in deinem Namen‹ und
›Das Licht in deiner Stimme‹

fi 03298 / 1

Sophie Oliver

Das Haus am Walchensee

Neuanfang in Traumlage

Willkommen bei uns am See

Es ist viele Jahre her, seitdem Freya Siebert zuletzt hier war. Es überrascht sie, wie der Anblick des türkisfarbenen Gewässers und der Berge ihr Herz freudig höherschlagen lässt. Denn die Erinnerung an das malerische Voralpenland in Oberbayern ist auch schmerzlich. Das alte Gasthaus der Familie am Fischerfleck mit eigener Fischerei war der ganze Stolz ihres Vaters. Jetzt steht sie gemeinsam mit ihrem Bruder Niklas an seinem Grab. Wenn ihr Traditionshaus am See eine Zukunft haben soll, müssen sie die Vergangenheit loslassen.

Wird Freya hier wirklich wieder eine Heimat finden?

Roman

384 Seiten, Klappenbroschur

Weitere Informationen finden Sie auf

www.fischerverlage.de